A

Alexander Oetker

Signora Commissaria und die kalte Rache

Ein Toskana-Krimi

Atlantik

MIX
Papier | Fördert gute Waldnutzung
FSC® C014496
FSC www.fsc.org

Atlantik ist ein Imprint des
Hoffmann und Campe Verlags, Hamburg.

2. Auflage 2025

Harvestehuder Weg 42, 20149 Hamburg,
produktsicherheit@hoca.de
www.hoffmann-und-campe.de
Umschlaggestaltung: © wilhelm typo grafisch, Zollikon
Umschlagabbildungen: © Boule / Shutterstock.com und stock.adobe.com
Satz: Pinkuin Satz und Datentechnik, Berlin
Gesetzt aus der Albertina MT
Druck und Bindung: GGP Media GmbH, Pößneck
Printed in Germany
ISBN 978-3-455-01976-6

HOFFMANN UND CAMPE

Ein Unternehmen der
GANSKE VERLAGSGRUPPE

Der erste Caffè,
der erste Plausch,
das erste Cornetto.
In der Bar.

Die Sonne am Firmament,
die Flaneure vor der Terrasse,
die rote Markise.
In der Bar.

Die Diskussionen,
Gott und die Welt,
Politik und Liebeskummer.
In der Bar.

Der Aperitivo,
gelöste Stimmung,
endlich Freiheit und Freigeist.
In der Bar.

Liebesschwüre,
Verwünschungen,
der letzte Caffè.
In der Bar.

(A. H.)

Prologo

»Ciao, Fabia, ciao Susanna«, sagte Lidia, und die Freundinnen schlossen sich in die Arme, alle drei gemeinsam. »Das war ein richtig schöner Abend.«

»Das stimmt«, erwiderte Fabia. »Mir hat besonders der Part mit dem miesen Date beim Rudern auf dem Fluss gefallen. Beim nächsten Mal lässt du das Boot kentern, einverstanden?«

»Dann krieg ich ja auch nasse Füße«, erwiderte Lidia, und alle mussten lachen.

»Sollen wir dich noch ein Stück begleiten?« Fabia und Susanna wohnten in einer WG in einer Seitenstraße des Palazzo Pitti. Doch Lidia winkte ab. »Nein, Quatsch, ich hab es doch gar nicht weit.« Außerdem war das hier Florenz, da waren zu jeder Tages- und Nachtzeit Menschen auf der Straße, Flaneure, Touristen, schlaflose Florentiner.

»Sehen wir uns morgen?«

»Ich hab frei«, erwiderte Lidia. »Übermorgen, okay?« Sie lächelte. »Ich hab euch echt lieb, wisst ihr das?«

Noch ein letztes Mal umarmten sie sich, dann zogen die beiden Freundinnen gemeinsam los, Lidia sah ihnen nach.

Fabias Hand lag auf Susannas Hüfte, man hätte sie glatt für ein Paar halten können.

Dann wandte sie sich um und ging von der Piazza Santa Croce in die Altstadt hinein, sie musste nur die Piazza della Signoria überqueren und die Repubblica, dann wäre sie schon daheim. Sie freute sich auf zu Hause. Es war ein langer Tag in der Agentur gewesen, die Frischlinge mussten viel früher anfangen als die gestandenen Mitarbeiter, die Chefs kamen immer erst um zehn oder halb elf. Sie hingegen musste mit Susanna um acht im Büro sein, es gab so viele Excel-Tabellen auszufüllen, Kunden zu beschwichtigen, die dringend mit irgendwem sprechen wollten, und ab zehn musste sie allen Ernstes Caffè machen, damit die Chefs, die ja gerade erst aus der Bar unten im Haus kamen, gleich wieder etwas zu trinken auf ihrem Schreibtisch hatten.

Sie hatten sich herrlich über diese Sklavenschmiede aufgeregt, Susanna und Lidia, nur Fabia hatte nicht recht einstimmen wollen, schließlich war sie es, die den beiden den Job besorgt hatte, sie selbst kam mit den älteren Mitarbeitern frühestens um neun. Freundinnen waren sie trotzdem geworden.

Sie ging an der Bar Royal vorbei, vor der Tür standen zwei Jungs, rauchend und dickwandige Gläser mit Gin Tonic in der Hand. Lidia fand den linken hübsch, soweit sie das im schnellen Vorbeigehen beurteilen konnte. Doch sie blieb nicht stehen, wie hätte denn das ausgesehen? Stattdessen bog sie in die kleine Gasse ein, die sie einmal quer durch die Altstadt führte. Es war ihr Schleichweg, so gut wie alle Bewohner dieser Stadt hatten ihre Wege, winzige Straßen ohne Sehenswürdigkeiten oder allzu pittoreske Häuser, damit der Arbeitsweg nicht ständig von herumstehenden und staunenden Touristen oder Fotowünschen unterbrochen wurde.

Fabia musste lächeln, weil die Geschichte von ihrem Date so gut angekommen war. Das war aber auch ein echt komischer Kerl gewesen, dieser Steve. Ein Junge aus den USA, der zum Studium in Florenz war. Ein Kind aus feinem Hause, wie sonst hätten sich die Eltern auch ein Jahr Florenz leisten können, mit einer Wohnung im Stadtzentrum, Steve hatte sich sogar einen Roller gekauft, für dieses eine Jahr. Er war gutaussehend, breitschultrig, ein Schwimmerkreuz, Dreitagebart. Er hatte sie bei Tinder angeschrieben, nachdem sie ihn gematcht hatte. Drei Tage später hatten sie sich getroffen, sie schrieb nie gern lange mit den Typen, ein Treffen sagte so viel mehr als tausend Worte. Wenigstens sah er, als sie sich dann auf der Piazza della Signoria trafen, so aus wie auf seinen Fotos. Sie hatte schon Männer getroffen, deren Bilder mindestens zehn Jahre zuvor entstanden waren – oder mindestens fünfzig Kilo zuvor. Sie hatte Typen kennengelernt, die mit einunddreißig noch bei ihrer Mama wohnten. Und einen besonders hoffnungslosen Fall, der ihr, obwohl sie ihn mehrfach freundlich und später auch unfreundlich abgewiesen hatte, ewig vor ihrer Wohnung nächtliche Ständchen gebracht hatte, falsches Gitarrenspiel inklusive.

Steve war eine löbliche Ausnahme gewesen, zumindest optisch. Außerdem war er freundlich und schien nicht gänzlich durchgeknallt zu sein. Aber schon auf dem Weg zu seinem Ruderclub hatte er sie so dermaßen vollgequatscht, dass sie ganz kirre geworden war. Er sprach ausschließlich von einer Person, nämlich von sich, präsentierte sein Informatik-Studium, als würde er kurz vorm Nobelpreis stehen, lobte seine Leistungen im Fitnessstudio, als wäre er Hulk persönlich, und erzählte auf den letzten fünfhundert Metern noch von seiner Freundin in den Staaten, die er natürlich verlassen hatte, weil sie so doll an Gewicht zugelegt hätte. Er selbst ernährte sich als guter US-Bürger auch in *good old Europe* natürlich laktose-, gluten- und weitgehend fettfrei. Lidia wunderte sich kurz, dass er noch nicht verhungert war.

An dieser Stelle wäre sie am liebsten bereits umgekehrt. Andererseits hatte sie immer schon einmal auf dem Arno rudern wollen, und dieser reiche Bursche hatte eine Clubmitgliedschaft, was selbst für Bewohner von Florenz ein ziemliches Wunder war, weil die Wartezeit für den exklusiven Ruderclub am Ponte Vecchio ungefähr zehn Jahre betrug. Sie schluckte ihre Genervtheit also runter und folgte dem Ego- und Muskelkoloss zum Ufer des Flusses, wo er das Boot so versiert vorbereitete, als wolle er eine Bombe entschärfen. Als sie sich auszog, um die Schwimmweste überzustreifen, beeilte sie sich, weil sie nicht wollte, dass er ihre so gar nicht gluten- und laktosefreie Ernährung bemerkte. Andererseits hatte er sie offensichtlich für attraktiv befunden, da er ihr seit einer Stunde ununterbrochen sagte, wie *beautiful* und *amazing* sie aussehe.

Die ersten Minuten auf dem Fluss waren dann auch tatsächlich wunderschön. Es war ein warmer Tag, der blaue Himmel war mit ein paar weißen Schäfchenwolken gespickt, und die Sonne ließ die kleinen Wellen des Arno glitzern. Bald hatte sie sich an Steves Rhythmus angepasst, das langsame Ziehen an den Rudern machte Spaß, sie hatte immer gern Sport gemacht, aber eben zur Entspannung, als Ausgleich, und nicht als manischen Körperkult. Doch fit war sie. Das Boot glitt geradezu rasant über die Schnellen des Flusses, im Nu waren sie aus der Altstadt hinausgerudert, es ging schnurstracks gen Osten. Unangenehm wurde es erst, als Steve wieder und wieder sagte, wie schön es sei, dass sie endlich allein waren. Und dann das Boot in Richtung Ufer steuerte, an einer reichlich abgelegenen Flussaue, an der weder Touristen noch Einheimische zu sehen waren. Kurzum: Sie waren tatsächlich allein.

Kaum angelegt, half ihr der amerikanische Muskelprotz aus dem Boot, zog seine Schwimmweste aus und kam ihr, nun halbnackt, immer näher.

»Ich liebe es, dass ihr *european girls* so tabulos seid«, sagte er, und Lidia dachte, dass diese Annahme wohl der wahre Grund sein musste, aus dem er seine amerikanische Freundin verlassen hatte. Seine Lippen waren jedenfalls schon recht bald sehr nah, und sie entschied, dass es nun genug sei. Nachdem sie zweimal *no, grazie* gesagt hatte und er immer noch guten Mutes war, knallte sie ihm eine und zeigte ihm damit, dass *european girls* nicht nur tabulos, sondern auch mutig waren. Dann stieg sie, immer noch in Schwimmweste und Bikini, die Uferböschung hinauf, schnappte sich ein Taxi und fuhr bestens gelaunt wieder in die Stadt zurück. Steve meldete sich nie wieder, nun gut, sie bekam noch zwei Verwünschungen über die Tinder-App, bevor sie ihn blockierte. Und damit hatte sie erst mal genug von Amerikanern. Ihr nächstes Date wäre mit Sicherheit wieder ein Italiener – garantiert. Vielleicht lernte sie ja auch mal jemanden einfach so kennen, der Typ vorhin vor der Bar war doch echt schnuckelig gewesen.

Sie riss sich selbst aus ihren Gedanken, weil ihr die eigenen Schritte auf dem buckeligen Pflaster mit einem Mal so laut vorkamen. Dann fiel ihr auf, dass es gar nicht nur ihre Schritte waren. Da waren noch welche, nicht weit hinter ihr.

Sie hasste es, so wie wohl jede junge Frau, nein, nicht jede *junge*, sondern jede Frau. Warum konnten die Männer nicht einfach ein Stück Abstand halten – oder gleich eine andere Gasse nehmen? Sie wusste, dass es ein Mann war, der hinter ihr ging. Die Straßenlaterne an der Ecke hatte seinen Schatten so verlängert, dass sie seine Gestalt sehen konnte, und die gehörte hundertprozentig zu einem Mann.

Er musste jetzt direkt hinter ihr sein.

Sie beschleunigte nicht ihren Schritt, sondern ging ganz normal weiter. Hoffentlich konnte er nicht hören, dass ihr Atem stoßweise ging. Und nicht sehen, wie sie schwitzte.

Noch zwei Gassen, vielleicht drei Minuten, dann wäre sie in Sicherheit. In der näheren Umgebung ihrer Wohnung gab es keine Bar und kein Caffè, das so spät noch geöffnet war. Ihr Schleichweg war wie ausgestorben. Bis auf sie – und diesen Mann.

Sie nahm ihr Handy aus der Tasche, das Licht beruhigte sie ein wenig, aber sie wagte es nicht, Fabia anzurufen. Sie wollte den Typen nicht provozieren. Er wäre mit drei Schritten bei ihr – und was täte sie dann?

Sie überlegte, ein Foto zu machen, einfach stehen zu bleiben für ein Selfie, aber auch dann hätte er überreagieren können, wenn er die Kamera sah. Also steckte sie das Handy wieder weg, und dabei drehte sie sich einmal kurz um. Er lief doch ein gutes Stück hinter ihr, aber es wirkte tatsächlich, als würde er ihr folgen. Er trug einen langen Mantel und ein Basecap, das sein Gesicht verbarg. Sie konnte nicht sagen, ob er klein oder groß war, dick oder dünn. Er war ein Mann, und sie waren alleine in dieser Gasse, die nur von den roten Straßenlaternen erleuchtet war. Das reichte ihr, um Angst zu haben. Sie lief nun doch etwas schneller und lauschte, seine Schritte waren ganz normal, tapp, tapp, tapp. Vielleicht war er tatsächlich nur irgendjemand, der nach der Arbeit nach Hause ging und zufällig denselben Weg hatte wie sie.

Es gab keinen Laden hier, kein Schaufenster, vor dem sie hätte stehen bleiben können. Sie verfluchte sich, dass sie es liebte, sehr ruhig zu wohnen.

Sie beschleunigte ihre Schritte noch ein wenig. An der letzten Ecke angekommen ging sie nach rechts und kramte schon in der Handtasche nach ihrem Schlüssel. Sie hatte es immer abgelehnt, Pfefferspray einzustecken, weil sie es pathetisch fand, pathetisch und sinnlos. Am Ende sprühte man sich nur selbst an, hatte sie immer gesagt. Jetzt hätte sie für Pfefferspray gemordet. Auch der Schlüssel, kalt und spitz, fühlte sich gut an in ihrer Hand. Sie hörte, dass der Mann auch nach der Kurve noch hinter ihr war. In der kleinen Gasse, in der sie wohnte.

Sie rannte nun fast zu dem großen Portal, sie musste Abstand zwischen sich und den Mann bringen: Würde er sie ins Haus drücken, wenn sie aufschloss, wäre sie chancenlos. Aber als die Tür aufsprang und sie sich noch einmal umwandte, war er stehen geblieben, einfach so, zehn Meter von ihr entfernt. Sie sah ungläubig zu ihm hin, dann sprang sie in die offene Tür und drückte sie hinter sich ins Schloss. Zitternd blieb sie stehen, lauschte durch das Holz, aber da war nichts. Sie begann zu weinen, dann rannte sie die Treppe hinauf, bis zu ihrer Wohnung im zweiten Stock. Als sie drinnen war, schloss sie die Tür zweimal ab, ihr flossen immer noch die Tränen, nun wegen dieser Mischung aus Schock und Erleichterung. Ihre Beine zitterten. Lidia rannte zum Fenster und sah hinaus. Doch die kleine Gasse war leer.

Sie brauchte bestimmt zehn Minuten, bis sich ihr Atem beruhigt hatte. Sollte sie jetzt Fabia anrufen? Aber sie wollte auch keine Pferde scheu machen, derlei passierte schließlich jeder Frau ab und zu. Sie trank noch ein Glas Wasser, dann ging sie ins Bett und schlief während einer Folge *Emily in Paris* ein. In der Nacht träumte sie von ihrem Verfolger, der aussah wie eine Mischung aus Steve und ihrem nächtlichen Gitarrenspieler.

Sie wachte auf, weil die Klingel schellte. Als sie die Augen aufschlug, war es taghell.

»Was zur Hölle …«, murmelte sie. Der Wecker zeigte neun Uhr dreißig. Sie stand auf und zog ein T-Shirt über, dann ging sie zur Tür.

»Ja?«

»Signorina Lello?«

Sie erkannte die Stimme von Silvi, der alten Frau aus der Wohnung unter ihr.

»*Sì?*« Sie schloss schnell auf und öffnete. Ihre Nachbarin stand vor ihr, das Haar zerzaust, Tränen liefen ihr über die Wangen.

»Herrjeh, Silvi«, rief Lidia, »was ist denn passiert?«

»Sie sind da«, erwiderte die Alte und schloss sie in die Arme, schluchzend und so in Tränen aufgelöst, dass Lidias T-Shirt in Sekunden nass war.

»Wo soll ich denn sein?«, fragte sie und schob die Nachbarin sanft von sich weg.

Silvi brauchte einen Moment, um sich zu fassen, sie hielt etwas in den Händen. »Ich war eben auf dem Weg zum *Mercato*, ich hatte meinen kleinen Einkaufswagen dabei, und als ich aus dem Haus ging, na, da dachte ich: Was ist denn das? Hier, sehen Sie … das … Ich musste gleich wieder zurück, weil ich solche Angst um Sie hatte, Signorina, ich …«

»Was ist denn los?«, fragte Lidia wieder, langsam wurde sie ärgerlich. Da nahm Nonna Silvi das Blatt, das sie in der Hand hielt, und sagte: »Hier, das hing an der Haustür und auch an der Laterne gegenüber und bestimmt noch woanders. Sehen Sie doch, ich bin so froh, dass es Ihnen gut geht …«

Lidia spürte, wie ihr Atem wieder stoßweise ging, kalter Schweiß trat ihr auf die Stirn, und sie kniff die Augen zusammen.

Ihre Nachbarin reichte ihr das Blatt, es war ein Plakat, das aussah wie ein Fahndungsfoto. Es war ihr Bild, ganz klar und deutlich. Sie sah sich selbst, sie lachte und sah jemanden an, der nicht zu erkennen war. Lidias Herz pochte laut. Dann erst las sie den Text:

Vermisst stand da in dicken roten Lettern. Und dann, kleiner und in schwarz:

> Lidia Lello, geboren am 25. Mai 1997 in Florenz.
> Sie ist 1,64 Meter groß und hat braunes Haar und braune Augen.
> Sie wurde zuletzt am Abend des 3. Juli gesehen.
>
> Es besteht der Verdacht auf eine Entführung oder ein Verbrechen.
> Hinweise nimmt jede Polizeidienststelle entgegen.

Sie sah das Plakat an, dann Silvi.

»Verstehen Sie jetzt, welche Sorgen ich mir gemacht habe, dass Sie …«

Lidia gab ihr das Plakat mit zitternden Händen wieder.

»Ich bin hier, mir geht es gut, aber …« Sie schüttelte den Kopf und betrachtete das Foto noch einmal eingehend.

»Verdammte Scheiße«, flüsterte sie. Sie trug die Klamotten, die sie am Abend zuvor in der Bar angehabt hatte. Das Foto war in dieser Bar gemacht worden. Er hatte es gemacht. Der Mann, der ihr in der Nacht bis nach Hause gefolgt war.

Uno – 1

Die Landschaft war so herrlich, wie sie dalag im Sonnenschein, dass sie ihre Hand ausstrecken wollte, um nach der Macchia zu greifen, dem wilden Dünengras mit den lilafarbenen Blüten, nach den schroffen Felsen, die sich über die Jahrhunderte aufgetürmt hatten. Ganz unten schlug das Meer gegen die Felsen, Wellen gegen Stein, mit einer Kraft, wie sie nur Naturgewalten zeitigen konnten. Die Straße wand sich in weitgeschwungenen Kurven den Berg empor, sie saß hinten im Wagen, und weil die Sonne so schräg stand, konnte sie Fahrer und Beifahrerin nicht erkennen, aber das musste sie auch nicht, dachte sie lächelnd, sie wusste ja, wer die beiden waren.

Der alte Mercedes fuhr schnell, sie liebte das sonore Geräusch des schweren Dieselmotors und den Antrieb, der ihr vorkam, als würde sie in einem großen Schiff sitzen, das Schaukeln der Wellen inklusive.

Bald würden sie ankommen, an einem Ziel irgendwo im Tal, dort sah es ganz anders aus als hier oben, wo die Luft so frisch und salzig war. Sie wollte ihr Fenster öffnen, aber es ließ sich nicht nach unten kurbeln, irgendetwas klemmte. Sie dachte noch: egal. Und dann hörte sie dieses leise Piepen, es schien von unterhalb des Wagens zu kommen, ein anschwellender Ton in zunehmender Geschwindigkeit.

Piep … piep … piep, und dann lauter und schneller: piep piep piep piep, bis der Ton schließlich in der Luft hing wie ein Tinnitus, sie wollte etwas sagen, aber ihr Mund konnte keine Worte formen, nicht Mama und nicht Papa, sie wollte sie warnen, sie musste sie warnen, raus hier, nur raus, aber es ging nicht, und sie verzog das Gesicht und wollte schreien, aber kein einziger Ton entstand, da war nur das Piepen, und dann, als es wirklich ein gleichbleibender Klang geworden war, stetig wie die Totenlinie im Krankenhaus, da explodierte die Welt.

Vor ihr und hinter ihr ein Feuerball, sie wurde nicht ohnmächtig, leider nicht, denn sie konnte alles sehen, wie die Schatten vor ihr aus dem Wagen geschleudert wurden, wie sich der Wagen selbst in Teile auflöste, Metall, Glas, Splitter, alles flog um sie herum, Teile, die in Flammen standen, Fetzen von Kleidung und Aktenkoffern und Papieren, verteilt in diesem Feuerball, die Landschaft nun ein Landeplatz für all diese Zeugnisse des Lebens, die sie bald aufheben würden, sammeln, sichten, kopfschüttelnd über diese Sinnlosigkeit und ohne jede Illusionen, denjenigen, der für das Piepen verantwortlich war, jemals bestrafen zu können.

Sie selbst saß immer noch auf ihrem Sitz, sie suchte nach dem Schmerz, sie konnte das ja unmöglich überstanden haben, den Knall, das Feuer, die Explosion, doch sie spürte nichts, kein Blut, keine Wunden, aber auch kein Gefühl mehr, gar nichts. Mit wachen Augen sah sie nach vorne, suchte nach den Schatten, die ihr eben entwichen waren, bis ihr auffiel, wer noch fehlte. Sie hatte es die ganze Zeit nicht bemerkt. Das Wort, das ihr als Erstes gelang, war nun doch ein Schrei: Sofia.

Sie rief den Namen ihrer Schwester, Sofia, Sofia, wo war sie nur, sie sollte doch hier neben ihr sitzen, auf dem Weg zu ihr, *Sofiaaaaaaaa.*

Die Hand an ihrem Arm, das Ruckeln, die tiefe Stimme mit dem Timbre, *Giulia, Giulia,* sie tauchte tief ab und dann wieder auf, schreckte hoch und fand sich im Halbdunkel des Zimmers wieder, sitzend in ihrem Bett, neben ihr saß Enzo, den Arm um sie gelegt, er flüsterte ganz sanft: »Es ist alles in Ordnung«, dann glitt sie in seine Arme, und er hielt sie ganz fest, ohne sie zu erdrücken, er beschützte sie in dieser festen Umarmung, und sie konnte es zulassen, sie spürte noch die Nachwehen des Traumes, das leichte Zittern in ihren Muskeln, die Bilder, so nah, so scharf, als wäre sie wirklich dabei gewesen. *Sofia.*

Sie sanken wieder ins Bett, Giulia legte ihren Kopf auf Enzos Brust. Seine warme Hand ruhte auf ihrem Rücken.

»Besser?«, fragte er leise.

Sie liebte seine Stimme.

»Ja …«, murmelte sie. Sie wünschte sich, dass er weitersprach, andererseits konnte sie jetzt auf keinen Fall weitere Fragen beantworten. Sie betrachtete die Lichtflecken, die durch die Fensterläden hereinfielen, draußen musste schon strahlender Sonnenschein sein.

Enzo war am Abend zuvor mit ihr heimgekommen, seit ein paar Wochen schlief er regelmäßig bei ihr.

Sie hatte bei dem ersten Dinner in seiner Wohnung nicht geahnt, wie nah sie einander kommen würden. Das war inzwischen zwei Monaten her. Er hatte ihr die Augen verbunden, weil er wollte, dass sie auf dem gleichen Stand war wie er. Dann hatten sie zusammen gekocht, Spinatknödel aus seiner Heimat in Südtirol, und es war so sinnlich und lustig und romantisch gewesen, dass der erste Kuss reine Formsache war. Sie hatten in dieser Nacht nicht miteinander geschlafen, aber Giulia hatte gespürt, wie viel Lust sie auf diesen Mann hatte.

Drei Nächte später hatte sie gewusst, dass ihr Gefühl sie nicht getrogen hatte. Enzo sah nichts, von Kindesbeinen an. Aber er wusste genau, was er tat, und er konnte auf eine beinahe beängstigende Art spüren, was sie wollte, was sie sich wünschte. Er war so sensibel und einfühlsam, im nächsten Moment aber war er rau und fordernd, ohne jemals lieblos zu sein. Mittlerweile glaubte Giulia, dass genau dies das Geheimnis ihrer Nähe war: Weil er sie nicht sah, konnte sie sich fallen lassen. Er sah nicht, dass auch sie nicht immer stark war, dass sie Angst hatte, Angst und furchtbare Träume – aber er spürte es.

»Gerade kommt es oft«, murmelte er, es klang ein wenig verschlafen, aber Giulia wusste, dass er hellwach war. Enzo hatte recht. Sie war schon letzte Nacht hochgeschreckt, genau wie drei Nächte zuvor.

»Die Träume gleichen sich«, sagte sie.

»Magst du mir davon erzählen?«, fragte er. Sie hatten nur einmal darüber gesprochen, was passiert war, ganz am Anfang. Seitdem hatte sie nicht das Bedürfnis verspürt, darüber zu reden – und er hatte nicht nachgefragt. Allerdings verstand sie natürlich, dass er mehr darüber wissen wollte. Er war Teil ihres Lebens geworden, auch wenn sie nie offiziell darüber gesprochen hatten. Waren sie ein Paar? Giulia wusste es nicht. Sie wusste nur, dass es sehr schön war, wie es war.

»Nicht im Dunkeln«, sagte sie leise.

Eine halbe Stunde später trat sie frisch geduscht auf die Terrasse, ihre nassen Haare waren noch in ein Handtuch gewickelt, sie war ungeschminkt und spürte, wie die Sonne mit jedem Strahl ihr Gesicht wärmte. Enzo hatte den Tisch draußen im Garten gedeckt, es war beinahe ein Wunder, wie gut er sich bereits in ihrem Haus auskannte, wie er alles fand, Teller, Tassen, die Marmeladen, wie gut er ihren Herd und die kleine Bialetti-Maschine bedienen konnte. Es war beinahe, als wäre er hier schon zu Hause. Und zum ersten Mal, seitdem sie eine junge Frau war, störte sie dieser Gedanke nicht: dass ein Mann ihr nahe kam.

Der Tisch stand im Schatten der schönen Pergola, die mit wildem Wein und den Rosen bewachsen war. Sie hatte alles so gelassen, wie ihre Mutter es vor fünfzehn Jahren angepflanzt hatte. Der Garten schien endlos, es war wirklich ein riesiges Gelände, und dadurch, dass es mitten im Naturschutzgebiet lag, blieb es ein Paradies, mit dem unverbaubaren Panorama der sanften Hügel der Toskana.

Sie drehte ihren Stuhl der Sonne zu und goss ihnen beiden *Caffè* ein. Enzo hatte sogar Orangen ausgepresst, Giulia probierte und sagte: »Wow, ist der gut.«

»Orangen aus der Markthalle«, erwiderte Enzo, »ich habe sie extra für unser Frühstück gekauft. Genau wie diesen Schinken hier.« Er wies auf vier große hellrote Scheiben eines luftgetrockneten Schinkens, der ganz dünn aufgeschnitten war. Giulia lief das Wasser im Mund zusammen. Sie nahm ein Stück von dem aufgebackenen Ciabatta, gab Butter darauf und dann eine der Scheiben von dem Schinken. Sie biss ab und schmeckte sofort das Salz und die lange Reifezeit des Schinkens, die Würze und den Schmelz. Es schmeckte phantastisch.

»*Grazie, caro.*« Sie beugte sich über den Tisch und küsste ihn unvermittelt. »Das war eine sehr schöne Nacht.«

»Das war es«, erwiderte Enzo. Dann senkte er die Stimme. »Du kannst immer mit mir darüber sprechen, was dich beschäftigt, okay?«

Sie nickte, bis ihr auffiel, dass er das nicht sehen konnte. Dennoch sagte sie nichts. Sie trank einen Schluck von dem süßsauren Orangensaft und dann vom *Caffè*, der heiß und stark war, beinahe, als habe ihn ein Sizilianer gekocht. Schließlich sagte sie leise: »Ich weiß nicht, warum mir das gerade jede Nacht in den

Sinn kommt. Es scheint …«, sie stockte, »es scheint, ich würde gerade erst so richtig verarbeiten, was damals passiert ist.«

»Du durchlebst den Unfall?«

Giulia nickte wieder. »Ja. Und es ist jedes Mal, als wäre ich dabei gewesen. Dabei saß ich im Flugzeug aus Rom, als meine Eltern auf der Küstenstraße unterwegs waren. Ich kann sie im Wagen nicht sehen, sie sind nur Schatten. Aber meine Schwester – sie fehlt. Sie war im Auto, sie wollten mich alle zusammen vom Flughafen abholen. In meinem Traum aber sitzt sie nicht neben mir. Sie ist nirgendwo. Dabei würde ich mir so wünschen, sie zu sehen. Ich … Weißt du, ich kann im Traum die Gesichter meiner Eltern nicht sehen, weil ich nicht mehr richtig weiß, wie sie ausgesehen haben. Natürlich, es gibt Fotos, aber ich sehe es trotzdem nicht mehr richtig vor mir. An Sofias Gesicht aber kann ich mich immer noch erinnern, so, als hätte ich sie gestern zum letzten Mal gesehen. Sie war so hübsch, weißt du?«

Enzo ergriff über den Tisch ihre Hand.

»Sie haben deine Schwester nie gefunden, oder?«

»Die Leichen meiner Eltern lagen in dem Autowrack, sie wurden beigesetzt, hier auf dem Friedhof von Santa Croce, in einem Grab, das mit anderen Namen beschrieben wurde, damit die Mafia nicht … na ja, damit sie nicht das Grab schändet. Aber meine Schwester haben sie nie gefunden. Man glaubt …«, sie stockte wieder, sie hatte noch nie so richtig darüber gesprochen, und jetzt, hier, an diesem sonnigen Tag, war es so schmerzhaft, dass sich ihr Herz zusammenzog, »… man glaubt, dass sie durch die Kraft der Explosion ins Meer geschleudert wurde. Die Felsen dort, an der Ostküste Sardiniens, sind so schroff, ich kann es mir gar nicht vorstellen. Es ist so schrecklich. Wenn sie ins Meer gefallen ist, dann ist sie durch die Strömung weggetrieben worden.«

»Du sagst *wenn sie ins Meer gefallen ist*«, wiederholte Enzo ihre

Worte. »Glaubst du nicht daran?« Wieder schien er sie direkt anzusehen, sein Blick, wenn man denn so sagen konnte, ging ihr durch Mark und Bein. Keine Ahnung, wie dieser Mann das machte, aber er erkannte sie besser als jeder andere Mensch zuvor.

»Ich … ich hoffe.« Sie schluckte und trank einen weiteren Schluck von dem *Caffè*. »Ja, ich weiß, wie bescheuert das ist und wie kindisch. Aber ich hoffe noch immer, dass sie irgendwann um die Ecke biegt und an der Haustür klingelt.«

»Das ist nicht bescheuert. Und auch nicht kindisch. Ich verstehe dich«, erwiderte Enzo.

»Sie ist tot. Ganz bestimmt ist sie das. Wie sollte sie diese Explosion überlebt haben?« Ihre Stimme klang nun rau. Rau und realistisch. »Ich habe das Autowrack gesehen, von dem Mercedes war nichts mehr übrig. Was denke ich mir denn? Dass sie da rausgeklettert ist und seither als einsame Bäuerin in den sardischen Bergen lebt?«

Enzo erwiderte nichts darauf, stattdessen fragte er: »Und sie haben die Täter nie gefunden?«

»Sie haben nie jemanden dafür verhaftet«, sagte Giulia. »Natürlich haben sie die großen Mafiapaten überführt, die meisten von ihnen sitzen seit Jahren und Jahrzehnten in Haft. Aber die Männer, die tatsächlich den Sprengsatz am Auto meines Vaters angebracht haben, die wurden nie überführt. Es gab auch kein Bekennerschreiben.«

»Hast du dich nie gefragt, warum ihre Rache erst nach seinem Ausscheiden aus dem aktiven Dienst kam? Er war doch schon längst nicht mehr Richter, oder?«

»Nein«, sagte sie tonlos. »Er war schon in Pension.«

»Er stellte also gar keine Gefahr mehr für sie dar. Und trotzdem haben sie ihn umgebracht, so aufsehenerregend, wie es nur möglich war.«

Giulia zuckte zusammen. Enzo hatte recherchiert. Natürlich hatte er das. Er wollte wissen, wer sie war. Auch wenn sie das lieber für sich behalten hätte.

»Sie wollten ein Exempel statuieren, denke ich.« Ihre Stimme klang selbst für ihre Ohren heiser. »Er war nach dem Tod von Falcone und Borsellino einer der erbittertsten Kämpfer gegen die Mafia, er hat viele von ihnen ins Gefängnis gebracht, und er hatte es sich zur Lebensaufgabe gemacht, nicht nur in den Dörfern im Süden die großen Clanfamilien auszuhebeln, dort, wo sie alle Macht haben. Sondern auch ihre Zweige hier im Norden.«

»Was meinst du?«

»Du weißt, dass die Mafia ein Krake ist. Der Kopf sitzt im Süden, in Kampanien, Kalabrien und auf Sizilien. Aber die Krakenarme sind überall – und die große Kohle machen sie hier oben im Norden, wo es der Wirtschaft gut geht und wo Geld zu verdienen ist. Und hier hat mein Vater ordentlich aufgeräumt.«

Enzo nickte. »Ich habe davon gelesen.« Er schwieg einen Augenblick. »Und wenn es anders war?«

»Was meinst du?«

»Wenn es kein Exempel war, das sie an ihm statuieren wollten? Die Mafia ist rachsüchtig, ich weiß, aber sie würden nicht so viel Aufsehen erregen, wenn es eigentlich nichts mehr zu holen gibt. Was wäre denn, wenn er in seinem Kampf immer noch nicht fertig war?«

Giulia lief ein kalter Schauer über den Rücken, obwohl die Sonne sie so schön wärmte. »Du meinst, sie haben ihn aus dem Weg geräumt, weil er weitergemacht hat?« Sie legte ihren Kopf schief. Enzo fand wieder ihre Augen, dann sagte er leise: »Das ist doch möglich. Nach allem, was ich herausgefunden habe, war dein Vater ein so leidenschaftlicher Kämpfer gegen die

Mafia, dass er vielleicht nicht einfach damit aufgehört hat, nur weil er in Rente war. Hast du denn eine Erinnerung an damals? Hat er noch … gearbeitet?«

Giulia schloss die Augen und versuchte, sich die Monate vor der Explosion in Erinnerung zu rufen. Ihre Eltern waren viel gereist, endlich hatten sie Zeit dafür gehabt. Aber wenn sie die beiden hier im Haus in der Toskana besucht hatte, hatte Papa sich oft in seinem Arbeitszimmer vergraben. Andererseits …

Sie wurde vom fernen Klingeln des Telefons aus den Gedanken gerissen. Es war ihr freies Wochenende, deshalb lag das Handy auf der überdachten Terrasse.

»Entschuldige«, sagte sie, stand auf und ging durch den Garten. Als sie ihr Telefon erreichte, war das Klingeln verstummt. Sie sah die Nummer der Bereitschaft in der Questura und rief sofort zurück. Der Diensthabende meldete sich.

»Questura di Firenze …«

»Hier ist Commissaria Ferrari.«

»Ich habe schon Ihre Nummer erkannt, Commissaria, danke, dass Sie sich so schnell melden. Tut mir leid, dass ich Sie am Wochenende stören muss. Aber Sie hatten Anweisung gegeben, dass wir Sie sofort informieren sollen …«

Giulia kratzte sich am Kopf, in ihr raste es. Sie hatte nicht viele Fälle, wegen denen sie am Wochenende gestört werden wollte. Wenn der Mann trotzdem anrief, dann konnte das nur heißen …

»Gab es wieder einen Vorfall?«

»Ja, Commissaria.«

»Ist das Opfer unbeschadet?«

»Zum Glück ja«, erwiderte der Diensthabende. »Es hat wieder eine junge Frau getroffen. Sie hat vor einer Stunde die Polizei informiert, eine Streife hat die Plakate vor ihrer Wohnung gesichert. Jetzt ist die Frau hier in der Questura, die Kollegen haben sie hergebracht.«

»In Ordnung. Wir kommen sofort.« Mist, dachte Giulia, jetzt hatte sie sich verquatscht. Sie hasste Klatsch und Tratsch – und die Sache mit Enzo wollte sie wirklich geheim halten. Aber es war ihr einfach so herausgerutscht.

Sie legte auf und ging zurück in den Garten, der nun komplett in der Sonne lag, die Tautropfen des Morgens waren getrocknet, die Rosen und der Oleander reckten sich dem Himmel entgegen. Sie hätte gern die Schönheit dieses Anblicks genossen, aber der kurze Anruf hatte sie aus dem Konzept gebracht. Verdammt, sie hatte es geahnt. Ihr Mann machte weiter.

»Ein neuer Fall?« Enzo fragte es schon von weitem. Giulia räusperte sich.

»Der Plakatmann.«

»Wieder in der Altstadt?«

»Hmm …«, murmelte Giulia.

»Die Abstände werden kürzer«, sagte der Sergente. Das Gleiche hatte sie eben auch gedacht.

»Die Frau ist in der Questura. Ich weiß, es ist dein freies Wochenende, aber …«

»Natürlich komme ich mit«, erwiderte Enzo, ohne sie aussprechen zu lassen. »Ist mir doch egal, ob ich im Garten oder im Vernehmungsraum sitze, Hauptsache, du sitzt neben mir.«

Sie grinste, weil sie unsicher war, ob er das ernst oder ironisch gemeint hatte. Aber sie sah seinen sanften Blick, deshalb ging sie zu ihm und küsste ihn sanft.

»Na, dann los«, sagte sie, als sie sich von ihm löste. Er stand auf und ging, wie stets, ganz nah neben ihr. Früher hatte er das gemacht, um den Weg besser zu finden, jetzt kannte er sich in ihrem Haus und ihrem Garten schon so gut aus, dass es nicht mehr nötig war, aber er tat es dennoch – und sie genoss seine Nähe.

Langsam wurde ihr klar, dass sie zuvor am Telefon nicht zufällig *wir* gesagt hatte. Es fühlte sich tatsächlich so sehr nach einem *Wir* an. Es war so selbstverständlich mit ihnen, wie sie hier durch den Garten gingen, so, als hätte sie sehr lange darauf gewartet. Giulia lächelte. Das hatte sie auch. Wenn das hier ernst wurde, dann wäre Enzo der erste feste Freund in ihrem Leben.

DUE – 2

Sie parkte den alten VW Käfer auf dem Platz für die Streifenwagen, direkt vor der Questura. Am Wochenende war hier nicht viel los. Sie stiegen aus und gingen vorbei an der Wache, die salutierend die Hand an die Stirn hob, nur eine schnelle Geste, auch der Mann wäre bei diesem Wetter wohl lieber mit seiner Familie am Strand als hier im Dienst.

Der Spätsommer war herrlich dieses Jahr, nach einem endlosen August hielten sich die Temperaturen auch jetzt, Ende September, noch weit jenseits der 25-Grad-C-Marke.

Sie stiegen die Treppen hinauf, das Büro der Kriminalpolizei befand sich im zweiten Stock des alten Palazzo, der das Hauptquartier der Polizia di Stato von Florenz war. Der lange Flur war ein dunkler Schlauch, an der hinteren Tür ihrer Einheit hing seit kurzem das neue Schild:

Polizia Criminale di Firenze
Commissaria Capo Giulia Ferrari

Seit Giulia ihr Amt als Leiterin der Einheit angetreten hatte, war das Büro nicht mehr ganz so dunkel und verstaubt. Sie hatte dafür gesorgt, dass es Pflanzen in den Ecken des alten Großraumbüros gab, dass die Fenster einmal pro Woche geputzt wurden, damit es hier nicht mehr aussah, als sei es ein Gefängnis – und sie hatte zur Freude der Kollegen eine neue Kaffeemaschine angeschafft. Der Vice Questore hatte die Nase gerümpft, als sie ihre Bitte vorgetragen hatte, doch sie hatte nur auf seine Bar und den Kühlschrank darunter gezeigt, in dem der eitle Pfau einen Vorrat an Weißwein, Prosecco und Spirituosen für Gäste bereithielt – danach hatte er ihre Bestellung großzügig durchgewunken.

Enzo ging zu seinem Schreibtisch, um seinen Computer hochzufahren, die Polizia hatte ihm ein eigenes System angeschafft, das es ihm ermöglichte, auch ohne funktionierende Augen in den Polizeidatenbanken zu recherchieren. Denn das konnte er besser als jeder andere Polizist in ihren Reihen.

Giulia rief kurz den Wachhabenden an, der bestätigte, dass die Frau schon im Vernehmungsraum im Keller wartete.

»Kommst du mit runter?«, fragte sie, und Enzo war sofort wieder bei ihr. Sie gingen die Treppen wieder hinab, in die Eingeweide der Questura.

Hier unten war es noch staubiger als oben, es gab drei Zellen mit Gittern, wie in alten Gefängnisfilmen, hier konnten britische Touristen ausnüchtern, die etwas zu tief ins Glas geschaut und sich in der Folge mit ihren Fäusten ausgetauscht hatten, hier saßen aber auch Festgenommene die erste Nacht ein, egal, ob sie nun ein paar Portemonnaies geklaut oder jemanden umgebracht hatten. Die Vernehmungsräume befanden sich am Ende des Ganges, schmucklose Räume ohne Fenster, die gerade für Zeugen und Opfer eher abschreckend waren. Giulia hätte gerne einen ganz normalen Raum für ihre Vernehmungen gehabt, aber die räumlichen Gegebenheiten in einem denkmalgeschützten Palazzo waren eben begrenzt.

Der Wachhabende hatte die Frau in Raum 3 geführt, das letzte Kämmerchen auf der rechten Seite. Giulia klopfte, dann trat sie ein. Enzo folgte ihr.

Die Frau war jung, dachte Giulia, sogar sehr jung, und es fiel ihr nicht schwer, sie als sehr attraktiv zu bezeichnen. Sie war schlank und sportlich und trug ein legeres Outfit aus Shirt und Jeans, dazu weiße Sneaker einer Marke, die gerade im Trend war. Ihr Gesicht war auffällig und makellos zugleich, sie hatte hohe Wangenknochen und große braune Augen, die dunkelbraunen Haare fielen ihr über die Schultern und glänzten sogar hier im matten Licht des Verhörraumes. Sie war sehr schön, ohne Frage, ihr Blick aber war unruhig und verletzlich. Wut stieg in Giulia auf, weil dieser Mann es wieder einmal geschafft hatte, eine junge Frau in Angst und Schrecken zu versetzen. Und sie hatten nicht einmal den Hauch einer Ahnung, wer er war.

Sie ging auf den Tisch zu, und die junge Frau wollte aufstehen, doch Giulia schüttelte beruhigend den Kopf, dann gab sie ihr die Hand.

»Bitte, bleiben Sie doch sitzen, Signorina. Mein Name ist Giulia Ferrari, ich leite die Polizia Criminale, das ist Sergente Enzo Aleardi. Es tut uns leid, dass es so lange gedauert hat, aber am Wochenende brauchen wir alle ein wenig länger in die Stadt. Ich hoffe, dieser Ort hier hat Sie nicht zu sehr verunsichert?«

Die junge Frau erwiderte Giulias Lächeln und sah in dem kargen Raum umher.

»Na ja, so richtig luxuriös ist es hier nicht, und es ist für mich auch echt ungewohnt, hier zu sein.«

»Das verstehe ich, Signorina, ich kann Ihnen versichern: In einer halben Stunde sind Sie wieder im Sonnenlicht.«

Die junge Frau hob den Kopf und sah Giulia von unten herauf an. »Sie sagen, Sie leiten die Polizei hier. Ist mein … mein Problem denn so gravierend, dass Sie sich damit beschäftigen müssen?« Giulia spürte Panik in der Stimme der Frau.

»Sie sind Lidia Lello, ist das richtig?«

Die junge Frau nickte. Die beiden Polizisten nahmen auf den Stühlen ihr gegenüber Platz.

»Zuerst einmal kann ich Ihnen sagen, Signorina Lello, dass wir nach bisherigem Stand nicht glauben, dass Sie in akuter Gefahr sind.«

»Das ist ja sehr beruhigend«, sagte Lidia Lello nicht ohne Ironie.

»Sie sind nicht die erste Frau, die derlei erleben musste.«

Die junge Frau riss die Augen auf. »Ist das schon einmal passiert?«

Giulia schien ihre Frage zu ignorieren, stattdessen sagte sie: »Wir sind wirklich sehr daran interessiert, diesen Menschen zu finden – deshalb müssen Sie uns bitte ganz genau sagen, was passiert ist. Es gab ein Plakat, sagte mir der Kollege, mit dem Sie gesprochen haben – haben Sie es bei sich?«

Lidia Lello nickte und kramte in ihrer Handtasche, dann zog sie das Papier heraus und reichte es ihr. Giulia wusste, dass es ohnehin keinen Sinn machte, hier nach Fingerabdrücken zu suchen. Die Frauen rissen aus Panik stets die Plakate ab, bevor man darauf irgendwelche Spuren hätte sichern können. Wer konnte es ihnen verdenken.

Sie entfaltete das Blatt und betrachtete das Layout des Fahndungsplakates.

Die rote Schrift wie in einem amerikanischen Western: *Vermisst* stand da zwar und nicht *Wanted* wie in diesen Filmen, aber die altertümliche Schriftart war die Gleiche.

Darunter standen in schwarzen Lettern Name und Geburtsdatum der jungen Frau, Giulia rechnete, sie war vierundzwanzig Jahre alt. Auch die Adresse stand dort. Was für ein Mistkerl, unter dem Foto der schönen Frau gleich noch ihre Adresse zu veröffentlichen.

Sie überflog die knappen Sätze, aber es gab keine Auffälligkeiten. Dann blickte sie Lidia Lello wieder an.

»Ist Ihnen gestern Nacht ein Mann gefolgt?«

Die junge Frau nickte.

»Erzählen Sie uns bitte genau, wie es abgelaufen ist.«

»Ich …« Lidia begann, brach aber gleich wieder ab, sie schüttelte sich und hob entschuldigend die Hände. »Wissen Sie, es ist so furchtbar – man liest immer im Netz von solchen Sachen, manchmal redet man da auch mit Freundinnen drüber, aber jetzt … jetzt bin ich selbst diejenige, die hier sitzt, und das ist ein schreckliches Gefühl.«

»Das verstehe ich«, sagte Giulia und versuchte, ihrer Stimme einen beruhigenden Klang zu geben. Dabei wollte sie endlich hören, was die junge Frau erlebt hatte. Sie wollte *ihm* endlich näher kommen.

»Na, ich hab mich mit Freundinnen getroffen, an der Piazza Santa Croce – und dann bin ich nach Hause gegangen. Ich weiß nicht, wie lange er mir schon gefolgt war, aber wahrscheinlich … nein, nicht wahrscheinlich: Er stand vor der Bar, denn da hat er ja das Foto gemacht. Sehen Sie?« Sie wies auf das Bild auf dem Fahndungsplakat. »Keine Ahnung, wann genau es entstanden ist, wahrscheinlich war es noch früh. Er … er hat vielleicht wirklich die ganze Zeit vor der Bar gestanden und uns beobachtet. Das macht mir eine Gänsehaut.«

Auch Giulia spürte dieses innere Unbehagen.

»Als wir uns dann verabschiedet haben, war er bestimmt schon hinter mir. Aber so richtig aufgefallen ist er mir erst fünf Minuten bevor ich meine Wohnung erreicht habe. Er … er lief ein Stück hinter mir.«

»Hat er sich Ihnen genähert? Oder Sie angesprochen?«

»Nein.« Lidia Lello schüttelte entschlossen den Kopf. »Er hat immer den gleichen Abstand gehalten. Ich habe seine Schritte auf dem Asphalt gehört. Auch als ich beschleunigt habe, ist er nicht schneller geworden. Er ist einfach nur hinter mir hergegangen. Als wüsste er ganz genau, wo ich wohne.«

»Haben Sie sich umgedreht? Haben Sie den Mann sehen können?«

Wieder schüttelte die junge Frau den Kopf.

»Nein, ich … also: kurz. Er hatte eine Mütze auf und einen langen Mantel an. Er war gar nicht besonders, also kein Riese und auch kein Zwerg, er war nicht dick oder so, gar nichts Auffälliges. Ich habe sein Gesicht nicht gesehen, ich könnte nicht mal sagen, ob er weiß oder schwarz war.«

Giulia nickte. »Kam er Ihnen bekannt vor?« Sie zögerte. »Wenn Sie sagen, es wirkte, als habe er gewusst, wo Sie wohnen – vielleicht kennt er Sie ja tatsächlich? Und manchmal sind uns Menschen ja bekannt, in ihren Gesten oder durch ihren Gang.«

Die junge Frau schien zu überlegen, dann schüttelte sie den Kopf.

»Aber wissen Sie, als junge Frau, die nicht allzu mies aussieht, und dann noch als Single hier in Florenz, da lernen Sie ständig neue Leute kennen. Ich würde nicht beschwören, dass ich diesen Mann noch nie gesehen habe. Glauben Sie denn … dass er mich kennt?«

Nun war es Giulia, die beruhigend ihre Hände hob. »Ich weiß es nicht, Signorina. Er hat Sie aus irgendeinem Grund ausgewählt, schon als Sie in der Bar waren. Und dann ist er Ihnen nach Hause gefolgt. Es ist möglich, dass er Sie vorher kannte. Es ist aber auch möglich, dass er Sie durch das Fenster der Bar gesehen hat und sich dann entschieden, dass er Ihnen folgen wird. Würden Sie uns den Namen der Bar aufschreiben? Vielleicht gibt es dort Videoüberwachung oder dergleichen.«

Lidia Lello ließ sich von Giulia Zettel und Stift geben, um ihr in einer kleinen, feinen Handschrift den Namen aufzuschreiben.

»Was tun Sie so im Leben? Was machen Sie am Abend? Haben Sie Hobbys? Was sind Ihre Stammrestaurants oder Bars? Wir würden gern mehr über Sie erfahren, um Anhaltspunkte zu haben, wo der Mann Sie hätte kennenlernen können.«

»Na, zuallererst mal auf Tinder«, sagte die junge Frau keck. »Tja, da lernen Sie in einer Woche so viele verrückte Männer kennen, das reicht schon für fünf Fahndungsplakate, glaube ich.« Ihr Lächeln sollte ihre Unsicherheit überspielen, dachte Giulia. »Nein, im Ernst, da habe ich wirklich schon Typen kennengelernt, denen ich so was zutrauen würde. Da gibt es Muttersöhnchen und Sadomaso-Fans und mögliche Stalker und bestimmt auch alles zusammen.«

»Ist Ihnen da in letzter Zeit jemand begegnet, der Ihnen besonders auffällig vorkam? Oder jemand, dessen Annäherungsversuche Sie vielleicht nicht erwidert haben?«

»Oh ja«, sagte Lidia und grinste wieder, »da gab es den ein oder anderen. Aber nur einem hab ich eine geknallt.«

Giulia musste überrascht ausgesehen haben, denn die junge Frau sagte schnell: »Er war echt übergriffig, so ein amerikanischer Muskelprotz war das.«

»Könnte er der Mann sein, der Sie gestern verfolgt hat?«

»Wie gesagt: Es war dunkel, er war vermummt, und ich hatte tierische Angst – ich weiß es nicht.«

»Gut, haben Sie noch ein Foto des Mannes? Eine Handynummer? Einen Namen?«

Lidia nickte und wischte auf ihrem Handy herum, dann

schrieb sie einen Namen und eine Telefonnummer auf das Blatt. »Er heißt Steve«, sagte sie leise.

»Danke. Wo könnten Sie dem Mann noch aufgefallen sein? Gehen Sie zum Sport? Haben Sie ein Opern-Abo?«

Die junge Frau überlegte. »Nein, ich … ich arbeite in einer Werbeagentur, aber da sind wir fast nur Mädels. Die einzigen Männer sind unsere Chefs, und die finden sich so grandios, die würden keine Frau verfolgen, glaube ich. Weil sie denken, dass sie ohnehin alle haben können. Ich arbeite da sechzehn Stunden am Tag, ich habe also keine Zeit für Sport oder Opernarien, ich gehe nur ab und zu aus, aber immer in andere Läden.«

»In Ordnung«, sagte Giulia. Das half ihnen nicht weiter.

»Sagen Sie, glauben Sie, der Mann hat mich nach Hause verfolgt und ist dann irgendwo hingegangen, um das Plakat auszudrucken, wiederzukommen und es in meiner Straße aufzuhängen?«

Giulia nickte. »So ist es bisher gewesen«, sagte sie. »Er macht ein Foto, dann verfolgt er das Objekt seiner Begierde, später druckt er das Bild auf das Plakat, kehrt zurück zu der Wohnung der Frau und hängt die Plakate überall auf.«

»Das ist ja megagruselig.«

»Ich denke, das ist das Gefühl, das er damit auslösen möchte. Er möchte Ihre Angst.«

»Es ist auch so schlimm, weil er mich ja quasi nach Hause gebracht hat, als mein Begleiter. Das ist … richtig finster.« Ihre Stimme bebte, in ihrem Ton schwangen Wut und Angst. »Und dann dieses Plakat – ich meine: *Vermisst*. Das ist ja, als würde er mich entführen wollen.« Sie sah Giulia ernst an. »Glauben Sie, er will mich entführen?«

»Nach dem bisherigen Stand glauben wir das nicht. Ich kann es nicht mit Sicherheit sagen, aber bisher scheint es so, als wolle er den Frauen nur Angst machen. Wie viele Plakate waren es denn bei Ihnen?«

»Vier«, sagte Lidia Lello. »Eines hat meine Nachbarin an der Laterne gegenüber des Hauses gefunden, damit ist sie zu mir gekommen, um zu sehen, ob ich wirklich entführt worden bin. Da hing gleich noch eines an der Haustür. Und als ich dann raus bin, da habe ich noch zwei in meiner Straße gefunden, immer an den Hauswänden. Ich … ich hab gleich die Polizei gerufen.«

»Sie haben alles richtig gemacht, Signorina Lello«, sagte Giulia. »Wir werden nun sehen, was wir mit Ihren Angaben anfangen können. Wir werden mit diesem Amerikaner sprechen, und wir werden die Wegstrecke nach Videoüberwachung absuchen. Können Sie uns die Straßen aufschreiben, die Sie genommen haben?«

Wieder nickte die junge Frau und schrieb einige Straßennamen auf. »Ich nehme immer den gleichen Weg, deshalb kenne ich die Straßen sehr genau«, sagte sie, als sie Giulias beeindruckten Blick auffing. »Aber sagen Sie, Commissaria«, fuhr sie fort, »Sie sprechen immer von anderen Frauen – jetzt mal ehrlich: Wie oft ist das jetzt schon passiert?«

»Kommen Sie«, sagte Giulia an Stelle einer Antwort. Enzo war schon mit ihr aufgestanden, und nun führten sie die junge Frau aus dem Vernehmungsraum, über den langen Flur und die Treppen hinauf. Das Schweigen war so angespannt, dass die Nervosität mit Händen zu greifen war. Sie durchquerten den Flur in der zweiten Etage, dann traten sie in das Großraumbüro, und Giulia führte sie zu der Wand im hinteren Teil des Raumes.

»Ach du Scheiße«, murmelte Lidia Lello. Auch Giulia betrachtete die Plakate, die sie auswendig kannte, jedes einzelne. Die Namen der Frauen, die Fotos mit den lachenden und staunenden Gesichtern, und jeweils die rote Aufschrift: *Ver-*

misst. Sie hingen in zwei Metern Höhe an der Wand, mit Reißzwecken befestigt, wie Ausstellungsstücke in einem Museum.

»Das sind ja … zehn Stück, nein … elf«, zählte die junge Frau. »Aber das ist ja … So viele?«

»Am Anfang haben wir gedacht, jemand erlaubt sich einen Scherz. Die erste Frau hat es auch selber gar nicht für voll genommen und geglaubt, ihre Freundinnen wollten sie veräppeln. Erst die zweite Frau ist in Panik geraten und hat die Polizei gerufen. Und von da an kam jede Woche ein Plakat dazu.«

»Und …«, Lidia Lello senkte die Stimme, »und geht es den Frauen gut?« Die Angst in ihren Worten war deutlich zu hören.

»Sie sind alle wohlauf«, sagte Giulia schnell. »Wir haben sie jeweils gebeten, einige Nächte nicht in ihrer Wohnung zu übernachten, aber es ist nie etwas passiert. Mittlerweile sind alle nach Hause zurückgekehrt. Es gab keine Vorkommnisse.«

»Puuh«, stöhnte die junge Frau. »Aber warum habe ich davon noch nie gehört?«

»Weil ich eine Nachrichtensperre veranlasst habe.«

»Warum das denn? Das ist doch sehr beunruhigend, das alles.«

»Das stimmt. Aber wenn der Täter ein Verrückter ist, dann möchte er vor allem eines: Aufmerksamkeit erregen. Und die bekommt er von uns nicht. Vielleicht hört er dann einfach auf.«

Die junge Frau sah Giulia fragend an. »Es könnte aber auch sein, dass …«

»Was?«, fragte die Commissaria.

»Dass er sich mit den Plakaten nicht zufrieden gibt, um dann wirklich Aufmerksamkeit zu bekommen.«

Giulia sagte nichts und betrachtete die Plakate. Bisher gab es keine Anzeichen dafür, dass der Mann eskalierte – aber natürlich hatte sie auch immer wieder darüber nachgedacht, was passieren würde, wenn die junge Frau recht hätte.

TRE – 3

Nachdem Lidia Lello versichert hatte, die folgenden Nächte nicht in ihrer Wohnung zu verbringen, sondern zu ihren Eltern nach Pisa zu fahren, verabschiedeten sie die junge Frau. Der diensthabende Kollege brachte sie zum Ausgang. Anschließend standen sie nur noch zu zweit vor der Wand mit den Bildern. Giulia hielt sich dicht neben Enzo und beschrieb ihm, was sie sah.

»Was mich verrückt macht, sind die großen Unterschiede zwischen den Frauen. Wir haben ja nun wirklich analysiert, wo die Gemeinsamkeit sein könnte, aber …«

»Da ist nichts, ich weiß, da ist gar nichts«, ergänzte der Sergente.

»Sie sehen alle gänzlich unterschiedlich aus. Wir haben Tiziana, gerade mal zwanzig Jahre alt, studiert schöne Künste an der Universität, sie reitet in einem Verein in Lucca und hatte noch nie einen Freund. Sie ist blond und 1 Meter 75 groß.

Dann ist da Serena, vierunddreißig, rothaarig und schlank, dafür aber ganz klein. Sie arbeitet in einem Autohaus und guckt liebend gerne Netflix, ansonsten tut sie eigentlich nichts.

Und Giulia. Normal groß, unauffällige Figur, neunundzwanzig, selbstständige Bäckerin für Hochzeitstorten. Keine Hobbys, weil sie ihren Laden eben erst aufgemacht hat.«

»Schöner Name übrigens.«

»Hmm?« Giulia sah ihn fragend an.

»Giulia. Sie heißt doch Giulia.«

Sie grinste und knuffte ihn in die Seite. »Spinner.«

»Was denn?«, fragte er mit einem vorwurfsvollen Lächeln. »Ich liebe diesen Namen.«

»Es gibt tatsächlich keine Gemeinsamkeiten. Nicht beim Aussehen, nicht beim Beruf, nicht bei den Hobbys, nicht einmal beim Familienstand. Giulia ist verheiratet, Serena ist Single und datet ein wenig, wenn sie nicht Netflix guckt, und Tiziana will warten, bis sie die große Liebe trifft. Es ist … Sie haben nichts miteinander zu tun.«

»Lidia Lello hat auch gedatet – vielleicht lag da die Gemeinsamkeit?«

»Du meinst, sie haben alle denselben Mann auf Tinder getroffen?«

»Könnte doch sein.«

»Ich hab das Gespräch mit Tiziana geführt. Sie hat noch nie einen Mann getroffen, nicht im Internet und nicht im wahren Leben. Sie ist strenggläubig. Und die Bäckerin hat ihren Mann vor acht Jahren kennengelernt, seitdem ist sie in festen Händen. Ist doch eher unwahrscheinlich, dass der Täter sie vor so langer Zeit gedatet hat – und ihr erst Jahre später auf den Leib rückt.«

»Ja, das ist wirklich nicht sehr logisch«, erwiderte Enzo.

»Was ist es dann? Übersehen wir etwas?«

»Und wenn es wirklich vollkommen zufällig ausgewählte Frauen sind?«

»Aber solche Männer haben doch irgendein Beuteschema. Ich habe noch von keinem bizarren Stalker gehört, der Blonde,

Rothaarige und Brünette gleichermaßen verfolgt, die er noch nie gesehen hat.«

»Es geht um Macht, oder?«

»Es geht immer um Macht.«

»Ich meine: Er geht so weit und dringt so aktiv in ihre Privatsphäre ein mit den Plakaten, um zu zeigen: Ich habe dich unter Kontrolle.«

»Er begleitet sie nach Hause und sagt ihnen damit: Wenn ich dich jetzt nicht angreife, dann ist das meine Entscheidung. Aber wenn ich meine Entscheidung irgendwann ändere, dann …«

»Gruselig ist das.«

»Und die Abstände werden kürzer.«

»Das habe ich auch gedacht«, erwiderte der Sergente.

»Hier.« Giulia las die Daten, die sie unter die Plakate geschrieben hatten. »Das erste Mal ist es vor vier Monaten passiert, dann immer etwa alle zwei Wochen. Seit einem Monat werden die Abstände kürzer, vor Lidia kam Serena, das ist gerade einmal zwei Tage her.«

»Wird er nervös?«

»Oder sich seiner Sache zu sicher – oder, was vielleicht das Schlimmste wäre: Ihm wird langweilig.«

»Du meinst, er wird weitergehen?«

»Darüber will ich lieber nicht gar nicht nachdenken. Enzo, kannst du versuchen, die zentrale Videoüberwachung der Stadt mit Kollegen zu sichten und alle relevanten Videos noch einmal zu prüfen? Auch die von gestern Abend. Ich werde später die Strecke abgehen, um zu schauen, ob es da Läden gab, die eigene Kameras haben oder dergleichen.«

»Da setze ich mich sofort dran.«

»Und schau mal, ob es etwas über Lidia Lello gibt. Etwas, das sie uns nicht erzählen wollte.«

»Mach ich.«

»Ich werde auf den Berg fahren.«

Enzo wusste sofort, was sie meinte.

»Etwa in eine bestimmte Bar?«

Giulia nickte. »Es ist ein merkwürdiger Fall. Und ich hätte ihn gerne dabei, damit wir nichts übersehen. Du weißt …«

»… Luigi Batista kennt die Stadt wie kein zweiter Polizist – ja, ich weiß.«

QUATTRO – 4

Wie unterschiedlich das Gefühl sein konnte, das dieselbe Umgebung hervorrief. Giulia erinnerte sich an ihre erste Fahrt als erwachsene Frau hinauf nach Santa Croce, vor einem Jahr war das gewesen. Da hatte sie nicht nur finstere Laune, nein, sie hatte sogar echte Angst gehabt, die kleine Stadt mit den Palazzi wiederzusehen, den Marktplatz mit dem Glockenturm und der alten Kirche, die Bars und ihre Terrassen unter lauschigen Sonnenschirmen und die Passerelle genau am Felsen, von der aus man einen grandiosen Blick über Florenz hatte. Als sie nach so vielen Jahren zum ersten Mal wieder in die Toskana kam, hatte Giulia gewusst, dass alles hier sie an ihre Familie erinnern würde. Schließlich war diese kleine Stadt ihre Heimat, hier war sie glücklich gewesen, mit Mama, Papa und Sofia. Und bei dieser Fahrt hatte sie sich davor gefürchtet, dass nun alles wieder hochkommen würde, dass sie nie wieder wirklich glücklich sein würde. Sie war aus so vielen guten Gründen von hier geflohen und nie wiedergekommen, bis zu diesem Zeitpunkt.

Sie hatte im Auto stur geradeaus geblickt, sich nur nicht umschauen, nichts sehen, nichts Pittoreskes, nichts Schönes, nur keine Erinnerungen heraufbeschwören, und bloß niemanden erkennen, der gerade durch die Gassen lief.

Doch nach dem ersten Fall und aus tausend unerklärlichen Gründen war sie hiergeblieben.

Nun fuhr sie jeden Morgen hinunter in die Stadt und jeden Abend wieder hinauf. Manchmal sogar am Mittag. Und nun war das Gefühl ein vollkommen anderes.

Die Haarnadelkurven den Berg hinauf, diese engen Serpentinen, die der Käfer mit großem Getöse nahm, die Zypressen am Hang, die leichte Brise, die in das Cabrio wehte, der Duft nach Olivenbäumen und warmem Gras, das gerade gemäht worden war, alles an dieser Fahrt fühlte sich für Giulia an wie ein kleiner Urlaub.

Und zugleich war ihr kein Ort auf der Welt so vertraut wie dieses Fleckchen Erde. Santa Croce war zum zweiten Mal in ihrem Leben ihre Heimat geworden, und das hätte sie nie für möglich gehalten.

Sie fuhr am Ortseingangsschild vorbei, hielt sich dann kurz vorm Stadtzentrum links, dort, wo die ersten Läden waren, die Fleischerei, die die besten Steaks der ganzen Toskana bereithielt, der Bäcker mit den unglaublichen Ciabatta und Cornetti, der Presseladen. Der Marktplatz lag weiter hinten.

Sie aber schlug sich durch das Gewirr der engen Gassen, bis die Straße steil anstieg und die Passerelle begann, die bald auf eine kleine Piazza mündete. Hierher kamen die Bewohner von Santa Croce, wenn sie auf Florenz sehen oder den besten *Caffè* der Stadt trinken wollten. Den gab es nämlich in der *Bar Centrale*, einer kleinen Bar, die auch eine Osteria war, also ein Restaurant für hervorragenden Mittagstisch – und beides gehörte seit einigen Jahren Carla und Luigi Batista. Carla war eine unglaubliche Köchin, die als Venezianerin natürlich die Küche des Nordens beherrschte, aber auch alle anderen italienischen

Regionen kulinarisch so dermaßen im Griff hatte, dass es zur Mittagszeit fast unmöglich war, hier einen Tisch zu bekommen. Luigi hingegen war der Barista hinterm Tresen, der Gastgeber und Gesprächspartner, und damit also auch der Therapeut von ganz Santa Croce – dabei hatte er bis vor wenigen Jahren einen ganz anderen Titel geführt: Commissario und Leiter der Polizia Criminale. Er war auf dem sicheren Weg gewesen, Vice Questore zu werden, und er war der unbestechlichste Polizist von ganz Florenz, vielleicht der ganzen Toskana. Bis ein junger Karrierebeamter es sich zur Aufgabe gemacht hatte, dem alten Haudegen so lange auf die Nerven zu gehen, bis der alles hinschmiss, seinen Dienst quittierte – und sich in die Bar am Berg zurückzog. Mit dem Schwur, nie wieder in die Questura zurückzukehren.

Es war Giulia gewesen, die ihn zurückgeholt hatte, mit viel Überzeugungsarbeit und der energischen Mithilfe des Innenministers, der Luigi sogar mit einem Entzug der Pensionsansprüche drohen wollte. Aber so weit musste die Commissaria gar nicht gehen – der Fall der verschwundenen Leiche am Ponte Vecchio hatte auch so Luigis Aufmerksamkeit erregt und ihn wieder in alte Fahrwasser zurückgespült. Seitdem durfte Giulia ihn aufsuchen, wenn sie seine Hilfe brauchte, und manchmal ließ er sich sogar darauf ein, wieder gemeinsam mit ihr zu ermitteln.

Irgendwie hatte sie das unangenehme Gefühl, dass seine Unterstützung bei diesem Fall nötig werden würde. Und ihr Bauchgefühl trog sie eigentlich nie.

Beim ersten Besuch hatte sie ihren Oldtimer einfach an der engen Straße abgestellt, mittlerweile respektierte sie die ungeschriebenen Gesetze von Santa Croce und parkte in einer Einfahrt ein paar Meter weiter. Vor der Bar standen vier Tische, von denen aus die Gäste den schönsten Blick hatten: Über ihnen spendeten zwei alte Platanen Schatten, davor lag die kleine Straße, dann kam ein enger Gehsteig und eine Balustrade, und dahinter eröffnete sich das Panorama auf die Stadt. Florenz. Es war ein epischer Anblick: das Häusermeer zu Füßen, die roten Dächer, die vielen Kirchen, die als Monumente mit Kreuz obenauf aus dem Meer herausragten, und dann, als göttlicher Höhepunkt, der *Duomo*, der Dom von Florenz, Symbol für Kraft und Glauben und Ewigkeit, mit seiner Kuppel, die schon so manchen Ungläubigen überzeugt hatte.

Zu dieser Tageszeit leerten sich die Tische so langsam, das *Pranzo* war vorüber, die Angestellten mussten zurück an ihre Schreibtische oder in ihre Läden.

Nur noch an einem Tisch trank ein altes Pärchen seine Espressi. Giulia nickte ihnen freundlich zu, dann betrat sie die Bar. Sofort schlug ihr eine magische Duftwolke entgegen, es roch würzig und cremig zugleich, sie musste lächeln, weil allein dieser Duft eine äußerst anziehende Wirkung hatte und einem das sichere Gefühl gab, angekommen zu sein.

Der Mann hinterm Tresen wollte eine allgemeine Begrüßung murmeln, doch dann stockte er, und aus seinem professionellen Lächeln wurde ein breites Lachen.

»Die Signora Commissaria, das ist ja …«

Sie trat an die Theke und reichte ihm die Hand. »Freuen Sie sich nicht zu früh, Commissario.«

»So einfach kommen Sie mir nicht davon, Commissaria«, sagte er und trat um den Tresen herum auf sie zu. »Sie haben sich lange nicht sehen lassen …«

Er umarmte sie, und sie entzog sich nicht, sie tauschten die Wangenküsse aus, die hierzulande eigentlich engen Freunden vorbehalten waren. Gleich darauf hatte sich auch Tulipan von seinem Stammplatz erhoben, dem Körbchen genau hinter der Theke. Er kam schwanzwedelnd auf sie zu.

»Na? Ciao, Tulipan, wie geht es dir?«

Sie ging auf die Knie, um den Hund zu streicheln und hinter den langen Ohren zu kraulen.

»Wie komme ich zu der Ehre?«, fragte Luigi, als sie wieder aufstand.

»Wenn ich es genau überlege, dann erscheinen mir die Dämpfe aus der Küche als so verlockend, dass ich Ihnen antworten möchte: Ich habe Hunger, Commissario. Aber eigentlich muss ich mit Ihnen reden.«

»Oh«, sagte Luigi Batista erstaunt. »Ich … ich muss einmal sehen, ob noch etwas übrig ist. Heute war ein guter Tag.« Er ging zur Küchentür und rief:

»Carla, ist noch was da?«

»*Certo, caro*«, erklang die fröhliche Stimme seiner Frau, die selbst nach dem Mittagsgeschäft noch so frisch klang, als habe sie den Spaß ihres Lebens.

»Dann eine Portion für die Commissaria. Eine große.«

Carla steckte überrascht den Kopf durch die Tür und rief: »Giulia, wie schön … Ich mache schnell das Essen und dann komme ich raus.«

Luigi wandte sich der Commissaria zu.

»Was trinken?«

»Espresso?«

»Kommt sofort.« Er sah sie ernst an. »Sie haben mich schon zweimal *Commissario* genannt. Das kann nichts Gutes bedeuten.« Er runzelte die Stirn. »Dabei habe ich gar nichts gehört, weder aus der Zeitung noch aus dem Fernsehen. Selbst die Stammkunden, die sich gut auskennen, haben nichts geraunt. Es gibt derzeit keine Verbrechen in Florenz, oder irre ich?«

»Jedenfalls keine, die wir an die große Glocke hängen wollen«, erwiderte Giulia.

»Oh«, war alles, was Luigi sagte.

»Deshalb bin ich hier.«

»Ein Mord?«

»Glücklicherweise nicht«, sagte sie.

»Setzen Sie sich raus. Die Terrasse ist leer. Da können wir ungestört reden.«

Er fuhrwerkte an der Cimbali-Kaffeemaschine herum, eine Minute später trug er ihren Espresso nach draußen, Tulipan folgte ihm auf dem Fuße. Sie setzten sich an den Tisch am Rand, der dem Panorama unter ihnen am nächsten stand, der Golden Retriever legte sich in den Schatten darunter. Und es dauerte wieder nur eine Minute länger, da trug Carla schon den dampfenden Teller heraus, darauf stapelten sich die Spaghetti zu einem Kringel, alles duftete so herrlich und kräftig, dass Giulia den Kopf senken musste, um sich ganz auf die Aromen zu konzentrieren.

»Was ist das denn? Das riecht ja unglaublich … Wahnsinn.«

»Heute musste es schnell gehen«, sagte Carla. »Wenn Markttag ist, haben die Gäste nur wenig Zeit. Da habe ich mich der sizilianischen Kochkunst bedient. Das Gericht kann ich auch nur heute kochen, denn da ist so viel Knoblauch drin, das wäre im Büro nicht zu ertragen. Aber da morgen Sonntag ist, können die Gäste erst mal wieder ausdampfen.«

Giulia musste lachen, dann nahm sie ihre Gabel und probierte von dem Gericht, das so warm und sämig war. Aber beim ersten Bissen spürte sie auch dieses leichte Knacken, als wenn sie auf Nüsse biss, es schmeckte nach Olivenöl und Kräutern und einfach nur wahnsinnig gut.

»Was ist das?«, fragte sie.

»Eines meiner Geheimrezepte, ich habe es dem *Pesto alla trapanese* nachempfunden. Es stammt aus Trapani auf Sizilien, und ich brauche dafür nur Mandeln, Knoblauch, Basilikum und Tomaten. Ist es gut?« Giulia fand es immer wieder überraschend, dass Clara stets ihr eigenes Essen infrage stellte, dabei war sie eine Göttin am Herd.

»Es ist so lecker«, murmelte sie und nahm bereits die nächste Gabel. Die Pasta war *al dente,* die Mandeln passten perfekt zu den Kräutern, Parmesan und Pfeffer waren das i-Tüpfelchen bei diesem Gericht.

»Es ist ja fast ein Frevel, Sie bei diesem Gericht mit Dienstlichem zu stören«, sagte Luigi.

»Nun lass die Commissaria doch erst mal essen«, ging Carla lachend dazwischen.

»Nein, schon gut«, sagte Giulia. »Das ist ja das Gute an uns Frauen, wir können mehrere Dinge auf einmal tun.«

»Stimmt auch wieder. Ich lass euch alleine«, sagte Carla und verschwand.

»Und? Was ist passiert?«

»Es könnte ein Scherz sein, ein sehr übler Scherz. Oder ein harmloser Verrückter. Oder aber …«, sie senkte ihre Stimme, »es wird eine ganz schlimme Sache.«

»Erzählen Sie, Commissaria.«

»Ein Mann verfolgt Frauen. Seit sechs Monaten geht das so. Er sieht sie irgendwo und beschließt, ihnen zu folgen. Er geht immer in sicherer Entfernung, ein Stück hinter ihnen, sodass es nicht zu nah ist und sie fliehen, aber auch immer so, dass sie es bemerken. Er verfolgt sie bis nach Hause, zumeist in der Altstadt von Florenz, aber nie an belebten Orten, immer in kleinen Gassen. Er lässt sie immer unbehelligt ihre Tür aufschließen und verschwinden. Nie spricht er sie an, nie bedroht er sie. Nur seine Präsenz ist bedrohlich. Am nächsten Morgen erwachen die Frauen in ihrer Wohnung.« Sie schluckte. Giulia fand es schon schlimm, die Geschichte auch nur zu erzählen. Sie hatte bei den Gesprächen mit den Frauen immer Erleichterung darüber gespürt, dass ihr das nie passiert war. Andererseits hätte sie den Mann dann wahrscheinlich schon um die Ecke gebracht. »Und während der Nacht hat der Mann dann überall in der Umgebung der Wohnung Plakate angebracht. Sie sind alten Fahndungsplakaten nachempfunden und zeigen ein Foto der Frau, das er am Abend gemacht hat, dazu ihren Namen und ihre Adresse – und das Wort *Vermisst.*«

»*Mio dio*«, stöhnte Luigi. »Das klingt ja wie ein richtig irrer Klient.«

»Wir haben bisher keinerlei Hinweise auf den Täter.«

»Gibt es irgendwelche Parallelen?«

»Zwischen den Frauen leider nicht. Der Mann kennt sich sehr gut aus, er vermeidet Kameras, und er ist stets so verhüllt, dass wir ihn nicht erkennen können.«

Luigi wandte den Blick zur Balustrade und ließ seine Augen über die Stadt schweifen, die unter ihnen lag.

»Es ist merkwürdig, was in manchen Menschen vorgeht«, sagte er leise. »Welche Abgründe sich da verstecken.« Luigi nickte. »Ich komme mit Ihnen, Commissaria.«

»Darauf habe ich gehofft«, sagte Giulia.

»Seien Sie ehrlich: Sie haben es erwartet.«

»Stimmt auch wieder.« Sie grinste.

»Haben Sie die Frauen alle vernommen?«

»Nicht alle«, erwiderte die Commissaria. »Unsere Abteilung hat sich der Sache erst nach dem vierten Vorfall angenommen. Die ersten beiden Frauen konnte ich noch nicht sprechen, weil sie nicht in der Stadt waren.«

»Dann sollten wir damit anfangen.«

»Ich werde Enzo bitten, sie alle noch einmal vorzuladen«, erwiderte die Commissaria. »Und wir sollten die Strecke abgehen, die das gestrige Opfer genommen hat. Vielleicht finden wir jemanden, der die beiden gesehen hat – oder private Überwachungskameras.«

»Dann haben wir doch einen Plan«, sagte Luigi. »Aber erst mal …«

Er stand auf und ging zur Tür, doch Carla kam ihm schon entgegen.

»Ich muss zu einer Ermittlung in die Stadt, meine Liebste«, sagte er. »Ist das in Ordnung? Schaffst du es hier allein?«

»Der Ansturm ist durch. Und ich mache heute früh zu.«

»Sehr gut. Aber *cara*? Ich habe solchen Hunger, machst du mir auch noch Pasta?«

»Oh, mein lieber Commissario«, sagte seine Frau, »das tut mir leid, aber deine Kollegin hatte die letzte Portion.« Carla und Luigi wandten sich zu Giulia um.

»*Scusi*, Commissario«, sagte die lächelnd.

»Unerhört ist das«, erwiderte Luigi, »unerhört. Wie ganz normale Bürger unter der Staatsmacht leiden müssen.«

CINQUE – 5

Die Glocken des Campanile schlugen dreimal, als Giulia und Luigi endlich in der Stadt ankamen, sie waren in dem VW Käfer der Commissaria heruntergefahren, und Tulipan schien sehr erfreut gewesen zu sein, wieder einmal seinen angestammten Sitzplatz auf der Rückbank einnehmen zu können, Fahrtwind inklusive.

Enzo rief an, als sie gerade das alte Stadttor passierten. Giulia nahm sofort ab.

»*Sì?*«

»Ich bin es, Commissaria. Haben Sie unseren Barista zur Mitarbeit überreden können?«

»Er sitzt bei mir im Wagen. Frisch und gutgelaunt wie ein Frühlingsmorgen.«

Luigi musste grinsen.

»Das ist gut. Hier ist es etwas schwierig mit den Frauen und den Vorladungen, ich habe bisher nur drei von ihnen erreicht. Sie kommen, wenn Sie das wollen, noch heute in die Questura. Alle anderen sind irgendwo verstreut, manche sind im Wochenendurlaub, andere gehen nicht ans Telefon.«

»Mist«, murmelte Giulia. »Versuchst du es weiter?«

»*Come no*, Commissaria«, erwiderte Enzo, der im Dienst noch immer die förmliche Anrede bevorzugte. »Natürlich mache ich das – ich habe aber auch eine gute Nachricht: Eine der Frauen, die Sie damals nicht vernehmen konnten, ist wieder in der Stadt. Anna Bianci. Sie kann aber nicht ins Präsidium kommen, weil sie Dienst hat. Sie arbeitet in einem Bekleidungsgeschäft auf der Via de' Tornabuoni.«

»Dann suchen wir sie dort auf, das liegt eh auf der Route, die Signorina Lello gestern Nacht genommen hat. Mit den anderen Frauen können wir auch morgen sprechen, oder am Montag.«

»In Ordnung. Ich sage der Signorina Bescheid, dass Sie kommen.«

»Danke, Sergente. Was ist mit der Videoüberwachung?«

»Ich bin in Verhandlungen mit dem Rathaus. Am Samstag ist da natürlich absolute Notbesetzung. Aber Sie wissen ja: Ich kann sehr überzeugend sein.«

»Ich erinnere mich«, sagte Giulia mit einem Grinsen.

»Bis später.«

»*A dopo*«, sagte Giulia und legte auf.

»Ich freue mich, dass es so gut zwischen Ihnen läuft«, sagte Luigi, als Giulia den Oldtimer in eine enge Parklücke zu manövrieren versuchte.

»Was meinen Sie?« Sie sah ihn schief an.

»Bitte geben Sie sich keine Mühe. Ich selbst hätte es nie bemerkt, aber Carla – die kann eine romantische Beziehung spüren, bevor die beiden Verliebten selbst davon wissen.«

Giulia nickte und schaffte es, den Wagen perfekt einzuparken. Dann sagte sie leise: »Ja, es ist sehr schön mit ihm.«

SEI – 6

»Hier hat die Signorina den Abend verbracht.« Giulia wies auf die kleine Bar auf der Piazza Santa Croce. Ein Kellner kam gerade heraus und brachte zwei Gästen auf der Terrasse viel zu bunte Cocktails in riesigen Gläsern.

»Hmm, sollte ich auch so ein süßes Zeug anbieten?«, fragte Luigi, »trinken das die jungen Leute heute?«

»Ich kann Sie mir gut vorstellen mit einem Cocktail-Shaker in der Hand«, erwiderte Giulia. »Vielleicht sollten Sie sich noch die Haare zu einem Pferdeschwanz binden.«

»Sie würden staunen«, sagte Luigi und grinste. »Wollen wir? Tulipan, mach Platz, wir kommen gleich wieder.«

Die Polizisten betraten die schummrige Bar, die sowohl von der Stimmung wie auch vom Geruch genau das einlöste, was solche Etablissements am helllichten Tage versprachen. Alles war ein wenig heruntergekommen, der Barkeeper lehnte schläfrig am Tresen, in der Ecke lief ein Fernseher, und es roch nach einer Mischung aus Desinfektionsmittel und verschüttetem Bier. Solche Orte waren nur am Abend und in der Nacht gut zu ertragen.

»*Salve*«, grüßte Luigi und trat zu dem Barkeeper.

»Oh, die Polizei«, sagte der junge Mann, der tatsächlich die Haare zu einem Zopf gebunden hatte. Luigi sah Giulia erstaunt an, die ihm zuzwinkerte.

»Na, Sie haben aber einen guten Ordnungshüter-Radar«, erwiderte der Commissario.

»Ich habe immer ein Auge für meine Gäste«, sagte der Barista.

»Ich will Sie aber nicht hopsnehmen, weil Sie mal mit zwölf einen Joint geraucht haben, keine Sorge. Es geht um drei junge Frauen, die gestern Nacht hier waren.«

»Hier sind jeden Abend viele junge Frauen.«

»Hatten Sie Dienst?«

»Die Zeiten sind hart«, erwiderte der junge Mann. »Was trinken?«

»Nein, lassen Sie mal, wir müssen weiter«, erwiderte Giulia, bevor Luigi etwas bestellen konnte. »Es war unter anderem diese Frau dabei.« Sie holte ihr Handy hervor und zeigte ein Foto von Lidia Lello.

»Hmm, kann sein, dass die mal was bestellt hat bei mir. Ist ja recht ansehnlich. Is alles okay mit ihr?«

»Ja, es ist alles okay«, erwiderte Giulia. »Aber sie hatte ein unschönes Erlebnis in der Nacht. Deshalb sind wir hier. Ist Ihnen etwas aufgefallen? Oder jemand? Vielleicht hat jemand die Frauen angesprochen oder sie beobachtet?«

Der Barista zuckte mit den Schultern und zog eine Augenbraue hoch. »Hier is die Hölle los, gerade Freitagnacht. Da sind alle Tische besetzt, und die Gäste drängen sich an der Bar. Das ist der umsatzstärkste Tag der Woche, während samstags die Florentiner merkwürdigerweise zu Hause bleiben und die Bars den Touris überlassen. Na ja, Freitag bin ich jedenfalls froh, wenn ich es mal schaffe, draußen eine zu rauchen.«

Er hielt inne und stützte sich mit der Hand auf dem Tresen ab.

»Aber warten Sie mal. Als ich draußen vor der Bar rauchen war, da habe ich … ja, da war jemand. Gegenüber. Ich habe zweimal hingesehen, weil er da so reglos stand, ein Mann war das, ein älterer, glaube ich. Er hat einfach hierhergestarrt, als würde er jemanden suchen oder auf jemanden warten. Er blieb da stehen, die ganze Zeit, ich hab mir aber nichts weiter dabei gedacht.«

»Können Sie ihn beschreiben?«, fragte Giulia.

»Nee, nicht wirklich. Dunkler Mantel vielleicht, und er hat … nein, er hat nicht geraucht, das sah nur so aus, denke ich. Aber mehr weiß ich nicht.«

»Sie haben sein Gesicht nicht erkannt?«

»War zu weit weg.«

»Hat er Fotos von der Bar gemacht?«

»Wieso das denn?«

»Es ist nur eine Frage.«

»Nee. Dann wäre ich ja auch hingegangen und hätte ihn zur Rede gestellt.«

»Aber in der Bar haben Sie den Mann nicht gesehen?«

»Wie gesagt: Hier sind Freitag Hunderte Leute drin, keine Ahnung, wer da kommt und geht.«

»Gibt es Überwachungskameras vor der Tür?«

»Nee, das dürfen wir auf dem Platz nicht mehr. Ist ein historisches Monument, das verbietet uns der Denkmalschutz.«

»Ehrlich?«

»Ja, ein Wahnsinn ist das. Die Bürokraten im Rathaus denken sich jede Woche was Neues aus, um uns zu ärgern. Aber sollen sie nur. Solange sie nicht das Bier verbieten …«

»Danke Ihnen jedenfalls«, sagte Luigi und nickte dem Mann zu, dann verließen sie die Bar wieder. Draußen sahen sie an der Fassade hinauf, die in einem rosafarbenen Pastellton gestrichen war.

»Tatsächlich, keine Kamera«, sagte Giulia. »So ein Mist. Das hätte uns echt helfen können.«

»Wo ist sie langgegangen?«

»Südlich der Signoria, über die Via dei Neri und die Via della Ninna. Sie wollte den Touristen ausweichen.«

»Merkwürdig. Normalerweise suchen doch Frauen immer eher den belebten Weg, um sicher nach Hause zu gelangen.«

»Lidia Lello scheint mir sehr wehrhaft zu sein. Später ist sie über die Via delle Parione gegangen, um zur Via dei Federighi zu gelangen, in der ihre Wohnung ist. Ab der Via delle Parione hat sie den Mann bemerkt.«

»Er war bestimmt schon die ganze Zeit hinter ihr, wenn er ihr an der Bar aufgelauert hat.«

»Davon sollten wir ausgehen.«

»Na, dann wollen wir mal. Zum Glück habe ich meine bequemen Schuhe an. Tulipan? *Vai* …«

Der Hund sprang sofort auf und wedelte mit dem Schwanz. Für ihn war die Verbindung aus Ermittlungen und Gassigehen die perfekte Nachmittagsbeschäftigung.

Sie steuerten gen Süden und bogen dann in die Via dei Neri, genau auf dem Weg, den Lidia Lello vor nicht mehr als sechzehn Stunden eingeschlagen hatte. Giulia und Luigi liefen nebeneinander, Tulipan trottete mal hinter ihnen und schnüffelte an einer Hauswand, dann setzte er wieder zu einem Sprint an und lief schwanzwedelnd vor ihnen her. Die Commissaria mochte diese kleinen Gassen, die so typisch für Florenz waren, aber eigentlich für ganz Italien. Hier, etwas abseits der ausgetretenen Touristenpfade, sah es noch so aus wie früher: Die Hausfassaden trugen Patina, dunkle Steine wechselten sich mit frisch verputzten Wänden ab, manche Fenster waren mit rostigen Gittern versehen, es gab alte Läden mit Schildern in bunter Schrift, eine Fleischerei, einen Schuhmacher, eine Lederhandlung. Die Gasse war so eng, dass nicht mal ein größeres Auto hindurchgepasst hätte. Auch der Geruch wechselte alle fünfzig Meter. Mal roch es nach Urin, mal nach feuchtem Mauerwerk, mal nach Küchendunst, und dann wieder so gut, als hätte der Nachbar die Luft parfümiert.

Immer wieder hoben die beiden Polizisten den Blick, doch kein Geschäft hier schien eine Kamera an der Fassade zu haben. Eine Überwachung innerhalb der Geschäfte brachte ihnen nichts, weil die Verfolgung tief in der Nacht stattgefunden hatte, da waren die meisten Rollläden heruntergelassen.

»Das ist schwieriger, als ich gedacht habe«, sagte Giulia.

»Tja, wir sind hier eben nicht in England oder in Amerika«, sagte Luigi, »da gibt es ja selbst auf dem Klo 'ne Kamera. Eigentlich bin ich ganz froh, dass ich hier wohne.«

»Ich bin mir da gar nicht so sicher«, sagte Giulia. »Es würde unsere Arbeit schon erleichtern, denke ich manchmal.«

Sie folgten dem Weg, den die junge Frau genommen hatte. Die Straßen wurden immer ruhiger, bald gab es nur noch Wohnhäuser und gar keine Läden mehr. Hinter der nächsten Ecke an der Via delle Parione wies Luigi auf einen kleinen Kiosk, der aussah wie all die kleinen Läden hier: Draußen hing blinkende Neonwerbung, gegen die jeder Denkmalschutz machtlos war, drinnen leuchtete das Sortiment aus Erfrischungsgetränken, Bier, Chips und Süßigkeiten und irgendwelchem Krams, angefangen bei Ansichtskarten bis hin zu kleinen Kugeln mit dem Florentiner Dom im Schneegestöber. Doch was eigentlich die Aufmerksamkeit des Commissario geweckt hatte, war das kleine runde Auge in der Fensterscheibe. Eine Kamera.

»Gut gesehen«, sagte Giulia. Sie betraten den Laden und standen einem jungen Mann gegenüber, er hatte einen dunklen Teint und trug ein Trikot der lokalen Fußballmannschaft AC Florenz. Sicher ein Pakistani oder ein Inder, dachte Giulia.

Luigi stellte sich vor und zeigte dem Mann seinen Ausweis.

»Polizia di Stato, Commissario Batista, das ist meine Kollegin, Commissaria Ferrari.«

»Was kann ich für Sie tun, Commissario?«

»Wir würden sehr gern die Bilder Ihrer Kamera sehen. Aus der vergangenen Nacht, zwischen Mitternacht und zwei Uhr. Wäre das möglich?«

»Klar«, sagte der Mann. »Kommen Sie herum. Die Bilder sind hier auf dem Laptop. Sie müssen nur vor- und zurückspulen, wie bei einem normalen Video.« Er klickte auf dem Computer herum, dann ließ er die Polizisten hinter seinen Tresen treten. »Darf ich?« Er zeigte auf eine kleine Packung mit Hundekeksen, und Luigi nickte. »Er wird sich freuen«, erwiderte der Commissario.

Der Verkäufer beugte sich zu Tulipan hinab und fütterte ihn mit den Keksen. Währenddessen drückte Giulia auf die Maus, bis die Aufnahme zu laufen begann. Sie zeigte ein glasklares Bild der dunklen Gasse, zwei Straßenlaternen erleuchteten die Szenerie.

»Unglaublich, was diese kleinen Kameras heute können«, murmelte Luigi. »Früher war das nachts alles total unscharf und pixelig – und hier kannst du sogar die Hausnummern gegenüber erkennen.«

Giulia stellte die Uhrzeit auf eine halbe Stunde nach Mitternacht ein und ließ das Video schneller laufen. Viel war nicht los, ab und zu ging eine Person rasend schnell durchs Bild, einmal war auch eine größere Gruppe von jungen Männern zu sehen, augenscheinlich Briten, die mit Bierbechern bewaffnet in Richtung Piazza della Signoria zogen. Einer von ihnen kam genau vor der Kamera ins Straucheln und fiel auf die Knie, ein anderer zog ihn wieder auf die Beine, dann mussten alle lachen.

Das nächtliche Florenz im Schnelldurchlauf, es war so beeindruckend wie witzig anzusehen. Zwei Minuten später bremste Giulia die Geschwindigkeit, denn von hinten kam eine einzelne Frau ins Bild gelaufen.

»Das ist sie«, sagte die Commissaria und spürte, wie ihr Herz pochte. Sie sah, wie die junge Frau vorbeiging, sie trug einen Rock und darüber eine weiße, wattierte Jacke, ihr Blick war unstet, sie hatte den Verfolger offenbar schon bemerkt. Und da, zehn Sekunden hinter ihr, ging ein Mann, ganz klar, es war ein Mann, er war von gedrungener Statur, vielleicht ein Meter siebzig groß, er war nicht dick und nicht dünn, einfach durchschnittlich, es war aber auch schwierig zu sagen, weil der Mantel seine ganze Gestalt verhüllte, ein schwarzer Mantel aus Baumwolle, ein Allerweltsmodell, er trug schwarze Lederschuhe und schritt mit sicheren Schritten aus.

»Kein Gesicht«, sagte Giulia, »so ein Mist.«

Der Kopf des Mannes war beinahe gar nicht zu sehen, der Mantelkragen war hochgeschlagen, dazu trug er ein Basecap so tief in die Stirn gezogen, dass selbst bei der guten Kameraauflösung keine Augen zu erkennen waren und kein Mund. Nur die Wangen waren zu sehen, er war weiß. Die gute Tarnung ließ ihn noch gespenstischer wirken. Es dauerte drei oder vier Sekunden, dann war er aus dem Sichtfeld der Kamera verschwunden. Giulia spulte noch einmal zurück und hielt die Aufnahme an.

»Er ist nicht zu erkennen«, sagte nun auch Luigi.

»Mal sehen, vielleicht kriegen wir trotzdem ein Fahndungsplakat hin«, erwiderte Giulia und nahm ihr Handy, dann fotografierte sie den Bildschirm mehrfach ab, mal total, mal in Nahaufnahme, dreimal wechselte sie noch die Einstellung der Kamera und wählte andere Motive aus. »Vielleicht erkennt ihn irgendjemand, man weiß nie.«

Sie wandten sich wieder dem Verkäufer zu. »Können Sie diese Minute des Videos per Mail an die Questura senden?«

»Natürlich«, sagte der Mann.

»Haben Sie vielen Dank, das hat uns sehr geholfen.«

»Einen schönen Tag, Commissaria. Commissario?«

Sie verließen den Laden und traten wieder hinaus auf die kleine Gasse.

»Meinen Sie, da kommen noch mehr Kameras?«, fragte Luigi.

»Selbst wenn – der Mann hat sich so gut verborgen, der wird ja nicht plötzlich seine Verkleidung abnehmen«, erwiderte Giulia.

»Auch wieder wahr.«

»Na, dann wollen wir mal Signora Bianci vernehmen«, sagte die Commissaria, dann wandten sie sich gen Osten, es war nur ein Katzensprung, vorbei an der schönen Basilika von Santa Trinita, dann bogen sie in die Via de' Tornabuoni ein, auf der die teuersten Luxusgeschäfte der Welt dicht an dicht lagen, Boutiquen, in denen eine Handtasche so viel kostete, wie Luigi im ganzen Monat umsetzte.

In einem alten Palazzo befand sich das Museum der berühmtesten Modemarke von Florenz, das *Museo Salvatore Ferragamo*. Schon mit neun Jahren hatte der junge Salvatore sein erstes Paar Schuhe designt, bis er als junger Mann Schuhmacher in Hollywood wurde und die größten Schauspieler der Welt seine Kreationen trugen. Ihm verdankte die Damenwelt den berühmten Keilabsatz. Und auch nach seinem Tod behielt das Unternehmen seinen Weltruhm, *Made in Florenz* blieb eine Auszeichnung. Genau neben dem Museum befand sich die Boutique, in der Anna Bianci arbeitete. Giulia konnte aber nicht einfach die Tür öffnen, wie bei vielen anderen Nobelboutiquen gab es eine Klingel, die sie drücken musste, dann erschien ein Sicherheitsmann im schwarzen Anzug, dem sie beide ihre Ausweise zeigten.

»Wir möchten zu Anna Bianci.«

»Wir wurden informiert«, sagte der Mann. Er ließ die Polizisten und sogar Tulipan passieren, und gleich darauf standen sie in einem klimatisierten Verkaufsraum, der angenehm duftete, nach einer Mischung aus Parfum und Leder. Der Raum war riesig, es gab sogar ein Deckenfresko und frei stehende Säulen, es musste früher der Palazzo eines sehr reichen Mannes gewesen sein. Das Licht war gedimmt, alles sah edel und teuer aus, wahrscheinlich aber nicht annähernd so teuer, wie es tatsächlich war. Die Schuhe waren einzeln ausgestellt, auf schwebenden Regalen an den Wänden, genau wie die Handtaschen.

»Na, da sollten Sie aber Carla noch etwas mitbringen«, sagte Giulia und grinste.

»Ich bin sehr froh, dass meine Frau nicht auf solchen Klimbim steht«, sagte Luigi.

»Jede Frau steht auf solchen Klimbim«, erwiderte Giulia.

Bevor der Commissario etwas erwidern konnte, kam eine junge Frau auf sie zu, schüchtern blickte sie zu den beiden Polizisten. Sie trug teure Schuhe mit Keilabsatz, offenbar mussten die Verkäuferinnen die eigenen Kreationen der Marke tragen. Obwohl das hier sicher ein willkommener Zwang war.

»Signora Bianci?«

»Ja?«

»Wir sind von der Polizia di Stato. Ich bin Giulia Ferrari, ich habe schon seit Wochen versucht, Sie zu erreichen.«

Die junge Frau sah betreten zu Boden. »Ich weiß«, erwiderte sie, »wissen Sie, ich musste erst mal raus aus der Stadt. Das hat mich echt mitgenommen. Und als ich wieder hier war – na ja, ich hatte immer bessere Dinge zu tun, als mich zu melden, keine Ahnung …«

Giulia nickte. Sie kannte das Phänomen. »Ich verstehe, dass es sehr unangenehm ist, über solche Dinge zu sprechen. Und ich würde Ihnen das auch gerne ersparen. Aber er macht immer weiter, der Mann, der Ihnen das angetan hat – und wir würden ihn gerne aufhalten.«

Anna Bianci nickte. »Ich weiß. Es tut mir auch leid«, sagte sie. »Wollen wir uns setzen?« Sie wies auf eine Bank im ruhigeren Teil des Verkaufsraumes, wo sich auch die Umkleidekabinen befanden. »Nach hinten können wir nicht gehen«, erklärte sie, »da lagert der Schmuck im Safe, der Aufenthaltsraum ist für Besucher gesperrt.«

»Das hier geht auch«, sagte Giulia und ließ sich auf die Bank sinken. Es war ruhig im Geschäft, zu dieser Zeit waren kaum Kunden hier.

»Der Vorfall ist schon fünf Wochen her, wenn ich mich recht erinnere. Wo waren Sie seitdem?«

»Ich habe meine Eltern besucht, sie wohnen in Massa. Ich habe mich wieder gefühlt wie ein Kind, deshalb musste ich auch wieder hierher, nach vier Wochen hat es mir irgendwann gereicht.«

»Das verstehe ich«, erwiderte Giulia, die aber eigentlich alles dafür gegeben hätte, ihre Eltern noch einmal wiederzusehen und sich wie ihr Kind zu fühlen. »Können Sie uns sagen, was an jenem Abend im April geschehen ist?« Sie hatte nur die Aussage gelesen, die Anna Bianci bei den Carabinieri abgegeben hatte, die das Plakat fotografiert und die junge Frau angewiesen hatten, die Stadt erst mal für eine Weile zu verlassen. Danach hatten sie die Frau nicht mehr erreichen können.

»Ich war bei einem Treffen mit einem Freund, wir waren essen, in einem Restaurant am Fluss«, sagte sie.

»Sie hatten ein Date?«

»Ja, genau. Aber es war schon das zweite Treffen, ich mochte ihn.«

»Was ist dann passiert?«

»Er wollte mich noch nach Hause begleiten, aber ich wollte nicht. Es war mir zu früh, und ich mag diesen Moment nicht …« Sie sah sich um, ob sie auch wirklich niemand hören konnte. »Ich finde es unangenehm, vor der Tür zu stehen und sich zu verabschieden und zu wissen, dass der Typ am liebsten noch mit hochkommen würde. Das will ich immer vermeiden. Na ja, deshalb hab ich mich gleich beim Restaurant verabschiedet. Ich wohne etwas außerhalb der Altstadt, in der Via Cimabue, es war noch nicht spät, also bin ich zu Fuß gegangen, es war ein angenehmer Abend, warm für April, ich weiß es noch genau. Irgendwann ist mir aufgefallen, dass mir immer derselbe Mann gefolgt ist. Am Anfang dachte ich noch, es sei Zufall. Einmal hab ich ihn gesehen, als ich abbog, und dann, na ja, ich … ich hab mich umgedreht, ein paar Straßen weiter, und mich total erschreckt, dass er immer noch da war. Weil ich wusste, dass er genau mich meinte. Dass er mich verfolgen wollte.« Ihre Stimme war lauter geworden. »Ich bin dann gerannt, es war mir egal, ob ich ein Kleid anhatte, ich bin einfach losgerannt, ich war nur noch eine Straße von zu Hause entfernt, ich bin los wie eine Verrückte, und dann bin ich in meine Straße gebogen und hab schnell aufgeschlossen. Aber … aber er ist nicht hinterhergerannt, er hat mir wohl einfach nur nachgesehen. Als ich dann in meinem Flur stand, da hat mein Herz so gepocht, weil ich dachte, gleich klopft es. Aber es war einfach vorbei. Er ist mir nicht gefolgt.«

»Aber es war nicht vorbei?«

»Am nächsten Morgen bin ich aus der Tür, und dann war da …« Sie konnte nicht weitersprechen, stattdessen füllten sich ihre Augen mit Tränen. »Mir wird immer noch übel, wenn ich daran denke«, sagte sie nach einer Weile leise. »Er hatte Plakate aufgehängt, ich dachte erst, jemand sucht seine Katze. Aber dann habe ich das Foto gesehen und die Worte, die da standen. Mein Name, meine Adresse – und: *Vermisst*. Ich hab das abgerissen und dann das andere, das gegenüber hing, und ich hab mich umgesehen, aber da war niemand. Ich stand da ganz allein und hielt mein Vermisstenplakat in den Händen.«

»Ich kann mir vorstellen, wie beunruhigend das war.«

»Und wissen Sie, warum? Weil der Typ wusste, wo ich wohne. Der wusste es vorher schon. Der ist mir ja nicht bis nach Hause gefolgt. Der hat meine Adresse gehabt, mit Hausnummer und allem. Und wenn er gewollt hätte, dann wäre er einfach zu mir in die Wohnung gekommen und dann hätte er mich …« Ihre Stimme brach, und sie verbarg ihr Gesicht in den Händen. »Ich hätte nichts dagegen tun können«, brach es mühsam aus ihr hervor.

Giulia ließ ihr die Zeit, die sie brauchte, erst dann fragte sie: »Sie haben sich zweimal umgedreht?«

»Zwei- oder dreimal, ja.«

»Haben Sie den Mann erkannt?«

»Nein. Ich hatte den noch nie gesehen. Er trug einen Mantel mit einer Kapuze, er sah ein bisschen aus wie … ja, wie ein Mönch.«

»Haben Sie sein Gesicht gesehen?«

»Nicht so richtig. Ich habe seine Gestalt gesehen, und einmal ist auch ein bisschen was hervorgeblitzt unter der Kapuze. Er war sehr blass, glaube ich, aber ich habe seine Augen nicht gesehen. Ich … ich könnte ihn nicht wiedererkennen, würde ich sagen.«

»Sie haben ihn also noch nie vorher gesehen?«

»Das weiß ich nicht, Commissaria«, sagte Anna Bianci und

klang dabei beinahe verzweifelt. »Ich hatte so große Angst, das war einfach schlimm.«

Sie war leiser geworden, weil eine Kundin hereingekommen war, die nun einen Schuh mit Keilabsatz in die Hand nahm und von allen Seiten betrachtete. Sofort kam eine andere Verkäuferin herbeigestürmt, die ihre Hilfe anbot.

»Sie hatten jetzt einige Wochen Zeit, Signorina«, sagte Giulia, »da denkt man viel nach. Ist Ihnen noch irgendwas eingefallen? Jemand, der etwas gegen Sie haben könnte? Jemand, der Sie bedroht hat oder den Sie verletzt haben? Nach einem Date zum Beispiel?«

Die Verkäuferin schüttelte traurig den Kopf. »Ich hatte erst zwei Beziehungen, und die sind beide – nun ja – unblutig geendet, wie man so schön sagt. Ich mag beide Jungs, die würden mich niemals in Florenz nachts durch die Stadt verfolgen. Und auch nicht mein letztes Date. Der Arme tut mir richtig leid. Ich habe mich nicht mehr bei ihm gemeldet, weil ich erst mal den Kopf freikriegen wollte.«

»War er Amerikaner?«, fragte Giulia, die die Geschichte von Lidia Lello nicht aus dem Kopf bekam.

»Nein, Franzose. Sehr süß, sein Akzent war zum Dahinschmelzen. Aber nach der ganzen Sache hab ich erst mal die Schnauze voll von Männern.«

»Das verstehe ich. Also, haben Sie vielen Dank. Wenn Ihnen noch etwas einfällt, dann rufen Sie uns bitte an, jederzeit, in Ordnung?«

Giulia reichte ihr eine Visitenkarte mit ihrer Nummer in der Questura und ihrer Handynummer.

»Danke, das mache ich.«

»*Buona serata,* Signorina Bianchi.«

»*Buona serata,* Commissaria.«

Auch Luigi verabschiedete sich, und dann trottete das Trio

aus Frau, Mann und Hund hinaus in die kleine Gasse vor der Boutique. Noch einmal schüttelte Luigi über die kostspielige Auslage den Kopf.

»Es gibt echt so reiche Menschen«, sagte er leise.

»Und so arme«, erwiderte die Commissaria.

»Was war das mit dem Amerikaner?«

»Das habe ich Ihnen noch gar nicht erzählt, mir ist es eben erst wieder eingefallen. Lidia Lello, unser letztes Opfer, hat kurz vor der Tat einen amerikanischen Jungen gedatet, der sie zu einem einsamen Ufer am Arno gerudert hat. Dort wollte er ihr näherkommen, aber dann hat sie ihm eine geknallt. Die absolute Demütigung, dafür könnte man schon mal zu schlimmen Methoden greifen. Was denken Sie?«

»Das ist nicht ausgeschlossen. Wissen wir, wer der junge Mann ist?«

»Ich habe den Namen. Wollen wir versuchen, ihn heute noch anzutreffen? Er soll oft in einer Bar am Borgo Pinti sein.«

»Versuchen wir's. Aber danach muss ich wirklich nach Hause. Ich verhungere.«

SETTE – 7

Der Borgo Pinti war eine der Ausgehmeilen von Florenz, eine Gasse ein Stück östlich des altstädtischen Zentrums, der Dom und die Galleria dell'Accademia waren dennoch nur einen Katzensprung entfernt. Hier befanden sich hinter den alten Häusern lauschige Gärten, die ansässigen Ladenlokale waren kleine Boutiquen und Galerien, aber auch angesagte Bars waren darunter, vor denen junge Leute auf dem engen Bürgersteig standen, in großen Gruppen redeten sie, genossen den Frühlingsabend mitten in dieser anmutigen Stadt.

Giulia hörte schon vor der ersten Bar ein Stimmengewirr aus Dutzenden Sprachen: Englisch, Französisch, Spanisch, Schwedisch oder Dänisch, sie konnte die Skandinavier nie auseinanderhalten. Die ganze Welt war zu Gast in Florenz, so war es schon immer gewesen, die Universität hatte eine ebenso große Strahlkraft wie die vielen Kunstakademien, die Museen und Galerien. Viele kamen hierher zum Studium oder zu einem Sabbatical, besonders reiche junge Leute kamen aus Übersee, um einmal den Traum des alten Europas zu leben, im Mekka von Kunst, Kultur und Gastronomie, mitten in einer der schönsten Landschaften der Welt.

Weil der Bürgersteig so eng und voller Menschen war, musste Giulia vorangehen, Luigi und Tulipan folgten ihr. Lidia Lello hatte ihr den Namen des Etablissements genannt, *Bitter Bar* hieß sie. Es war die dritte auf der rechten Seite.

»*Scusi*«, sagte sie und drängelte sich durch eine Traube von jungen Leuten hinein in die Bar, die dunkel und voll war, die Musik war ohrenbetäubend laut. Der Barkeeper an der Piazza Santa Croce hatte recht gehabt, heute waren hier kaum Einheimische, sondern fast nur Expats und Touristen. Sie ging zur Bar, Luigi wartete draußen, um dem Hund die lauten Bässe zu ersparen, die aus den Boxen hämmerten. Hier war es eine junge Frau, die in bauchfreiem Shirt und einem sehr kurzen Rock die Gäste bediente. Sie wandte sich Giulia zu, die sofort die zwei Ringe in ihrer Nase bemerkte.

»Ciao«, sagte die Commissaria.

»*Only English*«, entgegnete die Barkeeperin. Giulia zog eine Augenbraue hoch. In Rom hatte sie schon öfter Bars besucht, in denen kein Italienisch mehr gesprochen wurde, jetzt kam der Trend auch hier in der Provinz an, Herrgott noch mal.

»*I'm looking for Steve*«, sagte Giulia. »*Is he here today?*«

Die Barkeeperin grinste und schien die Commissaria mit ihrem Blick abzuschätzen. Offenbar dachte sie, Giulia wäre die neue Eroberung des jungen Mannes. Dann hob sie den Arm und zeigte nach draußen.

»*There, outside*«, rief sie durch den Lärm. »*With the basecap.*« Giulia sah nach draußen, während der junge Mann mit der Schirmmütze ausgerechnet in diesem Moment nach drinnen schaute. Ihre Blicke trafen sich. Doch dann dauerte es nur den Bruchteil einer Sekunde, bis er seine Augen merkwürdig aufriss und gleich darauf losrannte.

»Luigi«, rief Giulia, »er haut ab …«, doch es war zu laut, er verstand sie nicht, sie drückte sich von der Bar ab und sprintete los, wurde aber gleich wieder von der Menge gebremst, die vor dem Eingang stand, sie drängelte sich durch, doch als sie um die Ecke bog, war der junge Mann schon verschwunden. Luigi stand da, genau wie Tulipan, reglos und erstaunt.

»Was ist passiert?«

»Er ist abgehauen, unser Mann …«

»Verdammt, das habe ich nicht gesehen«, sagte Luigi.

»Wir kriegen den schon noch«, sagte Giulia ärgerlich. »Ich frage die Barkeeperin, ob sie weiß, wie der Typ richtig heißt – und dann gebe ich eine Fahndung raus.«

»Warum ist er wohl abgehauen?«, fragte Luigi und sah die Commissaria ernst an.

»Entweder er hat einfach Schiss vor den Bullen – oder es hat mit der Nacht zu tun, in der Lidia Lello verfolgt wurde.«

»Wir müssen uns den Mistkerl schnappen.«

»Morgen, Commissario, morgen. Jetzt machen Sie Feierabend. Und danke für heute. Und für alles.«

»Ich danke Ihnen, Commissaria. Bis morgen.«

TAG 1. 20.30 UHR

La cena à Casa Batista (Das Abendessen im Hause Batista)

Luigi: Ich bin daheim, *cara*.

Carla: Ich hab dich schon vermisst.

Sie ruft es aus der Küche ins Wohnzimmer. Luigi hat im Flur seinen Übergangsmantel aufgehängt, während Tulipan als Erstes zum Wassernapf gelaufen ist, aus dem er nun geräuschvoll trinkt.

Carla: Du warst lange weg. Aber das war gut. So hatte mein Pesto zum Abendessen genug Zeit, um durchzuziehen.

Luigi: Sagst du mir jetzt etwa, dass du tatsächlich noch mal angesetzt hast, was ich heute Mittag verpasst habe?

Carla: Na, du weißt ja wohl, dass ich dich liebe – und da werde ich dir doch nicht eines meiner liebsten Gerichte vorenthalten, wenn du beim *Pranzo* leer ausgegangen bist.

Luigi: Du bist wirklich mein Goldschatz, also, wenn ich könnte, würde ich dich noch mal heiraten.

Carla: Das will ich dir auch geraten haben.

Beide lachen, dann tritt Carla kurz aus der Küche, streichelt Tulipan und küsst Luigi auf den Mund.

Carla: Was war los heute? Was gibt es so Aufregendes, dass dich die Commissaria persönlich dazuholt?

Luigi: Etwas Merkwürdiges, *cara.*

Carla: Nun erzähl schon.

Sie verschwindet wieder in der Küche, und er hört, wie sie das Nudelwasser abgießt. Aber nicht alles, das weiß er, ein wenig wird sie in das Pesto geben, damit die Stärke im Salzwasser die ölige Mischung bindet.

Luigi: Ein Mann verfolgt Frauen. Junge Frauen, die gänzlich unterschiedlich sind. Wir haben bisher keinerlei Verbindung zwischen ihnen gefunden. Aber da müssen wir noch mal genauer suchen.

Carla: Was macht er mit ihnen?

Luigi: Gar nichts. Also zuerst jedenfalls. Er verfolgt sie auf dem Nachhauseweg.

Carla: Oft?

Luigi: Bisher immer nur einmal. Er geht ihnen hinterher, so, dass sie es merken. Aber er spricht sie nicht an. Und wenn sie wegrennen, verfolgt er sie auch nicht. Er lässt sie einfach entkommen.

Carla: Also tut er ihnen gar nichts? Das ist doch Glück im Unglück, auch wenn es natürlich furchtbar ist, so was zu machen. Aber wieso ist das dann ein Fall für die Polizia Criminale?

Luigi: Weil er genau weiß, wo die Frauen wohnen. Er lässt sie nach Hause entkommen. Aber dann hängt er an ihren Häusern Plakate auf, mit dem Foto der Frau, ihrem Namen und dem Zusatz, dass sie vermisst sei.

Carla steckt den Kopf durch die Tür, Luigi sieht, wie sie die Augen aufreißt, offenbar glaubt sie, sich verhört zu haben.

Carla: Was sagst du da?

Luigi: Ja, er tut so, als wäre die Frau verschwunden. Heute hat eine alte Nachbarin die junge Frau aus dem Bett geklingelt, weil sie ganz verängstigt war. Die Frau war daheim, sie wusste ja von nichts. Ein andermal hat die Frau selbst ihr Plakat gefunden. Sie war total in Panik.

Carla: Das ist ja abscheulich. *Sie schüttelt sich, als würde sie selbst verfolgt.* Das erschüttert die Frauen bestimmt zutiefst. Das greift ja total in die Intimsphäre ein – und das Kopfkino dazu. Das ist bestimmt fast genauso schlimm wie ein echter Angriff.

Luigi: Das denken wir auch. Deshalb hat mich die Commissaria auch dazugeholt.

Carla: Und ihr habt gar keine Hinweise auf den Mann?

Luigi: Er tarnt sich sehr gut. Und keine der Frauen hat ihn erkannt. Aber was denkst du? So einer verfolgt doch nicht einfach wahllos wildfremde Frauen, oder?

Carla: Das ist so persönlich – und wenn er weiß, wo genau sie wohnen, dann muss er sie kennen. Oder etwa nicht?

Luigi: Das denke ich auch. Aber wo ist die Verbindung? Warum diese völlig unterschiedlichen Frauen?

Carla: Glaubst du, er geht weiter?

Luigi: Darauf haben wir keine Hinweise. Allerdings …

Carla: Was denn?

Luigi: Anfangs lagen zwischen den Verfolgungen mehrere Wochen. Zuletzt waren es nur noch drei Tage.

Carla: Du bist besorgt, dass er weiter geht?

Luigi: Ich bin besorgt, dass er immer mehr und schneller machen muss, um noch Befriedigung durch seine Übergriffe zu erfahren. Oder …

Carla: Was?

Luigi: Oder ja, er eskaliert.

Carla trägt die große Pastaschüssel herein, sofort ist die Luft im Raum von dem würzigen Duft von Knoblauch, Basilikum und Parmesankäse erfüllt. Luigi saugt den Duft tief ein, sein überwältigendes Hungergefühl weicht nun einer riesigen Vorfreude.

Carla: Was immer er tun will, ich hoffe, ihr kriegt ihn vorher. Aber nun ... wird gegessen, mein Herz.

Luigi: Ich danke dir, *cara.*

Carla füllt ihrem Gatten einen großen Pastateller, dann nimmt sie sich selbst noch ein wenig.

Luigi: Du liebst das Gericht auch so sehr, oder?

Carla: Es ist so einfach, und trotzdem besonders. Ich könnte das auch dreimal am Tag essen. *Buon appetito.*

RECETTE

Spaghetti alla trapanese
Spaghetti mit Mandel-Knoblauch-Pesto

Für 4 Personen

- *500 Gramm Spaghetti*
- *200 Gramm Parmesan oder Grana Padano*
- *200 Gramm Mandeln*
- *3 Knoblauchzehen*
- *Eine Handvoll Kirschtomaten*
- *Eine Handvoll Basilikumblätter*

Die Spaghetti nach Packungsbeilage in viel Salzwasser *al dente* kochen.

Die Mandeln in eine Pfanne geben und erwärmen, ohne sie braun werden zu lassen, sonst werden sie bitter. Dann in einer Küchenmaschine oder noch besser einem Mörser zu groben Stückchen zerkleinern. Anschließend in eine Schüssel geben.

Auf demselben Wege auch das Basilikum und den Knoblauch zerkleinern, bitte getrennt, damit sich die Aromen noch nicht vermischen. Alles zusammen in die Schüssel geben und nun reichlich Olivenöl dazu, wenig Salz, reichlich Pfeffer und den Großteil des geriebenen Parmesans.

Das Pesto verrühren und mit den kleingeschnittenen Tomaten zusammengeben, alternativ kann alles zusammen auch mit den Händen grob vermengt werden.

Die Spaghetti abgießen und tropfwarm in die Schüssel geben, alles miteinander vermischen. Mit dem restlichen Parmesan überstreuen, schwarzen Pfeffer drübermahlen und fertig.

Hervorragend passt dazu ein Weißwein aus Sizilien, etwa der 2019er Donnafugata vom Fuße des Ätna.

TAG 1

Mein liebes Schwesterherz,

es gibt einen neuen Fall, und er ist der Grund, warum ich dir ein paar Tage nicht mehr geschrieben habe. Das tut mir wirklich leid, aber die Sache nimmt mich sehr mit.

Ein Mann macht schlimme Dinge mit Frauen in unserer Stadt. Frauen, die so alt sind, wie wir es damals waren, kurz bevor du gegangen bist. Das tut mir weh, und ich möchte diesen Frauen helfen. Ich hoffe, ich weiß bald, wer dahintersteckt – und wie ich ihn kriegen kann. Da lauern tiefe Abgründe, das spüre ich, ich denke, es ist eine große Verletzung, die ihn antreibt, diese schlimmen Dinge zu tun. Dass er noch mehr verletzen will.

Ich denke gerade sehr viel an dich. Tatsächlich träume ich jede Nacht von dir, und von Mama und Papa – und ich weiß gar nicht recht, warum das so ist. Es ist, als würde gerade alles wieder nach oben kommen, an die Oberfläche drängen – aber mit welchem Ziel?

Was gibt es, das ich nicht weiß von damals? Hast du eine Idee? Du kannst gern in meinen Traum kommen und mir davon erzählen. Ich würde es gerne wissen, vielleicht kann ich dann etwas tun – oder die Menschen finden, die euch das angetan haben. Es würde meinen Schmerz nicht heilen, aber vielleicht würde es mir das Gefühl geben, dir und euch ein kleines Stück Gerechtigkeit widerfahren zu lassen.

Was willst du mir mit diesen Träumen sagen, Schwesterherz, kommen sie überhaupt von dir? Was ist damals genau passiert? Ich habe die Erinnerungen überlagert, weil sie so schlimm sind. Es ist, als würde ich jede Minute dieses Tages kennen, aber gleichzeitig fehlen mir alle Bilder und alle Gedanken – das ist doch total merkwürdig, oder? Mein Therapeut hat gesagt, das sei mein Trauma. Aber ich will kein Trauma, ich möchte wissen, warum das alles passiert ist.

Mach dir keine Sorgen um mich, mir geht es gut, ich bin nicht verzweifelt, das bin ich wirklich nicht mehr. Ich bin nämlich auch nicht mehr alleine in unserem großen Haus. Ein junger Mann lebt hier mit mir. Was für große Worte – aber ja, so ist es, Enzo, so heißt er, lebt hier mit mir, die meisten Tage ist er bei mir.

Enzo sieht mich mit dem Herzen, er ist ein wunderbarer, weicher und zarter, aber auch starker und zupackender Mann. Du würdest ihn mögen. Ich weiß es.

Buona notte, mein Schwesterherz.

Deine Giulia

OTTO – 8

Kurze blonde Haare. Er hatte noch nie eine Freundin gehabt, die kurze blonde Haare hatte. Sie sah ein wenig aus wie Meg Ryan, das hatte ihm sofort an ihr gefallen, obwohl er bei der ersten Begegnung nicht gewusst hatte, ob sie sein Interesse wecken würde. Als er ihr dann gefolgt war, hatte er schnell gespürt, dass er sie sehr wohl mochte. Sehr sogar.

Sie war anders, nicht nur von ihrem Äußeren. Sie war burschikos, irgendwie zupackend, das hatte er gleich gespürt. Und sie war nett gewesen, nicht so ein Püppchen wie die anderen, die ihn einschüchterten.

Er war stehen geblieben, um sich die Schuhe zuzubinden, dann hatte er sich wieder aufgerichtet und war reglos stehen geblieben, als würde er auf jemanden warten, der erst in zehn Minuten die Straße entlanggeschlendert käme.

Es war sein Metier. Das, was er am besten konnte. Im Dunkeln bleiben. Unentdeckt und unauffällig. Sodass es völlig ungefährlich für ihn war, an dieser Ecke zu stehen, ruhig wie ein Baum, und den Eingang zu dem Buchladen im Auge zu behalten. Vor zwanzig Minuten war sie hineingegangen, sie müsste bald fertig sein. Zweimal hatte er sie im ersten Stockwerk von Regal zu Regal gehen sehen, sie hielt ein Buch in den Händen und betrachtete es konzentriert.

Er mochte das an ihr, er mochte, dass sie so ernst war, ernst und genau, sie war nicht wie die anderen, kein Leichtfuß, sie sah das Leben, wie es war: als eine Herausforderung. Das konnte er an der Art ablesen, wie sie in diesem Buch blätterte, wie ihre Augen über die Seiten flogen, sie war klug, ohne Frage.

Er war gespannt, wie es wäre, sie zu begleiten. Eigentlich hatte er länger warten wollen, schließlich war es erst in der vergangenen Nacht gewesen, dass er seine letzte Freundin begleitet hatte.

Aber er hatte den Rest dieser Nacht fiebrig verbracht, genau wie den ganzen Vormittag. Er hatte gespürt, dass heute der Tag sein musste. Würde er es nicht heute tun, dann wäre Sonntag, und an Sonntagen blieb sie daheim, das hatte er schon festgestellt. Dann hätte er mindestens zwei Tage keine Möglichkeit gehabt, sie zu begleiten. Also heute. Heute war der Tag.

Was war anders an seiner neuen Freundin? Gestern, Signorina Lello, die hatte ihm auch gut gefallen. Er mochte ihre langen Haare, eigentlich sogar lieber als die kurzen von Teresa. Aber es ging ja nicht nur um das Äußere.

Lidia war ihm dann doch nichts gewesen, sie war zu hochmütig, wie alle anderen Frauen. Sie ängstigte ihn, und auch wenn er wusste, dass sie ihn anders gesehen hätte, hätte er sich zu erkennen gegeben, hatte er sich doch nicht getraut, weiterzugehen.

Das wäre hier anders. Teresa war es. Sie war die, für die es sich lohnte, den entscheidenden Schritt weiterzugehen.

Nove – 9

»Kann ich zahlen?«, fragte sie, und der Padrone lächelte sie an. »Ist schon gut«, sagte er. »Sie sind eingeladen.«

»Das ist … Vielen Dank.« Sie schenkte ihm ihr schönstes Lächeln, dann nahm sie den letzten Schluck aus ihrem Glas mit Campari-Soda. Sie hatte am Tresen gesessen, der einzige Gast, der allein gekommen war, und offenbar fand der Wirt das so ungewöhnlich, dass er sie kurzerhand einlud.

Dabei war sie weder auf Männerfang, noch war sie auf ein Gespräch mit dem Barista aus, auch wenn man beides hätte annehmen können.

Sie liebte es, allein zu sein. Viel zu oft war sie tagelang von Menschen umgeben, in der Uni, in der kleinen Bar, in der sie arbeitete, bei Dates, von denen sie schon vom ersten Moment an wusste, dass sie unsinnig sein würden. Ohne Ergebnis, sozusagen.

Sie sprach unzählige Wörter, jeden Tag, professionelle, freundliche, persönliche, manchmal war sie abends so müde vom vielen Reden, dass sie nach der Arbeit oder Uni nur noch ins Bett fiel. Dann wusste sie, dass sie mal wieder einen Tag nur für sich brauchte, einen Tag, an dem sie allein blieb, bloß mit sich – und mit anonymen Menschen mitten in der Stadt, denen sie lauschen konnte, ohne ihnen antworten zu müssen.

Sie hatte den ganzen Tag nur fremden Menschen zugehört, und sie hatte nicht gesprochen. Vorhin im Buchladen hatte sie Reiseführer angeschaut und von fremden Ländern geträumt, sie wollte allein reisen, ganz dringend wollte sie das. Und sie hatte in zwei Romanen geschmökert, sie wünschte sich so sehr, mehr Zeit zu haben. Um zu lesen, zu entschwinden in ferne Welten und um durch ihre Stadt zu streifen, Kleinode zu entdecken und Dinge, die niemand anderem auffielen als ihr. Das kleine Weinfenster an der Via Maggio, der Balkon mit der Wäsche, die beiden Tauben, die sich auf einer Marmorstatue so gegenübersaßen, dass es aussah, als würden sie sich einen Antrag machen. Sie musste immer leise in sich hineinlächeln, wenn sie diese Dinge bemerkte, die winzigen Details, die diese Stadt ausmachten.

Teresa trank den letzten Schluck, dann zog sie sich ihren leichten Mantel über. Es war den ganzen Tag über warm gewesen, aber abends kühlte es in diesem Frühling noch rasch ab. Sie wusste das, sie kannte die leichten Böen, die vom Meer herüberwehten, über die toskanischen Hügel.

Sie verließ die Bar und trat hinaus auf den Bürgersteig, drinnen hatten sie leise Musik gespielt, hier draußen war es ganz still, nur aus der Ferne drangen ein paar Stimmen von der Piazza Santo Spirito zu ihr, wo wohl wieder ein paar amerikanische Studenten feierten, als würde die Welt ihnen gehören. Es gab auch Dinge an Florenz, die nervten sie, aber das lag weniger an der Stadt als an den Leuten, die glaubten, das altehrwürdige Firenze gehöre ihnen.

Sie liebte die alten Viertel südlich des Flusses, hier war es nicht ganz so touristisch, nicht ganz so konsumorientiert, nicht ganz so laut wie im Norden. Hier lagen die alten Gassen, in denen noch echte Florentiner wohnten, hier gab es baumbestandene Plätze, lauschige Terrassen und Bars, in denen es immer noch zwei verschiedene Preislisten gab, die offizielle für die Touristen, die auf den Tischen auslag, und die, die nur der Wirt kannte, eine Preisliste, die nur für die Einheimischen galt und auf der der Espresso für unter einen Euro zu haben war.

Sie liebte die kleinen Gassen, und sie hatte eine Jahreskarte für den Park in den Boboli-Gärten. Selbst wenn die Stadt von Touristen nur so wimmelte, konnte sie dort inmitten der Natur herrlich abschalten.

Teresa hatte keine Lust auf den Rummel von Santo Spirito, der Lärm von dem schönen Platz mit der alten Kirche und den vielen Bars war angeschwollen, je näher sie ihm gekommen war. Deshalb bog sie schon vorher in eine Gasse ab, es war ein kleiner Umweg, aber der Weg nach Hause war so kurz, da machte das nichts.

Sie glaubte zuerst, dass es ihre eigenen Schritte waren, deren Echo die Häuserwände in der engen Straße zurückwarfen. Aber als die Geräusche immer versetzter wurden, drehte sie sich um. Sie hatte nie Angst in Florenz, die Stadt war viel sicherer als Rom oder Neapel, außerdem war ihr brauner Gürtel in Karate seit ihrer Kindheit ein Garant dafür, von Schulhofraufereien bis zu allzu aufdringlichen Dates noch alles in den Griff bekommen zu haben. Dennoch spürte sie jetzt, wie ihr Herzschlag mit einem Mal doppelt so schnell war, sie glaubte sogar, ihren Puls hören zu können.

Der Mann war vielleicht fünfzig Meter hinter ihr. In einer Gasse, die nun wirklich niemand einfach so ansteuerte, es sei denn, er wohnte hier.

Die Laternen waren hier nur dämmrige Funzeln, deshalb konnte sie beinahe nichts von ihm erkennen. Er trug einen Mantel wie sie, lang und schwarz, und das tief ins Gesicht gezogene Basecap verringerte ihr schlechtes Gefühl kein bisschen.

Sie ging ein wenig schneller und glaubte, dass auch er seine Schritte beschleunigte. Teresa nahm ihr Handy aus der Manteltasche und entsperrte es. Hinter der nächsten Laterne wurde sie langsamer, dann stoppte sie ganz, sie hielt sich das Handy vors Gesicht, formte einen Kussmund, so, wie sie es bei ihrer Nichte gesehen hatte, die ein Teenager war, dann drückte sie den Auslöser. Es blitzte, dann war da das Foto zu sehen, der Mann hinter ihr war gut zu erkennen, auch wenn das Basecap immer noch den genauen Blick auf sein Gesicht verhinderte. Sie blieb immer noch stehen, so, als wolle sie das Bild sofort verschicken, und der Mann ging in einigem Abstand an ihr vorbei. Sie hatte das Handy vergessen, stattdessen folgte sie ihm mit ihren Augen. Doch er wandte sich nicht mehr um, er ging einfach von dannen und bog am Ende der Gasse nach links ab. Teresa atmete einmal tief durch, dann noch einmal und noch einmal. Ihr Puls beruhigte sich nur langsam, aber als sie noch eine Minute gewartet hatte und der Mann nicht zurückgekehrt war, hatten auch ihre Beine wieder die normale Festigkeit und fühlten sich nicht mehr an, als wären sie aus Pudding. Sie ging langsam wieder los, sie sah das Bild an, aber der Verfolger, der keiner war, schien ein ganz normaler Mann zu sein, ohne besondere Merkmale – und eben leider auch ohne erkennbares Gesicht.

Sie bog einmal nach links, dann noch einmal, schließlich sah sie ihre Haustür. Sie zog den Schlüssel aus ihrer Manteltasche, ging die letzten Meter mit dem kühlen Metall in der Hand, dann trat sie an das große Holzportal und steckte den Schlüssel ins Schloss. Sie drehte und drückte das Tor mit aller Kraft auf. Drinnen war es dunkel. Sie ging zum Lichtschalter, doch bevor sie ihn drücken konnte, sagte eine männliche Stimme:

»Teresa, da bist du ja endlich«, dann spürte sie die Wärme in ihrem Nacken, der Elektroschocker traf ihren Hals, sie zuckte zusammen, geschüttelt von dem Stromschlag, bevor sie zu Boden gleiten wollte, doch der Verfolger, der doch einer war, fing sie kurz vor dem harten Aufprall auf und nahm sie in die Arme, behände, als trüge er eine Feder.

DIECI – 10

Er hatte seinen Wagen in der kleinen Gasse geparkt, das ging um diese Uhrzeit, er kannte sich hier aus. Deshalb war es ein Leichtes, sich diese junge Frau unterzuhaken und mit ihr nach draußen zu gehen. Es musste aussehen, als wäre sie betrunken und er stütze sie, dabei wusste er, dass ihre Füße nicht einmal den Boden berührten, weil er sie trug. Aber eine Tarnung wäre gar nicht nötig gewesen, die Straße, in der sie wohnte, lag wie ausgestorben da. Die jungen Leute waren irgendwo in der Stadt, feiern, essen, trinken, ausgelassen sein. Die Alten hingegen saßen vor dem Fernseher und sahen irgendeinen Quatsch auf RAI.

Er öffnete die Ladeklappe und ließ sie sanft hineingleiten, er überlegte, ob er sie noch irgendwie betäuben musste, aber der Stromschlag würde wohl reichen. Trotzdem schloss er ab, dann griff er sich vom Beifahrersitz die Mappe und das Klebeband. Er nahm die vier Plakate heraus, ging zur Haustür und befestigte dort das erste Plakat, fein säuberlich an allen vier Ecken. Dasselbe wiederholte er an den beiden Laternen gegenüber und zur Sicherheit auch noch an dem kleinen Tante-Emma-Laden vier Häuser weiter.

Dann ging er wieder zu seinem Wagen, ließ den Motor an und lenkte den Transporter hinaus aus dem Gewirr der kleinen Gassen von Oltrarno.

Eine halbe Stunde später befand er sich auf halbem Wege zwischen Florenz und dem Meer, die Autobahn war ruhig, es gab kaum Verkehr.

Das war nicht perfekt, weil er bei einer Verkehrskontrolle in jedem Fall herausgezogen werden würde, anders als am Tage, wenn totales Chaos herrschte. Andererseits: Wer würde ihn aufhalten wollen? Er war so wenig verdächtig, wie ein Mensch es nur sein konnte – und der Moment, in dem er das verstand, hatte sein Leben verändert.

Die größte Schwäche war zugleich die größte Stärke – das hatte er begriffen. Worunter er jahrelang gelitten hatte, würde nun den Unterschied ausmachen. Schließlich hatte es ihn zu dieser jungen Frau geführt.

Er wusste, dass sie nicht freiwillig in seinem Wagen war, natürlich wusste er das, er war schließlich nicht verrückt. Aber er wusste auch, dass ein paar Tage, ein paar Wochen mit ihm alles verändern würden. Schließlich war er verlässlich, integer und freundlich. Und das hatte diese junge Frau ja bemerkt, damals, als sie sich zum ersten Mal sahen. Anders war ihr Lächeln nicht zu erklären.

Dass sie nicht seine erste Wahl war – geschenkt. Er hatte bei all den anderen Frauen, die seine Freundinnen gewesen waren, verstanden, dass es um die inneren Werte ging.

Der Mond stand hoch am Himmel, und die Landschaft entlang der Autobahn glänzte in dem kalten Silber, die Zypressen ragten empor, ab und zu gab es einige Höfe, auf der rechten Seite waren die Apuanischen Alpen als ansteigende Höcker zu sehen, bald würden sie das Meer erreichen.

Das Haus dort hatte er gekauft, als er ein junger Mann war,

damals war es nicht viel mehr als eine Scheune gewesen, aber er liebte die Arbeit mit den Händen, deshalb war es nun sein Zuhause geworden, ein wirkliches Anwesen mit schönen Zimmern und einem grandiosen Ausblick über das Meer. Es war abgelegen und ruhig, es war eine Oase der Stille in dieser hektischen Welt. Ein Zuhause, das nur er kannte. Niemand sonst. Und nun würde Teresa es kennenlernen. Und dann würde es auch ihr Zuhause sein.

UNDICI – 11

Einmal erwachte Giulia, es musste kurz vor sieben sein, draußen erahnte sie das gedämpfte Licht des jungen Tages, sie gähnte und streckte sich, dann legte sie ihre Hand um Enzos nackten Körper und streichelte seine Brust. Sie hatte ewig nicht mehr so tief und lange geschlafen. Der Wunsch nach einem Traum, in dem Sofia ihr etwas sagte, war nicht erfüllt worden, die Nacht war traumlos gewesen, dachte sie, obwohl das ja gar nicht möglich war. Gleich darauf schloss sie wieder die Augen und glitt in einen leichten Morgenschlaf, aus dem sie einige Minuten später, waren es fünf oder zehn oder dreißig, jäh herausgerissen wurde. Sie schlug die Augen auf, ihr Telefon war am Abend, als sie heftig miteinander geschlafen hatten, vom Nachttisch gefallen. Sie bückte sich aus dem Bett und hob es auf, dann nahm sie den Anruf an, der aus der Questura kam.

»Ja? Commissaria Ferrari hier ...«

»Commissaria, hier ist Antonio.« Die Stimme des Diensthabenden war ernst. Es war einer dieser Momente, in denen sie schon die Worte vorausahnte. Ein Moment, in dem über einem unschuldigen Morgen in Sekundenschnelle düstere Wolken aufzogen. »Ein Hausmeister hat uns angerufen, aus einem

Mietshaus in Oltrarno, in einer Nebenstraße von Santo Spirito. Er hat am Morgen Plakate gefunden, an der Haustür und einer Laterne.«

»Wieder Vermissten-Plakate?«

»Ja, Commissaria.«

»Und die junge Frau?«

»Das ist es ja«, sagte der Diensthabende. »Der Hausmeister hat bei ihr geklingelt, sie heißt Teresa Buonacuore. Sie hat nicht aufgemacht. Er hat es mehrfach versucht. Ich wollte jetzt eine Streife schicken, Sie aber vorher informieren.«

Giulia reagierte blitzschnell.

»Schicken Sie eine Streife, Antonio, aber nur, um das Haus abzusichern. Ich komme sofort zu der Adresse.«

»Verstanden, Commissaria. Ich sage es der Streife.«

»Danke, Antonio.«

Sie legte auf, dann fuhr sie Enzo sanft über die Schulter, doch der murmelte schon: »Ich hab alles gehört. Eine neue Frau?«

»Ja«, sagte Giulia leise. »Und sie macht die Tür nicht auf.«

DODICI – 12

Der Anruf hatte Luigi erreicht, als er gerade unter die Dusche steigen wollte. So setzte er sich ungeduscht auf seinen Roller und fuhr, heute ohne Tulipan, hinunter in die Stadt, mit wilden Schwüngen in den Serpentinen, die sich von Santa Croce nach Florenz hinunterzogen. Der Himmel war bedeckt, mit dicken grauen Wolken, gänzlich untypisch war das für den späten Frühling. Windböen fegten über die grünen Hügel, und gerade, als Luigi die Ebene und mit ihr die ersten Ausläufer der Stadt erreichte, das Einkaufszentrum, die Tankstelle, die Autowaschanlage, begann es leicht zu nieseln.

Das war eine Katastrophe für Rollerfahrer, denn der ohnehin glatte Asphalt wurde, wenn er feucht wurde, ganz schmierig, hinzukamen die Schlaglöcher und Unebenheiten, die durch die Unfähigkeit der Politik und der Verwaltung zu Italien gehörten wie der Cappuccino zum Frühstück.

So war der Commissario recht froh, dass nicht noch ein schwanzwedelnder Hund zwischen seinen Beinen saß, als ihm einmal fast das Vorderrad wegrutschte. Er schaffte es eben noch so, die alte Vespa wieder in den Griff zu kriegen.

Die anderen Verkehrsteilnehmer bestätigten ebenfalls fleißig das gute alte Vorurteil, dass Italiener bei Regen nicht Auto fahren konnten. So hatte sich an der Einfahrt zur Stadt eine Blechlawine gebildet, die Luigi nur mit wilden Haken umfahren konnte, bei einem davon stürzte er fast noch einmal. Dann aber ging es besser, und er überquerte bei der Ponte alle Grazie den Arno, um schließlich immer am Fluss entlang ins Viertel Oltrarno zu fahren.

Er war tatsächlich zügig durchgekommen, denn kurz vor dem Ziel tauchte der VW Käfer der Commissaria vor ihm auf, sie war also noch langsamer gewesen als er, weil sie sich ja deutlich früher auf den Weg gemacht hatte. Sie bogen in die Via Maffia ein, eine kleine Sackgasse, und Luigi sah weiter vorn schon die schwarze Alfa-Limousine der Carabinieri stehen, das Blaulicht war eingeschaltet, die beiden Uniformierten standen rauchend am Wagen, offenbar wussten sie nicht so recht, was sie hier sollten. Luigi bockte die Vespa auf, während die Commissaria aus dem Oldtimer stieg, nein, Luigi korrigierte sich, auch die Beifahrertür öffnete sich, und der junge Sergente stieg ebenfalls aus. Es musste wirklich ernst sein zwischen den beiden, dachte er, wenn sie zusammen die Nacht verbracht hatten.

»Guten Morgen«, rief Giulia und kam auf den Commissario zu, der auch den blinden Enzo begrüßte. Gemeinsam gingen sie zu den Carabinieri, die schnell ihre Kippen wegwarfen.

»Kollegen«, sagte Luigi mit einem knappen Nicken.

»Oh, Commissario«, entgegnete der Ältere. »Wir sollten nur hier draußen warten, hat die Zentrale gesagt.«

»Ganz recht«, entgegnete Giulia. »Gab es irgendwas? Hat jemand das Haus verlassen?«

»Nur ein Mann mit einem Besen«, sagte der Carabiniere, »bestimmt der Hausmeister. Er hat gefragt, ob wir reinkommen wollen, er wollte uns alles zeigen.«

»Gut, dass Sie hier gewartet haben.«

»Wir haben dort an dem kleinen Laden das hier gefunden.«

Der jüngere Mann hielt Giulia ein Stück Papier hin. Sie erkannte sofort, was es war.

»Und Sie haben es nicht hängen lassen?«

»Na, ich dachte …«, stammelte der Uniformierte, »ich müsste es sichern.«

»Fingerabdrücke sind immer gut, wenn sie nicht von Dutzenden anderen überlagert werden – das sollte doch auch die Schule der Carabinieri mittlerweile lehren, oder?«

»Ich …«, doch mehr sagte der Mann nicht, sondern biss sich verkniffen auf die Lippen, weil der Ältere ihm einen warnenden Blick zuwarf.

Giulia wandte sich um und wies auf das kleine Geschäft, das noch immer geschlossen war. »Hing es dort?«

»Ja, genau auf Augenhöhe.«

Sie nahm das Blatt und drehte es um. Es war identisch mit den anderen Plakaten, die sie bisher gefunden hatten, nur der Name war anders – und das Foto.

Teresa Buonacuore war laut ihres Geburtsdatums achtundzwanzig Jahre jung, sie hatte kurze blonde Haare und Sommersprossen, dazu tiefblaue Augen und ein fröhliches Gesicht mit roten Wangen. Aber da lag auch etwas in ihrem Blick, das Giulia nicht sofort deuten konnte. Charakter – ja, sie sah aus wie ein starker Charakter.

»Gut«, sagte sie und packte das Plakat in ihre Tasche. »Warten Sie hier. Wir sagen Ihnen gleich, ob es etwas zu tun gibt.« Dann wandte sich Giulia zum Haus, Luigi und Enzo folgten ihr. Sie brauchten nicht zu klingeln, der Hausmeister riss sogleich die Tür auf, offenbar hatte er im Flur gewartet. Er hielt tatsächlich einen Besen in der Hand, aber der war sicher nur Requisite.

»Da sind Sie ja endlich«, sagte der Mann.

»Berufsverkehr, Signore. Aber nun sind wir ja da«, entgegnete die Commissaria.

»Oh, sind Sie nicht Commissario Batista? Sie kenne ich aus dem Fernsehen. Von früher.«

»Das ist nett«, sagte Luigi freundlich, »aber es ist auch sehr lange her.«

»Wenn wir Pech haben, sind wir mit dieser Sache wieder im Fernsehen«, sagte Giulia. »Haben Sie die Plakate abgehängt?«

»Nur das an der Tür, weil ich so überrascht war. Tut mir leid, das hätte ich nicht tun sollen, wegen der Fingerabdrücke, nicht wahr?«

Sogar ein Hausmeister wusste das, dachte Giulia, und die Uniformierten dachten einfach nicht daran. Wenn das nun ihre einzige Spur gewesen wäre? Doch der Mann fuhr fort: »Draußen an der Laterne, da hängt noch eins, das habe ich hängen lassen. Ich bin dann direkt hoch, Signorina Buonacuore wohnt in Etage zwei. Aber da hat niemand aufgemacht.«

»Gut, wir sehen nach. Kommt, Kollegen.« Sie ging zu Enzo und hielt sich ganz nah neben ihm, als sie die hölzerne Treppe hinaufgingen, die sich in engen Wendungen nach oben drehte. Bei jedem Schritt knarzten die Stufen. Im zweiten Stock befanden sich zwei Türen, an der rechten erkannte Giulia bereits von weitem das schwarze Schild mit den weißen Buchstaben, die Buonacuore formten, an die Tür war auch eine weiße Friedenstaube geklebt und eine Regenbogenfahne. Die Commissaria klopfte laut und fest, konnte ja sein, dass die junge Frau noch schlief.

Doch im Inneren der Wohnung regte sich nichts. Sie klopfte noch einmal mit der flachen Hand.

»Polizia di Stato«, rief sie. »Signorina Buonacuore?«

Sie hielt das Ohr gegen die Tür. Doch kein Geräusch drang nach draußen.

»Sie ist nicht da.«

»Oder sie ist doch da«, sagte Luigi. »Wir müssen die Tür aufkriegen.«

»Daran habe ich schon gedacht«, sagte der Hausmeister und wedelte mit einem riesigen Schlüsselbund. Alle Schlüssel waren mit kleinen Anhängern versehen, die beschriftet waren. Er suchte nur kurz, dann gab er der Commissaria den Schlüssel, die ihn vorsichtig ins Schloss steckte und drehte. Sofort sprang die Tür auf.

»Polizia«, rief sie noch einmal in die Wohnung, die dunkel und verlassen wirkte. Sie traten ein, Giulia überlegte, ihre Waffe zu ziehen, andererseits konnte sie nicht richtig erkennen, welche Gefahr hier lauern sollte. Sie ging durch den Flur, dann sah sie in die zwei kleinen Räume, die zur linken Seite lagen, ein Wohnzimmer mit kleiner Küche und ein Schlafzimmer, in dem sich nur ein Bett befand und eine Stange auf Rollen mit Kleiderbügeln, auf denen ein paar Klamotten hingen. Es war alles sehr schlicht, die Frau schien nicht viel daheim zu sein. Das Bad war am hinteren Ende des Flurs, doch wie alle Räume war auch dieser menschenleer. Von der Bewohnerin fehlte jede Spur.

»Sie war nicht hier in der Nacht«, sagte Giulia, die an das gemachte Bett getreten war. Sie fasste einmal die Bettdecke an, die kühl und klamm war. Die Fenster waren nur einfach verglast und vor Nässe beschlagen. Nun begann die Commissaria, ruhig und systematisch die Wohnung zu durchsuchen. Sie ging ins Wohnzimmer, auf dem kleinen Esstisch lag eine Zeitschrift über Architektur, der Computer diente zugleich wohl als Fernseher, weil er vor der Couch stand. Sie öffnete den Kühlschrank, der ordentlich eingeräumt war, es waren aber nur wenige Produkte darin, ein Toastbrot, Butter, Hafermilch, Ziegenkäse, Tomaten. Wer legte denn Tomaten in den Kühlschrank?

»Entweder, sie ist aus einem ganz normalen Grund nicht hier«, sagte die Commissaria, als sie fertig war, »also, weil sie bei jemandem geschlafen hat oder weil sie für ein paar Tage weggefahren ist oder weil sie bei einer Freundin ist – oder …«

»… oder sie wurde tatsächlich entführt«, beendete Luigi den Gedanken seiner Kollegin.

»Wir könnten Signora Buonacuore ja anrufen«, rief der Hausmeister durch den Flur. Er war an der Wohnungstür stehen geblieben.

»Haben Sie Ihre Nummer?«, fragte Luigi und trat in den Flur. »Das würde uns die Arbeit deutlich erleichtern.«

Der Hausmeister zeigte ihm die Nummer in einem kleinen Notizbuch, dort hatte er Namen und Nummern aller Bewohner fein säuberlich aufgelistet. Er war wirklich ein Concierge vom alten Schlage. Hier funktionierten die Dinge fast wie früher, wie es schien.

Luigi wählte die Nummer auf seinem Handy, und es klingelte. Doch am anderen Ende hob niemand ab. Giulia machte ihm ein Zeichen.

»Psst«, zischte sie. Dann wartete sie und flüsterte: »Hört ihr das?«

»Da unten klingelt ein Handy«, erwiderte Enzo.

Die Commissaria rannte die Treppe hinunter und rief auf halbem Wege zurück: »Rufen Sie noch mal an, Commissario.«

Sie war auf den letzten Stufen, als es wieder zu klingeln begann. Leise zwar, aber ganz deutlich. Sie suchte das düstere Treppenhaus ab, je näher sie an den Eingang kam, desto lauter klingelte es. Nun leuchtete sie mit der Taschenlampe ihres Telefons und sagte dann: »Da bist du ja.«

Das Display leuchtete nur ganz schwach, denn das Telefon war unter eine Scheuerleiste gerutscht, die Wand hatte hier einen Spalt im unteren Mauerwerk. Daraus zog sie das Handy hervor. Mittlerweile waren Luigi und Enzo auch unten angekommen.

»Also, ich nehme an, sie ist nicht irgendwo hingegangen«, sagte Giulia und hielt das Handy hoch. »Sie ist tatsächlich entführt worden.«

»Und hat dabei ihr Telefon verloren – oder es absichtlich fallen lassen.«

Giulia blickte das Handy an, auf dem Display war das Foto eines Schattens unter einem blühenden Baum zu sehen. Es war wohl der Schatten von Teresa, auf jeden Fall war es eine weibliche Figur, die ihn warf.

»Das heißt, wir suchen nun nicht mehr nach einem verrückten Stalker – sondern nach einem Entführer«, sagte sie mit fester Stimme. Und Luigi und Enzo nickten dazu im Takt.

TREDICI – 13

Giulia hatte die Spurensicherung bestellt, die nun die Wohnung auseinandernahm. Viel erhoffte sie sich nicht davon, denn das Handy im Flur wies darauf hin, dass Teresa Buonacuore es gar nicht bis in ihre Wohnung geschafft hatte. Die Frage nach einer Überwachungskamera im Flur verneinte der Hausmeister lachend.

»Hier verlassen sich alle auf mich, ich wohne ja im Erdgeschoss, ich bin besser als die beste Überwachungskamera. Aber …«, er senkte den Kopf, »leider hab ich gestern schon früh geschlafen, ich bin um neun ins Bett gegangen. Mir war, als brüte ich etwas aus – und da wollte ich mich gesundschlafen.«

»Sie können nichts dafür, Signore«, sagte Luigi sanft. Sie verabschiedeten sich, und Giulia wies die Spurensicherung an, auch das letzte Plakat an der Laterne gegenüber dem Haus zu sichern. Dann wandte sie sich an die Carabinieri.

»Sie gehen bitte von Haus zu Haus und fragen nach, ob jemand gestern etwas gesehen hat. Irgendwann am Abend, vielleicht auch in der Nacht. Wir wissen es nicht.«

»In Ordnung, Commissaria«, erwiderte der Ältere. »Wir klingeln also bei den Nachbarn?«

»Bei allen, die ganze Sackgasse lang, sie muss ja auf jeden Fall an den Häusern vorbeigegangen sein, um nach Hause zu gelangen. Und der Täter entführt die Frau ja nicht zu Fuß und trägt sie dann huckepack durch die Straße. Vielleicht hat jemand hier einen Wagen stehen sehen.«

»Alles klar, wir fangen an. Wir melden uns dann bei Ihnen …«

»Geben Sie in der Questura Bescheid. Wäre gut, wenn ich bis Mittag Ihren Anruf habe.«

»*Sì*, Signora Commissaria.«

Der Mann verschwand, und Luigi sah, wie er seinem Kollegen am Wagen noch etwas zuraunte. Die Carabinieri waren nie Freunde der Polizia di Stato gewesen. Sie waren Soldaten, Männer, die im Dienste des Verteidigungsministers standen – und so sahen sie sich auch. Militärisch, streng, ohne große Freude an Ermittlungsarbeit, dafür aber mit sehr viel Durchschlagskraft. In den Städten Italiens war es nun mal aber so, dass die Polizia di Stato, die dem Innenministerium unterstellt war, die Deutungshoheit hatte und den Carabinieri Aufträge erteilen konnte. Das kam nie gut an und hatte dazu geführt, dass sich die Feindschaft zwischen beiden Einheiten verfestigt hatte. Dazu kamen dann ja noch die Guardia Finanzia, die dem Finanzministerium unterstand, und die Polizia Municipale, die direkt an den Bürgermeister der jeweiligen Stadt berichtete – es war also ein echtes Kompetenzgerangel, das nicht selten Probleme mit sich brachte. Hin und wieder kam es auch zu einem echten Desaster, weil sich Kommunikationsfehler und Eitelkeiten überlagerten und am Ende niemand so genau wusste, was der andere tat – oder die Einheiten sich sogar gegenseitig sabotierten.

Giulia wandte sich ihren Kollegen zu, doch Luigi hob die Hand, um sie zu bremsen.

»Bevor Sie mir jetzt auch Aufträge erteilen, Commissaria, brauche ich erst mal einen *Caffè*. Das war alles etwas plötzlich heute Morgen, erst recht an einem Sonntag.«

Sie fanden am Rande der Piazza Santo Spirito eine kleine Bar, die gerade erst die Rollläden hochgezogen hatte. Der Wirt wischte eben über den Tresen, als sie eintraten und sich Cappuccini und Saft bestellten. Der Commissario nahm auch noch ein Cornetto alla crema, das mit einer Zitronen-Vanille-Creme gefüllt war. Dann setzten sie sich an einen Tisch auf der Terrasse, sie waren die ersten Gäste. Die Markise schützte sie vor dem Wetter, es nieselte immer noch. Nichtsdestotrotz bauten die Markthändler bereits ihre Stände auf, die kleinen Dächer waren heute besonders wichtig. Bald würden sie ihre Waren feilbieten, wie immer am zweiten Sonntag des Monats. Drüben öffnete der Priester gerade das Portal der Kirche, und sofort kamen aus den Häusern ein paar Alte mit ihren Regenschirmen, die nur darauf gewartet hatten. Die Frühmesse würde gleich beginnen, da kamen nur die Nachbarn aus den umliegenden Straßen, und zwar jene, deren Nacht ohnehin früh beendet war, also die Alten und Bettflüchtigen.

Giulia sah ihnen nach, bis sie die Kirche betreten hatten, dann sagte sie:

»Wir müssen unbedingt den gestrigen Tag der Signorina rekonstruieren. Dafür brauchen wir ihr Handy. Aber sie hat es mit einem Code gesichert.«

»Das kriege ich zusammen mit den Kollegen von der IT entsperrt«, sagte Enzo. »Dauert nicht mehr als eine Stunde. Das sollte kein Problem sein. Außerdem werde ich die Funkzellen abfragen, die sie mit ihrem Telefon gestern erreicht hat. Dann können wir die Orte eingrenzen, an denen sie war. Und so wüssten wir dann auch, wann sich ihr Handy wieder in die Funkzelle nahe ihrer Wohnung eingeloggt hat. Damit hätten wir einen Anhaltspunkt, wann der Entführer die junge Frau mitgenommen hat.«

»Was ist mit dem jungen Mann von gestern?«, fragte Luigi.

»Den müssen wir heute kriegen.«

»Den Amerikaner?«, fragte Enzo. Giulia hatte ihm in der Nacht nur kurz von der Flucht des Mannes erzählt.

»Könnte das der Grund sein, warum der Mann jetzt eskaliert? Weil wir ihm auf den Fersen sind?«, fragte Luigi.

In diesem Moment kam der Barista mit seinem Tablett, er stellte die Tassen mit Cappuccino und eine Karaffe mit frisch gepresstem Orangensaft auf den Tisch, in den drei Gläsern lagen kreisrunde Eiswürfel. Es war ein hübsches Bild. Nachdem sie den ersten Schluck des starken und nussigen *Caffès* getrunken hatte, erwiderte Giulia: »Das ist möglich, Commissario. Er ist wirklich davongerannt wie der Teufel. Vielleicht hat er gespürt, dass er mehr tun muss, als die Frauen nur zu verfolgen. Und nun wusste er, dass wir ihm bereits auf der Spur sind – und musste sich beeilen. Andererseits: Ist er wirklich so sehr von seiner sonstigen Vorgehensweise abgewichen? Er hat doch Lidia Lello den ganzen Abend beobachtet – bevor er zugeschlagen hat. Vielleicht sogar noch länger. Gestern vor der Bar, da war es schon kurz vor acht, da rennt er doch nicht vor uns weg und sucht sich gleich das nächste Opfer, verfolgt und entführt es innerhalb weniger Stunden – das wäre doch ein echter Kamikaze-Angriff, für seine Begriffe.«

»Glauben Sie also, er war es gar nicht, und ist wegen etwas anderem davongerannt?«

»Wir müssen ihn in jedem Fall finden. Und wir müssen die anderen Frauen fragen, ob sie diesen Steve kennen. Vielleicht hat er eine lange Dating-Vergangenheit.«

»Ich habe die Adresse des Mannes schon angefragt«, sagte Enzo. »Aber viele Ausländer melden sich nicht hier in Florenz an, sondern leben kurzzeitig irgendwo in möblierten Unterkünften. Es wird schwierig sein, ihn zu finden, ohne mehr über ihn zu wissen.«

»Vielleicht können wir bei der Dating-App nachfragen?«, fragte Luigi.

»Die speichern auch keine Adressen«, sagte Enzo. »So offiziell ist das alles nicht.«

»In Ordnung. Dann gehen Sie, Sergente, bitte gleich ins Büro, entsperren das Handy und laden die Frauen vor. Alle, die sie erreichen können, heute Mittag will ich sie alle vernehmen, im Halbstundentakt.« Sie machte ein ernstes Gesicht. »Wir werden jetzt Ernst machen – und diesen Mistkerl finden. Ich möchte Teresa Buonacuore bald in Sicherheit wissen.«

QUATTORDICI – 14

Enzo ließ sich mit einem Taxi zur Questura fahren, während Giulia und Luigi wieder in das Gewirr der Gassen eintauchten. Der Carabiniere sprang schon aus dem Wagen, als sie in die kleine Sackgasse einbogen. Atemlos blieb er vor ihnen stehen.

»Commissaria, wir haben etwas«, sagte er.

»Nun sagen Sie schon, Brigadiere«, erwiderte Giulia.

»Die eigentliche Entführung hat niemand mitbekommen. Aber ein Nachbar war nach zehn noch einmal mit seinem Hund draußen. Da stand ein weißer Transporter mit vielen Beulen in der Gasse, genau neben dem kleinen Geschäft dort. Er fand das merkwürdig, weil es nicht der Lieferwagen des Ladens war, den kannte er.«

»Hat er das Kennzeichen notiert?«

»Nein, hat der Mann leider nicht. Aber er ist um halb zwei noch mal zum Fenster gegangen, als er aus dem Bett aufstand, um sich was zu trinken zu holen. Da war der Wagen weg.«

»Das heißt, es könnte der Entführer gewesen sein. Der den Wagen dort schon abends abgestellt hat …«, sagte Giulia.

»… weil er sein Opfer bereits kannte und wusste, wo Teresa Buonacuore wohnte«, beendete Luigi ihren Gedanken.

»Hätten wir nur das Kennzeichen«, sagte die Commissaria.

»Das können wir herausbekommen«, sagte der Carabiniere, nicht ohne Stolz in der Stimme. »Florenz hat doch die Umweltzone. Die Kennzeichen der Autos, die einfahren, werden automatisch gespeichert. Ich habe schon eine Abfrage gemacht, nach allen Transportern, die im Laufe der Nacht die Kameras am Ausgang des Zentrums passiert haben. Ich warte auf das Ergebnis, heute ist Sonntag, da könnte das allerdings etwas dauern.«

»Das haben Sie sehr gut gemacht, Brigadiere«, erwiderte Giulia und klopfte dem Soldaten auf die Schulter. »Sehr gut, wirklich. Sagen Sie mir Bescheid, sobald Sie etwas aus der Zentrale hören?«

»Natürlich, Commissaria.«

Sie verabschiedeten sich, dann wandten sie sich noch einmal der kleinen Gasse zu.

»In der Wohnung gab es nichts, was eine Durchsuchung lohnen würde«, sagte Giulia.

»Und die Nachbarn haben außer dem Wagen nichts bemerkt. Das heißt, wir müssen auf die anderen Frauen setzen. Und auf den Amerikaner«, sagte Luigi.

»Ein Grund mehr, noch einmal mit Lidia Lello zu sprechen. Sie hat diesen Mann getroffen, vielleicht weiß sie noch etwas darüber, wo wir ihn finden können.«

Giulia nahm ihr Handy, sie hatte die Nummer der jungen Frau in ihrer Notiz-App gespeichert. Es klingelte am anderen Ende, dann meldete sich eine verschlafene Stimme.

»*Sì?* «

»Signorina Lello? Hier ist Commissaria Ferrari.«

»Oh. Haben Sie ihn?« Nun klang sie gar nicht mehr verschlafen.

»Leider nein. Er hat nach Ihnen sofort ein neues Opfer gesucht – diesmal aber hat er die Frau auch entführt.«

»*Vaffanculo*«, fuhr die junge Frau auf. Dann war Stille, für Sekunden. Es war, als wäre die Leitung tot.

»Lidia?«, fragte Giulia vorsichtig.

»Ja ja, ich bin noch hier, ich … ich stehe nur unter Schock«, stammelte die andere. »Hat er sie …«

»Wir wissen gar nichts, wir tappen völlig im Dunkeln. Sagen Sie, wir müssen dringend reden. Wo halten Sie sich gerade auf?«

»Na, wohl wo. In Florenz. In meiner Wohnung.«

Giulia war wie vor den Kopf geschlagen. »Wieso das denn?«, fragte sie. »Wir haben doch verabredet, dass Sie einstweilen die Stadt verlassen und irgendwo unterkommen, für ein paar Tage wenigstens.«

»Nein«, sagte Lidia Lello fest, »ich habe keine Angst. Wieso sollte mich denn so ein Verrückter dazu zwingen, meine Wohnung zu verlassen? Vergessen Sie es, Commissaria. Ich habe meine liebe Nachbarin bei mir, die passt auf mich auf.«

Giulia erinnerte sich an die ältere Dame, die die Plakate gefunden hatte. Wehrhaft sah die nun auch nicht mehr aus – aber wenigstens war Lidia Lello nicht ganz allein.

»Die Polizei sagt doch immer, Angst soll uns nicht unser Leben diktieren. Und genau daran halte ich mich«, fuhr Lidia Lello fort.

»Nun, wenn Sie hier sind, dann können wir auch persönlich miteinander reden. Kommen Sie am Nachmittag in die Questura? Es ist dringend.« Sie räusperte sich, dann sagte sie: »Ah, bevor ich es vergesse – Ihr amerikanisches Date ist gestern vor uns weggerannt, leider, bevor wir ihn befragen konnten. Genau vor der Bar, die Sie uns genannt haben. Haben Sie eine Ahnung, wo wir ihn noch finden können?«

»Heute ist Sonntag«, sagte Lidia Lello, ohne lange zu überlegen, »und auch wenn es etwas nieselt – er wird sicher rudern. Er ist süchtig danach, jedenfalls hat er in der ersten halben Stunde unseres Dates über nichts anderes geredet als über das Rudern und wie seine Arme dadurch so muskulös geworden sind. Wie alle *rich kids* ist er Mitglied im Club unten am Fluss, dort sollten Sie ihn finden.«

»Danke, Signorina Lello«, sagte Giulia, die sowohl von der Klarheit als auch der Chuzpe dieser jungen Frau beeindruckt war. »Wir sehen uns um drei Uhr, ja?«

Sie legten auf, und Giulia wies in Richtung Norden. »Wir machen einen kleinen Spaziergang zum Arno«, sagte sie. »Dort soll er heute sein, unser schneller Amerikaner.«

Sie gingen über die Piazza Santa Spirito, und Luigi seufzte. »Ich mag es hier so gerne, es ist so viel entspannter und uriger als im Norden.«

»Ja, dieses Viertel ist wirklich schön«, erwiderte die Commissaria. Als sie um die Ecke bogen, sahen sie die Marktstände, die inzwischen fertig aufgebaut waren.

»Wussten Sie, dass ich früher hier gewohnt habe, als ich ein junger Commissario war? Es war damals noch ganz untouristisch, und manches Restaurant ist immer noch da.«

Der Platz war baumbestanden, mittlerweile saßen Familien in der Mitte auf den Bänken und spielten miteinander, der Regen hatte aufgehört. Die Marktstände standen am Rande des Platzes, es gab Stände mit Schmuck und solche mit Bekleidung, es gab aber auch je einen Stand für Brot und Kuchen, einen für Gemüse und einen für Kräuter und Gewürze, die besonders von den Hausfrauen und Hausmännern des Viertels frequentiert wurden. Die Stände waren bunt und vielfältig, zusammen mit den hellen Fassaden und den grünen Fensterläden ringsum wirkte Santo Spirito nun wie der Inbegriff der Toskana.

Die Terrasse des Cafés, vor dem sie zuvor gesessen hatten, war nun auch gut gefüllt, der zweite Gottesdienst des Tages schien gerade vorbei zu sein, denn aus der kleinen Kirche mit der gelben Fassade strömten Jung und Alt, Senioren und Kinder, ihrem Florentiner Sonntag entgegen.

»Ich war so lange nicht in der Stadt, ich konnte kaum glauben, wie sehr sich Florenz verändert hat«, sagte Giulia. »Es war immer touristisch hier, auch schon vor dreißig Jahren. Aber früher war es trotzdem auch etwas heruntergekommen und chaotisch, mittlerweile wirkt es drüben in der Altstadt wirklich so, als sei alles für Instagram hergerichtet, all die Patina ist nur noch Schein, finden Sie nicht auch?«

»Warum das so ist, wird mir für immer ein Rätsel bleiben«, erwiderte Luigi. »Diese Patina macht Italien doch aus. Mir ist aber noch viel mehr ein Graus, dass es dort drüben beinahe keine alten Leute mehr gibt. Die können es sich schlicht nicht mehr leisten, wenn noch ein Haus luxussaniert wird. Dann verlassen sie die Stadt und ziehen in die Vororte oder aufs Land – und bald leben hier nur noch Amerikaner und Chinesen, die nach einem Jahr wieder weiterziehen, weil sie genug italienische Küche gegessen haben, die so authentisch ist wie eine Pizza Hawaii.«

»Sie sind ja ein richtiger Optimist«, sagte Giulia und grinste.

»Bei mir oben hat mal ein Österreicher eine Pizza Hawaii bestellt«, erwiderte Luigi, und die Erinnerung daran entlockte ihm ein Lächeln.

»Und? Was haben Sie getan? Ihn geteert und gefedert?«

»Ich musste gar nichts machen, Carla kam so schnell aus ihrer Küche und hat den Mann rausgejagt, dass ich eigentlich nur bereitstehen musste, um ein schlimmeres Verbrechen zu verhindern.«

»Dabei war die Pizza das Verbrechen.«

»Stimmt auch wieder.«

Sie waren mittlerweile durch die Via dè Coverelli bis zum Fluss gegangen, die kleine Gasse stieß genau auf den Lungarno, den Weg am Wasser entlang. Direkt vor ihnen lag der Arno, das Wasser schimmerte in diesem Moment blaugrün, weil der erste Sonnenstrahl es geschafft hatte, sich durch die dunkle Wolkendecke zu drücken. Rechts stand die steinerne Ponte Santa Trinità, links die schlankeren Bögen der Ponte alla Carraia. Gegenüber aber erstrahlten die Fassaden der alten Palazzi, wer hier genau am Fluss wohnte, der gehörte ohne Zweifel zu den wichtigsten Familien der Stadt.

»Dort drüben hat der Questore sein Haus, wussten Sie das, Commissaria?« Luigi wies auf einen Palazzo mit drei Etagen, der so groß und trutzig wirkte, als wäre er selbst die Questura. Die riesige Fensterfront wies gen Süden, und die Fassade war mit alten Skulpturen geschmückt.

»Nobel geht die Welt zugrunde«, erwiderte Giulia. »Das wusste ich aber tatsächlich nicht.«

»Das Haus gehörte seinen Vorfahren, den Medicis. Obwohl von deren Weisheit und Anmut ja bei ihm nicht mehr so viel übrig ist, leider, muss ich sagen.«

»In diesen Fall mussten wir ihn ja bisher noch nicht einweihen – obwohl mir nach der Entführung nichts anderes mehr übrig bleiben wird, als genau das zu tun.«

»Na, aber wenn es gleich gut läuft, können wir unseren Täter ja vielleicht sofort mitliefern.«

Sie hielten sich rechts, und nach weiteren fünf Minuten Fußweg wies Luigi auf das Gewimmel vor ihnen – die alte Brücke, die der Stadt ihr Antlitz gab, weltberühmt und überfüllt wie eh und je. Der Ponte Vecchio war die älteste Brücke von Florenz und eine der wenigen Brücken auf der Welt, die über und über mit Gebäuden bebaut waren – früher hatten hier Schlachter und Gerber ihre Läden gehabt, heute waren es die wichtigsten Juweliere Italiens, die über dem Wasser des Arno ihre Boutiquen und Werkstätten hatten. Einige wenige Florentiner hatten sogar den Segen, auf der Brücke eine Wohnung zu haben, auch wenn Giulia sich beim Anblick der Menschenmassen, die über die enge Straße drängten, nicht vorstellen konnte, dass das wirklich ein Segen war. Sie gingen an der Brücke vorbei, und nun wies der Commissario auf die grüne Rasenfläche, die auf der anderen Seite des Flusses den Uffizien genau zu Füßen lag.

»Dort ist der Ruderclub«, sagte er laut, um die Menschenmassen mit ihren Sprachen aus aller Herren Länder zu übertönen. »Er ist der älteste in ganz Italien, existiert seit 1886.«

Luigi las das Schild leise vor, das an der Bootshalle hing. *Società Canottieri Firenze* stand da, und vor der Halle standen schon ein Dutzend Boote, bereit zum Ablegen. Es waren viele junge Leute dort unten, alle in den gleichen Muskelshirts in Rot und Weiß, den Farben des Florentiner Stadtwappens, aber über den breiten Arno hinweg war der Amerikaner nicht auszumachen.

»Sehen Sie ihn, Commissaria? Das Alter hat mich kurzsichtig gemacht.«

»Die sehen alle gleich aus«, erwiderte Giulia. »Wir müssen da rüber. Aber wie gehen wir vor? Ich will nicht, dass er uns schon wieder abhaut.«

»Wir sollten uns aufteilen. Sie nehmen den offiziellen Weg – und ich frage mal dort unten, ob man mich nicht mitnimmt.«

Giulia kniff die Augen zusammen, doch dann begriff sie. Unter ihnen hatte eines der Boote angelegt, drei Frauen saßen auf einer Mauer und tranken Wasser, offenbar machten sie eine Ruderpause. »Na, dann fragen Sie die Damen mal«, erwiderte sie und nickte Luigi zu, der die kleine Treppe hinunter zum Fluss nahm. Sie gab ihm etwas Zeit und ging langsam über den Ponte Vecchio, um zum anderen Ufer zu gelangen. Es ging auch gar nicht schneller, weil es wirklich Tausende Menschen waren, die über die Brücke flanierten, manche machten einen Schaufensterbummel und waren dabei, Trauringe oder andere Schmuckstücke auszusuchen oder einfach den Glanz der Boutiquen wahrzunehmen, andere hielten verliebt Händchen oder betrachteten versonnen den Fluss, die meisten aber machten mit langen Stangen Selfies von sich selbst mit der Brücke im Hintergrund oder fotografierten ihre Freunde in lustigen, merkwürdigen oder peinlichen Posen. Giulia fragte sich, ob die Leute sich hinterher tatsächlich an ihren Aufenthalt auf der Brücke erinnern konnten – oder ob der Großteil von ihnen den Ponte Vecchio vielleicht zum ersten Mal auf ihren eigenen Fotos wirklich wahrnahmen.

Sie brauchte gut fünf Minuten, um die gerade einmal vierundachtzig Meter lange Brücke zu überqueren. Dann stand sie genau vor dem Museumsgebäude der Uffizien und musste die kleine Treppe in der Mauer nehmen, die sie auf die Rasenfläche des Ruderclubs führte. Schilder wiesen in mehreren Sprachen darauf hin, dass der Zutritt nur Mitgliedern gestattet war, dann gab es sogar noch ein Absperrband und ein großes Stoppschild mit dem Hinweis: *Durchgang verboten*. Wahrscheinlich hatten zu viele Touristen es allzu oft versucht, sich genau hier, mitten in der Stadt an diesem wunderschönen Ort, in die Sonne zu legen.

Die Lage war wirklich einzigartig, mitten im Herzen von Florenz, doch exklusiv konnte man diesen Club nun wirklich nicht nennen – es war ein ganz normaler Sportclub mit Plastikstühlen, die am Ufer standen und von denen aus die älteren Mitglieder dem Treiben zusahen. In den Katakomben des Clubs standen zwei Damen mit Listen, in die die Mitglieder sich eintragen konnten, es gab einen Kaffeeautomaten und einen Kühlschrank mit Wasserflaschen. Die Hauptdarsteller aber waren die jungen Mitglieder, die gerade damit beschäftigt waren, die schlanken Ruderboote für den heutigen Trainingstag fertig zu machen. Zwei junge Männer schliffen die Ruder ab, drei Frauen putzten, schrubbten und wienerten die Außenhaut eines Bootes. Und ein anderes Grüppchen hob ein Ruderboot ins Wasser.

Giulia ging zum Tresen und sprach gerade eine der Frauen an, als es hinter ihr mit einem Mal einen Aufschrei gab. Sie drehte sich jäh um, und das Erste, was sie sah, war Steve, der Amerikaner. Er hatte sie erkannt, offenbar im Bruchteil einer Sekunde, jedenfalls war er sofort in das Boot gesprungen, das gerade zu Wasser gelassen worden war, einen seiner Mitruderer hatte er dabei so heftig weggestoßen, dass dieser in den Fluss gefallen war. Jetzt legte der Mann die Ruder an und paddelte los, ganz allein in dem Boot, das für mindestens fünf Mann vorgesehen war. Er sah sie dabei aus wütenden Augen an.

»*Merda*«, rief sie, das konnte doch nicht schon wieder passieren. »Polizia«, sie rief es laut, die anderen Sportler standen nur da und sahen dem Boot nach, während Giulia beherzt zum Ufer rannte und ins Wasser stieg, um den jungen Mann aus dem Fluss zu ziehen. Dankbar nahm er ihre Hand, weil die Strömung schon an ihm zerrte. Mit vereinten Kräften schafften sie es an Land, der junge Amerikaner aber war schon in der Mitte des Flusses und ruderte mit heftigen Zügen gen Osten.

»Was ist hier los?«, rief nun eine der beiden Frauen vom Tresen, »was wollen Sie von Steve?« Sie klang ganz entrüstet.

»Commissaria Giulia Ferrari, Polizia di Stato. Wir ermitteln gegen den Mann«, sagte sie und wandte sich gleich wieder ab, keine Sekunde zu früh. Denn auf dem Fluss geschah nun etwas Unerwartetes. Weil der Amerikaner allein unterwegs war, kam er nicht ganz so schnell voran, ein anderes Boot aber holte zügig auf, es kam vom anderen Ufer. Giulia kniff die Augen zusammen, doch sie musste sich nicht anstrengen, Luigi Batista war mit seiner Leibesfülle gut zu erkennen. Sie sah sogar das Aufblitzen der schwarzen Waffe in seiner Hand, und sie hörte seinen Ruf: »Polizia«, immer wieder tönte seine tiefe Stimme über den Fluss, doch der Amerikaner bremste nicht, er steuerte nicht ans Ufer. Die vier Frauen, die das Boot ruderten, hatten aber keine Scheu, sie hielten genau auf das Ruderboot des einzelnen Mannes zu, mehr noch, sie rammten es mit der Seite, genau in der Mitte des Flusses, beide Boote kamen durch den Aufprall ins Wanken, und dann sah sie, wie ihr Kollege, der alte Commissario, genau wie sein Boot ins Schleudern geriet und Breitseite bekam. Schließlich landete erst Luigi im Wasser, bevor auch der junge Mann vom anderen Boot über Bord ging und in die eisigen Fluten des Arno geriet, Gott sei Dank war der Fluss hier im Stadtgebiet nicht so tief. Beide Männer standen gleich wieder, der junge Steve wollte sofort loswaten, aber Luigi ließ es nicht so weit kommen, er packte den Amerikaner am Schlafittchen und zerrte ihn mit sich, die Frauen schienen kurz besorgt, aber sie sahen wohl ein, dass alles seinen Gang ging, sie setzten sich wieder und nahmen das andere Boot in Schlepptau, der Commissario aber zog den Amerikaner mit sich, genau in ihre Richtung, ans rettende Ufer.

Giulia konnte sich ein Grinsen nicht verkneifen, als die beiden Männer Minuten später bei ihr ankamen. Luigi war klatschnass, alles an ihm tropfte, die Hose, das Hemd, die Schuhe, er war komplett bekleidet baden gegangen, unfreiwillig, aber darauf kam es nicht an. Er hatte sein Ziel erreicht: Er hatte den Amerikaner verhaftet.

»Kommen Sie«, sagte Giulia und reichte ihm die Hand. Er stieg die niedrige Mauer hoch, dann zog er den jungen Mann hinter sich her.

»Ich bin beeindruckt. Das war eine Verfolgungsjagd, wie sie Florenz noch nicht gesehen hat«, sagte Giulia lachend.

»Machen Sie sich nur lustig, Commissaria«, erwiderte Luigi. »So hatte ich mir meinen Vorruhestand nicht vorgestellt.« Doch auch der Commissario grinste, offenbar hatte er den Spaß seines Lebens – nur der junge Amerikaner schaute grimmig drein und sagte nichts. Obwohl grimmig gar kein Ausdruck war, korrigierte sich Giulia, todfinster traf es eher.

»Signore«, sagte sie und stellte sich dicht vor ihn, »verstehen Sie unsere Sprache?«

»*Sì*«, murmelte der junge Mann und verzog sein Gesicht, als habe er Schmerzen.

»Wir wollten Sie eigentlich nur als Zeugen befragen, aber wer zweimal vor uns flieht, den verhaften wir dann eben gleich. Ich brauche Ihren vollen Namen, Signore, bisher kennen wir nur Ihren Vornamen.«

»Steve MacMillan«, erwiderte der Mann wieder kurz angebunden.

»Signor MacMillan«, sagte Giulia, »wir gehen jetzt mal in unser Verhörzimmer in der Questura – und dann reden wir ganz ausführlich.«

»Warum verhaften Sie mich? Das ist doch … Ich kann doch alles gleich sagen … Das ist nicht nötig, dass Sie hier so einen Zirkus …« Seine Stimme war angenehm, obwohl er nur stammelte. Giulia besah sich den jungen Mann, er war tatsächlich so durchtrainiert und sportlich, wie Lidia Lello ihn beschrieben hatte, und er wirkte durch und durch eitel mit seinen langen Haaren und dem Teint eines Surfers, mit Sicherheit war er ein Frauenmagnet, und Giulia fragte sich unwillkürlich, warum ausgerechnet er junge Frauen nach Hause verfolgen sollte – andererseits: Es gab keine Regeln bei diesen schrecklichen Dingen, nicht bei Stalking, nicht bei Vergewaltigung, eigentlich bei gar nichts, das mit solchen menschlichen Abgründen zu tun hatte.

»Wir werden Sie bei uns befragen – und ich hoffe, dass Sie uns sagen werden, wohin Sie Teresa Buonacuore entführt haben.«

Obwohl er nur langsam verstand, weil er ihre Worte augenscheinlich erst übersetzen musste, weitete sich sein Blick schon nach Sekunden.

»Entführung? Wen soll ich denn entführt haben? Das ist doch Wahnsinn – ich …«

»Kommen Sie, Signor MacMillan.«

»Warten Sie«, rief er und wollte sie wegstoßen, aber sowohl Giulia als auch Luigi griffen fest zu. »Sie bewegen sich ganz langsam, verstanden? Sonst haben Sie Handschellen um, bevor Sie sich umdrehen können, und wir schleppen Sie hier raus.«

»Nein …« Der Mann war ganz blass geworden »Ich wollte doch nur meinen Rucksack holen, damit Sie verstehen …« Er wies auf einen Spind im hinteren Teil der Katakomben. »Da sind meine Sachen drin.«

Giulia nickte und folgte dem Mann, der den Spind mit einem Schlüssel aufschloss, den er am Gürtel befestigt hatte. In dem kleinen Metallschrank war ein Rucksack, den Giulia sogleich an sich nahm.

»Möchten Sie den öffnen? Aber …«, er wandte sich um, »… vielleicht so, dass nicht alle …«

Giulia wandte sich um, er hatte recht. Der komplette Ruderclub hatte sich versammelt und starrte sie an. Eine Verhaftung in diesen heiligen Hallen – Giulia zweifelte, dass der Club diesen jungen Mann hier jemals wieder einen Fuß hineinsetzen lassen würde.

»Bitte«, flüsterte er, es war fast ein Wimmern. Sie gab Luigi ein Zeichen, er zog den Mann mit sich. »Wir machen das in der Questura«, erwiderte Giulia. »Und Abmarsch.«

Die Clubmitglieder bildeten ein Spalier und ließen die drei hindurchgehen. In den Augen der Umstehenden sah Giulia diese Mischung aus Faszination, Abscheu und purer Neugier, die sich immer zeigte, wenn Menschen mit einem möglichen Verbrechen konfrontiert waren.

Oben an der Brücke stand wie stets ein schwarzer Wagen der Carabinieri. Giulia bat den Brigadiere, den Verdächtigen an der Questura abzusetzen, und eine Minute später raste der Wagen mit Blaulicht und gellender Sirene in Richtung Norden davon.

QUINDICI – 15

»Keine Sorge«, sagte Giulia zu Luigi, während sie über die Piazza della Signoria gingen. Sie hatte bemerkt, dass der Commissario immer langsamer wurde. »Heute ist doch Sonntag. Da ist der Questore entweder auf dem Golfplatz oder auf dem Anwesen der Familie in Cinqueterre. Sie können gefahrlos die Questura betreten.«

Luigi grinste. »Sie kennen mich einfach schon zu gut. Aber ja, Sie haben recht, Commissaria. Ich hatte mir damals geschworen, dass ich da nie wieder einen Fuß hineinsetze. Für Sie habe ich diesen Schwur gebrochen. Und heute werde ich das wieder tun – denn ich will auch hören, was der Typ zu sagen hat.«

»Sie müssen mir eines schönen Tages noch mal ganz in Ruhe erzählen, was Ihnen der Questore angetan hat. Ich habe bisher immer nur den Flurfunk gehört.«

»Wie viel Zeit haben Sie?«, fragte Luigi und lachte bitter. »Nein, im Ernst, ich rede da gar nicht gern drüber.« Er sog die Luft ein, die warm und voll war, Blütenduft mischte sich mit dem Geruch von frischem Gras. Der Frühling hatte die Stadt endlich fest im Griff. »Ich war so gern Polizist, mit ganzem

Herzen. Aber ich habe es einfach nicht mehr ausgehalten. Wenn Sie jeden Tag mit den Fäusten in der Tasche zur Arbeit gehen, weil Sie einer so richtig auf dem Kieker hat, dann geht es irgendwann nicht mehr. Ich habe es selbst gar nicht gemerkt.«

»Nein? Wer denn dann?«

»Carla hat eines Tages zu mir gesagt: ›Du gehst da nicht mehr hin.‹ Ich bin aus allen Wolken gefallen. Ich dachte, sie hätte Angst um mich, weil mich irgendwer erschießen könnte. Aber weit gefehlt. ›Ich kann dich einfach nicht mehr leiden‹, sagte sie. ›Du bist finsterster Laune, wenn du ins Büro gehst, und total missmutig, wenn du Feierabend hast. Du schläfst schlecht und schreckst nachts hoch, und du grummelst die ganze Zeit etwas in deinen Bart.‹ Und sie hatte recht! Ich habe gar nicht mehr gelacht – und das lag ja nicht nur an diesem eitlen Pfau, es lag an mir, ich habe das mit mir machen lassen. Also habe ich nach einem weiteren Donnerwetter meinen Ausweis an der Pforte abgegeben, genau wie meine Knarre – und dann war es das. Im Café hat Carla ohnehin Hilfe gebraucht. Sie hätten ihren Blick sehen sollen, als ich vor ihr stand und sagte: ›Da bin ich, dein arbeitsloser Ehemann, gib mir eine Schürze.‹ Sie hat mich in den Arm genommen und erst mal geweint. Und danach war mein Lachen wieder da, einfach so, ich musste nur aufhören, mit diesem Mistkerl zu arbeiten.«

»Und trotzdem sind Sie wiedergekommen.«

»Weil Sie mich gezwungen haben – erinnern Sie sich?«

»Ich wüsste nicht, was ich ohne Sie täte, Commissario.«

»Und ich hätte zu Anfang nicht gedacht, dass Sie so nett sind, Commissaria.«

»Dann bitte nach Ihnen«, sagte Giulia, weil sie bereits vor den alten Mauern der Questura di Firenze angekommen waren. Der Wachhabende salutierte, als sie eintraten, doch sie nahmen nicht die Treppe nach oben in Giulias Büro, sondern gingen direkt in den Keller in die Vernehmungsräume.

Als sie die Tür zu Raum 3 öffneten, sah Giulia schon im ersten Moment, dass die Härte und Kälte der Staatsmacht auch auf den jungen Amerikaner genau denselben Eindruck gemacht hatte wie auf so viele andere Menschen, die sich hier wiedergefunden hatten, vorgeführt von bewaffneten Polizeibeamten, eingepfercht in diesen kleinen, fensterlosen Raum, Freilassung ungewiss. Steve MacMillan saß zusammengesunken auf seinem Stuhl, die Arme hingen an ihm herab, blass und grau sah er nun auf, und als sie näher traten, zuckten seine Augen nach oben, irgendwie hilfesuchend, in jedem Fall aber ängstlich.

»Signor MacMillan«, sagte Giulia und nahm ihm gegenüber Platz, Luigi stellte sich an die hintere Wand, unbeweglich wie eine Statue. »Commissario Batista kennen Sie ja schon, er ist unser bester Mann, wenn es um die amtliche Zerstörung von Ruderbooten geht.«

Der junge Amerikaner zeigte kein Anzeichen eines Lächelns, der Scherz war auch auf seine Kosten gegangen. Stattdessen sagte er laut und deutlich: »Was ist das jetzt mit dieser Entführung? Was wollen Sie mir denn damit anhängen?«

Er sprach gutes Italienisch, fand Giulia, er war wohl schon länger hier. Die meisten Expats, die ein Jahr hier verbrachten, blieben generell lieber unter sich und redeten weiter Englisch, sie waren am Ende des Aufenthaltes vielleicht in der Lage, nicht zu verhungern, weil sie eine Pasta und einen Spritz auf Italienisch bestellen konnten, mehr aber auch nicht.

»Wie lange sind Sie schon hier in Florenz, Signor MacMillan?«

»Seit einem Jahr, ungefähr. Ich bin letztes Jahr im April gekommen.«

»Gut. Und wie viele Frauen haben Sie gedatet, seit Sie hier sind?«

Der Amerikaner sah Giulia ungläubig an, ganz so, als sei die Frage viel zu privat.

»Keine Ahnung, wieso denn? Vielleicht drei oder vier?«

»Ach, kommen Sie, Steve«, fuhr Giulia dazwischen, ihr Ton war nun leicht, beinahe schmeichelhaft, »Sie sehen gut aus, braun gebrannt, muskulös, die Frauen fliegen auf Sie. Und dazu dieser leichte Akzent, das muss doch laufen wie geschmiert. Waren es nicht doch mehr?«

»Kann sein …«

»Waren es zwölf Frauen? Oder dreizehn?«

»Was wollen Sie von mir?«, fragte er, und seine Finger klopften leicht auf den Tisch, genau wie seine Füße, die in einem Rhythmus, den nur er kannte, auf den Boden tappten. Irgendwo musste die Aufregung schließlich hin.

»Sie haben Lidia Lello gedatet, das wissen wir.«

»Lidia? Ach, diese komische Braut, die mir erst schöne Augen macht und dann … ausholt und mir eine knallt – ey, ihr Europäer seid echt merkwürdig.«

»Sie wollte nicht, weil sie nicht wollte – das dürfen Frauen hier, Signor MacMillan, man nennt es Respekt. Und wer sich daran nicht hält, der fängt sich eine«, sagte Luigi, der noch immer an der Wand stand.

»Haben Sie Lidia deshalb nach Hause verfolgt? Um ihr eins auszuwischen?«

»Was soll ich?« Der junge Mann wurde nun rot im Gesicht. »Ich weiß doch gar nicht, wo die wohnt. Ist was mit ihr? Ich meine, wenn sie immer so mit den Typen umgeht, dann ist jemand vielleicht ausgerastet? Aber im Ernst – was ist mit ihr?«

»Lidia Lello ist wohlauf – aber eine andere Frau wurde entführt. Teresa Buonacuore. Wir suchen nach ihr.«

Steve MacMillan setzte sich in seinem Stuhl aufrecht, Giulia sah, wie er innerlich mit sich rang, dann bemühte er sich um eine ruhige Stimme und sagte: »Hören Sie, ich weiß wirklich überhaupt nicht, was Sie von mir wollen – und ganz im Ernst: Ich habe niemanden entführt, und dass Sie mich hier festhalten wegen so etwas, das ist der Horror für mich. Ich bin nicht in meinem Land, ich bin total weit weg von zu Hause, und jetzt erzählen Sie mir, ich hätte jemanden entführt? Das habe ich nicht, ich würde so was nie tun.«

»Aber Sie würden eine junge Frau mit einem Boot auf eine einsame Flussaue fahren, um dort mit ihr zu schlafen.«

»Na ja«, er schüttelte den Kopf, er konnte es anscheinend nicht fassen, »na klar würde ich … also, wir sind ja jung, und wir hatten ein Date, ich dachte, sie wollte das auch und das wäre romantisch, keine Ahnung, dass sie da gleich so einen Affen macht. Aber ich bin ihr nicht hinterhergerannt, ich hab sie nicht aufzuhalten versucht, sie konnte einfach gehen.«

Das stimmte, Lidia Lello hatte nichts Gegenteiliges behauptet.

»Kennen Sie Tiziana Agnelli?«

»Nein.«

»Giulia Ricci?«

»Nein.«

»Serena Vuglioni?«

»Nein, auch die nicht.«

»Und auch keine Teresa Buonacuore? Diese Frau hier?«

Giulia zeigte ihm das Passfoto der jungen Frau.

»Ich steh nicht auf kurze Haare«, erwiderte der Amerikaner.

»Sie ist es, die entführt wurde«, sagte Giulia schroff. »Da sind mir Ihre Vorlieben gänzlich egal, verstanden?«

»Ja, Entschuldigung«, erwiderte der junge Mann.

»Warum sind Sie vor uns weggerannt, wenn Sie nichts zu verbergen hatten?«

»Zweimal«, ergänzte Luigi.

MacMillan räusperte sich. »Der Rucksack«, murmelte er.

»Was ist damit?«, fragte Luigi. Gemeinsam mit der Commissaria wandte er sich dem grauen Rucksack einer Hipster-Marke zu, der in der Ecke des Raumes stand. Er war aus Segeltuchstoff, wasserdicht also, ein teures Modell.

»Sehen Sie rein.«

Luigi ging in die Ecke und nahm den Rucksack, dann stellte er ihn in einigem Abstand zu dem Amerikaner auf den Tisch. Vorsichtig öffnete er den Reißverschluss. Unter den Sportklamotten des Mannes, verpackt in zwei kleinen Plastiktüten, befanden sich nicht ein paar oder Dutzende, sondern Hunderte kleine Pillen.

»Sie sind ja ein richtiger Dealer«, sagte Luigi und schüttelte beim Anblick der bunten Tabletten den Kopf. »Und den Scheiß vertreiben Sie in der Bar? Oder im Ruderclub?«

Der junge Amerikaner hatte den Kopf gesenkt und sagte leise: »Ich ... ich sag es Ihnen. Aber dafür lassen Sie mich mit der Entführung in Ruhe, okay? Ich ... Es tut mir leid.«

»Was ist das? Wo haben Sie das her? Und wo verkaufen Sie das?«

»Fuck, ich hab echt alles versaut«, fuhr der junge Mann auf, seine Augen waren feucht, Giulia fand, dass die Tränen echt aussahen, er schien sehr wütend zu sein, diesmal auf sich selbst. »Ich wollte unbedingt hierbleiben, in Europa, ich hab hier endlich atmen können, es ist alles so anders hier, ganz frei und schön, und es gibt so viel Geschichte. Aber wir, also meine Familie, wir sind nicht so wie die anderen, die ihre Kinder hier für ein Jahr herschicken können und das aus der Portokasse bezahlen. Wir sind aus Detroit, meine Eltern sind echt nicht reich, ich hab ein Stipendium bekommen, drei Monate Florenz, das war meine erste Reise ins Ausland überhaupt. Aber nach drei Monaten wusste ich, dass ich nicht zurückkann. Ich hab gearbeitet, die ganze Zeit, in Bars und im Fitnessstudio, aber um hier zu leben, dafür reichte die Kohle auch nicht. Also musste ich was anderes finden. Sonst hätte ich zurückfliegen müssen, ich hatte echt keinen Cent mehr.«

»Und da haben Sie gedacht: Boah, Drogendealer, das wäre doch eine gute Idee«, sagte Luigi, und seine Stimme troff vor Hohn.

»Ich schäme mich total dafür, Commissario, glauben Sie mir. Aber die Studenten nehmen das Zeug doch eh, an der Uni, damit sie länger beim Lernen durchhalten, und bei Partys, damit sie die ganze Nacht durchtanzen können. Ich habe einen Händler gefunden und habe es weiterverkauft – ich weiß, dass das falsch war, total. Und ich würde es gern rückgängig machen.«

»Es war nicht nur falsch, es ist auch strafbar. Haben Sie den Frauen Drogen verkauft? Oder angeboten? Den Frauen, die ich eben genannt habe? Wollte Sie jemand verraten? Haben Sie deswegen …«

Es klopfte an der Tür zum Vernehmungsraum, und Luigi öffnete mit dem Code, bevor er den Satz beenden konnte. Dennoch ließ er den Amerikaner nicht aus den Augen. Man wusste ja nie. Enzo stand vor der Tür.

»Wie läuft es?«, fragte er flüsternd.

»Er war es nicht, denken wir.«

»Das denke ich auch«, sagte Enzo leise. Auch Giulia stand nun auf und ging zur Tür.

»Wieso?«, fragte sie.

»Die IT hat das Handy entschlüsselt, Teresas Handy. Es war nicht schwer, der Code hatte nur vier Stellen. Der Kollege hat die Funkmasten ausgewertet, das kann ich euch gleich zeigen. Aber da ist noch etwas.«

Seine Stimme zischte nun, sein Atem ging schnell, er war sehr aufgeregt.

»Teresa Buonacuore hat den Verfolger fotografiert – und wenn der Mann aus der IT besser sehen kann als ich, dann ist es auf gar keinen Fall der Amerikaner.«

Ein Ruck ging durch die beiden Polizisten an der Tür. »Es gibt ein Foto?«, fragten sie wie im Chor.

»Ja, ihr müsst hochkommen«, erwiderte Enzo.

»Das machen wir, Sergente«, sagte Luigi. »Fünf Minuten.«

Sie wandten sich wieder um, und der Commissario trat an den Tisch. »Signor MacMillan«, sagte er drohend, »wir werden Sie jetzt nicht wegen dieses Dreckzeugs verfolgen, weil wir dafür schlicht keine Zeit haben. Nicht jetzt. An jedem anderen Tag würde ich Ihnen dafür den Arsch aufreißen. Die Pillen bleiben hier, und Sie kriegen eine Anzeige. Seien Sie so gut, suchen Sie sich einen richtigen Job, damit Sie in der schönsten Stadt der Welt bleiben können. Ansonsten verpissen Sie sich und lassen uns in Frieden. Haben wir uns verstanden?«

Der Amerikaner verstand erst nicht, aber dann riss er die Augen auf. Er hatte anscheinend nicht geglaubt, so glimpflich davonzukommen. Aber Luigi hatte recht, dachte Giulia, sie hatten gerade keine Zeit für diesen Typen. Und die Drogenabteilung war genauso überfordert. Dieses Mal würde er davonkommen, und die Anzeige gab es ja trotzdem. »Werden Sie noch einmal auffällig«, sagte sie, »dann wandern Sie erst in den Knast und dann in Abschiebehaft. Verstanden?«

»Ja, Commissaria.«

»Dann raus hier.«

Sie führten den Mann aus dem Raum, über den Flur und die Treppen hoch und sahen ihm zu, wie er einmal tief durchatmete und dann immer schneller lief, als könne er es nicht erwarten, genug Platz zwischen sich und die Polizei zu bringen. Luigi hielt den Rucksack hoch. »Ich bringe den mal in die Asservatenkammer, und danach komme ich hoch.«

»Ich gehe schon einmal. Ich muss den Mann unbedingt sehen.«

»Glauben Sie, wir kennen ihn?«

Giulia war schon im Weggehen, drehte sich aber noch einmal um.

»Ich habe keine Ahnung.«

SEIDICI – 16

Enzo hatte im Großraumbüro die Fenster geöffnet, sodass die Wärme des späten Mittags den Raum flutete und die Luft angenehm frisch und mild flimmern ließ. Wie gerne wäre Giulia jetzt draußen durch die Stadt flaniert – aber das hier war natürlich wichtiger.

Sie wollte gerade zu Enzo gehen, da hörte sie hinter sich schon den Commissario schnaufen wie eine alte Dampflok. Den Rucksack hielt er immer noch in Händen.

»Das mache ich später«, sagte er. »Jetzt will ich auch erst mal das Handy sehen.«

Sie trafen sich am Schreibtisch von Enzo, der immer noch auf seiner speziellen Blindentastatur herumtippte. Er war wirklich der beste Rechercheur und Fährtenjäger, den man sich nur wünschen konnte – besser als alle Sehenden war er sowieso. Weil er zwischen den Zeilen las, so glaubte es Giulia mittlerweile zu verstehen, weil er alles hinterfragte, weil er eben mit Bildern, Fotos und Videos nicht zu manipulieren war. Er glaubte nicht, was er sah – weil er eben nichts sah, er glaubte, was er fühlte. Und das erwies sich hinterher meist als richtig.

»So, wir sind da«, sagte Giulia, als sich der Sergente nicht rührte. Nun aber zuckte er zusammen und wandte sich ihnen zu. »Oh, *scusi*, ich war noch total beschäftigt, ich suche gerade mal die Handymasten zusammen. Aber erst mal … hier.« Er reichte Giulia das Telefon, es war ein Samsung-Modell älterer Bauart. »Der Code ist 1607«, sagte er. »Nicht ihr Geburtstag, den habe ich natürlich zuerst ausprobiert. Vielleicht ein Bekannter oder jemand aus der Familie.«

Giulia gab den Code ein, dann sagte Enzo: »Es ist das letzte Foto in der Galerie.«

Sie wählte die entsprechende App aus, öffnete sie und fand sich in einer farbenfrohen Fotosammlung wieder, hübsche Ansichten von Florenz, ein Selfie der jungen Frau, ein Buchladen in der Altstadt. Ganz oben sah das erste Foto aber ganz anders aus, es wirkte beinahe schwarz-weiß, war im Dunkeln aufgenommen und ein wenig verwackelt. Doch das hatte der Qualität keinen Abbruch getan, sah die Commissaria, als sie daraufklickte. Denn nur das Gesicht von Teresa Buonacuore war verwackelt. Der Mann im Hintergrund hingegen war total scharf aufgenommen. »Sie hat so getan, als würde sie ein Selfie machen, dabei wollte sie ihn draufkriegen«, sagte Giulia.

»Sieht ganz danach aus«, erwiderte Luigi. »Schauen Sie, er reißt die Augen auf, als er es erkennt, vielleicht dreht er gleich den Kopf weg, in jedem Fall aber zu spät.«

»Er ist wirklich perfekt drauf. Aber …«, sie kniff die Augen zusammen, »ich erkenne ihn nicht. Du?«

»Nein«, erwiderte Luigi und blickte noch einmal auf das Bild, dann streckte er ihr die Hand hin, und sie legte das Handy hinein. Er zoomte heran, sah ganz genau hin, kratzte sich am Kopf, dann murmelte er: »Vielleicht … also, ich … ich habe den schon mal gesehen, aber vielleicht ist das auch Unsinn, er sieht so normal aus, wie jeder x-beliebige Mann in mittleren Jahren, ich habe keine Ahnung.«

Er gab ihr das Telefon zurück, sein Blick ruhte aber weiter auf dem Foto. In seinem Kopf arbeitete es.

Der Mann hatte tatsächlich ein Allerweltsgesicht, er war vielleicht Ende vierzig, vielleicht auch jünger, es war schwer zu sagen. Das Basecap trug er auch auf diesem Foto, es verdeckte seine Haare, aber da waren welche, sie lugten unter der Kappe hervor. Die Stirn war hoch, die Augen eher klein, die Haut hell, seine Nase etwas zu spitz, das Kinn nach vorn gereckt, aber da war nichts, was irgendwie auffällig war, keine Narben, keine Grübchen, keine Leberflecken, nicht mal etwas in der Physiognomie, das auffiel. Giulia betrachtete die Kleidung, der dunkle Mantel war geschlossen, er sah wirklich aus wie aus einem günstigen Mode-Discounter, Stangenware, ohne Frage. Die Lederschuhe waren dunkelbraun oder schwarz, im Schein der Straßenlaterne schwer zu sagen. Das Basecap war dunkelblau und ohne Aufschrift. Die Straße war auch schlecht zu erkennen, das Foto konzentrierte sich ganz auf den Mann. Es könnte die Sackgasse gewesen sein oder eine andere Gasse in der Nähe, ein Straßenschild war nicht zu sehen. Giulia betrachtete das unscharfe Gesicht der jungen Frau. Sie wirkte ganz normal, vielleicht waren ihre Augen etwas nervös, aber ängstlich sah sie nicht aus. Sie war auf der Aufnahme aber auch wirklich sehr unscharf.

»Wo bist du?«, fragte Giulia und sah die junge Frau dabei an. »Wo bist du, mutige Teresa?« Sie wandte sich um.

»Vielleicht hat ihn das Foto so wütend gemacht, dass er sie entführt hat?«, fragte Luigi. »Oder er hatte Angst, aufzufliegen, und wusste sich keinen anderen Rat?«

»Kann sein. Aber jetzt wird es uns helfen, den Typen zu finden. Wann kommen die Frauen?«

»Müssten gleich hier sein, ich habe sie im Viertelstundentakt einbestellt.«

»Sehr gut, Enzo, danke. Richtig gute Arbeit«, sagte Luigi, und Giulia nickte.

»Das war noch nicht alles«, sagte Enzo. Er ließ sich nichts anmerken, aber die Commissaria spürte ganz deutlich, dass ihn das Lob rührte, ausgerechnet vom wahrscheinlich berühmtesten Commissario, den diese Questura je gesehen hatte.

»Was haben Sie noch, Sergente? Lassen Sie hören.«

»Die Funkmasten. Ich habe die Signorina den ganzen Tag über orten können, die Orte, an denen sie sich aufhielt, decken sich mit den Fotos auf dem Handy. Der Kollege hat mir Bildbeschreibungen gegeben. Sie war erst in kleinen Boutiquen und hat ein paar Sachen anprobiert, dann war sie in einem Buchladen, für mehr als eine Stunde. Und anschließend in einer Bar ganz in der Nähe. Bis sie nach 23 Uhr in Richtung ihrer Wohnung aufgebrochen ist. Dort bleibt sie dann, also ihr Telefon, eingeloggt, weil sie es entweder verloren oder bei der Entführung mit Absicht dagelassen hat.«

»Können wir feststellen, wer sonst in diesem Funkmastenbereich unterwegs war?«

»Ja, das könnten wir. Ich habe es nachverfolgt, beim Buchladen und auch bei der Bar waren es natürlich viele Leute, die können sie nicht alle überprüfen. Aber sie könnten immer sehen, wer nahe bei ihr bleibt. Auf dem Weg nach Hause wurden die Kontakte dann rar. In ihrer Gasse war dann nur noch ihr Handy.«

»Kein anderer Mensch mehr in der Funkzelle?«

»Zumindest niemand, der sich gleichzeitig mit ihr einloggt. Nein, leider nicht, es gibt keinen Zweifel.«

»Das heißt, der Entführer hatte sein Handy ausgeschaltet.«

»Oder gar keines dabei.«

»Er hat wirklich an alles gedacht.«

»Nur nicht daran, dass sie ihn fotografieren würde.«

»Wahrscheinlich dachte er, dass er das Telefon ja ohnehin an sich nehmen würde.«

»Aber ihm ist nicht aufgefallen, dass es fehlte. Sonst wäre er zurück ins Haus gegangen, um danach zu suchen.«

»Er macht Fehler. Und das hier war sein größter.« Giulia wies auf das Handy.

DICIASSETTE – 17

»Das geht so nicht«, sagte Luigi und stöhnte, dabei rieb er sich den beleibten Bauch. »Ich bin Italiener, wissen Sie, Commissaria? Und heute ist Sonntag. Ich muss zu dieser Stunde an einer langen Tafel sitzen, mit Huhn und Gemüse, mit einer Flasche Wein und mit Freunden. Ich muss mittlerweile sehr satt sein und einen leichten Schwips haben, um dann den Nachmittag in den Abend übergehen zu sehen und einfach erschöpft und glücklich zu sein.« Er zeigte um sich. »Stattdessen sitze ich hier. In diesem staubigen Büro in der Questura und habe Hunger. Hören Sie das? Das ist mein Magen.«

Die Commissaria grinste. »Ich könnte Ihnen ein Ciabatta von unten holen.«

»Ein Ciabatta? Aus der Polizei-Kantine? Wie hieß es früher? Die Tatwaffe bei stumpfer Gewalt könnte gut und gerne das Ciabatta aus unserer Kantine sein.«

»War das ein *Nein?*«

»Klang so«, rief Enzo von seinem Schreibtisch herüber.

Luigi grinste. »Alles gut. Ich musste nur einmal jammern. Da geht es mir gleich besser. Wir verhören jetzt die Frauen, und dann haben wir entweder eine heiße Spur – oder Feierabend.«

»Jemand muss diesen Mann doch wiedererkennen«, sagte Giulia. »Das Foto ist doch wirklich gut zu erkennen.«

»Was ist mit einer Öffentlichkeitsfahndung?«, fragte Enzo.

»Als nächsten Schritt machen wir das. Aber jetzt hören wir erst mal, was Signorina Agnelli uns zu sagen hat.«

In genau diesem Augenblick klopfte es draußen an der Tür, leise und zaghaft.

»Ja?«, fragte Luigi und gab seiner Stimme einen freundlichen Klang, was gar nicht nötig war, weil er mit seiner jovialen Art ohnehin jeden aufschloss, der nicht verdächtig war, egal ob in seiner Bar oder in einem Vernehmungszimmer.

»Signorina Tiziana Agnelli?«, fragte er freundlich. Die junge Frau nickte und sah sich in dem großen Raum um, als würde hinter jeder Ecke Ungemach lauern.

»Kommen Sie, nehmen Sie bitte Platz.« Luigi führte sie zu dem Schreibtisch der Commissaria, die einen Stuhl neben sich und einen auf die andere Seite gestellt hatte, mit Blick zum Fenster. Hier oben war es sowieso viel freundlicher als unten im Keller. »Das ist Commissaria Giulia Ferrari«, sagte Luigi. »Sergente Aleardi wird auch gleich da sein. Sergente«, rief er lauter, »kommen Sie?«

Der Sergente kam herüber, Luigi war wieder einmal erstaunt, wie sicher sich der junge Mann durch das Büro bewegte, keinen Schreibtisch touchierte und sich auf den Platz neben Giulia setzte, als könne er so gut sehen wie alle anderen hier.

»Vielen Dank, dass Sie gekommen sind, Signorina.«

»Gerne«, sagte die junge Frau, die so schüchtern wirkte, dass man sie sich gar nicht in der wahren und lauten Welt dort draußen vor der Tür vorstellen konnte. Schon bei dem ersten Gespräch in ihrer eigenen Wohnung war sie so gewesen, aber hier drinnen fiel es noch mehr auf.

»Wir haben uns vor vier Wochen zum ersten Mal gesprochen, haben Sie den Vorfall inzwischen ein wenig verdauen können?«

Die junge Frau legte den Kopf schief und sah die Commissaria an, als habe sie eine gänzlich törichte Frage gestellt. »Ich weiß nicht, ob man so etwas verdauen kann, ehrlich gesagt«, sagte sie leise, und ihre Stimme klang, als sei sie aus Metall. Es kratzte, wenn sie sprach. »Ich denke jeden Tag daran. Der Typ war vor meiner Wohnung, das ist so gruselig.«

»Leider müssen wir annehmen, dass er nun noch weitergegangen ist«, sagte Giulia.

»Ihr Kollege hat es schon gesagt«, erwiderte die junge Frau und sah dabei Enzo an. Ihr Blick ruhte auf ihm, und Giulia spürte den leichten Stich in der Magengegend. Wie sie ihn ansah – andererseits: Sie verstand die junge Frau ja. Enzo hatte etwas so Anziehendes und in sich Ruhendes, dass sie jeden verstand, der auf Anhieb Faszination für ihn empfand. »Eine Frau ist verschwunden. Und Sie glauben, es war der Mann, der mir gefolgt ist?«

»Wir sind uns sogar sicher, ja.«

»Das macht mir eine solche Gänsehaut, das können Sie sich nicht vorstellen.«

»Ich verstehe Sie sehr gut, Signorina. Darf ich Ihnen ein Foto zeigen, und Sie sagen mir, ob Sie den Mann erkennen?«

»Natürlich«, erwiderte sie, doch an ihrem Blick erkannte Giulia, dass ihr sehr unwohl dabei war. Auch das verstand sie. Ihren Peiniger wiederzusehen, auch wenn er ihr kein Haar gekrümmt hatte, war überaus schmerzhaft. Gerade, weil er auf so widerwärtige Weise in ihr Leben eingedrungen war.

Zusammen mit dem Computermann der Abteilung hatte Enzo alles vorbereitet, sodass Giulia nur einen Knopf drücken musste, schon erschien auf dem großen Bildschirm neben ihr das Foto des Unbekannten. Giulia wusste nicht, was sie erwartet hatte, ein Zusammenzucken, einen Aufschrei, irgendwas in der Art. Doch Tiziana Agnelli zuckte nicht, sie schrie nicht, sie blieb einfach sitzen und blickte interessiert auf den Bildschirm. Es dauerte sicher eine halbe Minute, bis sie fragte: »Das soll er sein?«

»Das ist der Mann, den die verschwundene Frau gestern Nacht fotografiert hat.«

»Fuck.« Sie sah die drei Polizisten entschuldigend an. »Sorry, ist mir so rausgerutscht. Also, bei mir sah der viel größer aus, als er hinter mir her ist, dachte ich zumindest. Der da ist ja ein Hänfling. Vor dem hätte ich doch keine Angst gehabt.«

»Er hat eine junge Frau entführt, und sie ist immer noch verschwunden«, sagte Giulia, eine Spur zu schroff. »Manchmal muss man gerade vor denen Angst haben, von denen man es nicht denkt.«

»Na ja, jedenfalls habe ich den noch nie gesehen.«

Luigi beugte sich zu der Frau.

»Sind Sie sich sicher?«

»Ganz sicher, ja.«

»In Ordnung, Signorina. Sagen Sie, ist Ihnen in den letzten vier Wochen noch irgendwas eingefallen? Sie waren ja eine der ersten Frauen, denen das angetan wurde. Haben Sie noch eine Idee, wer sauer auf Sie gewesen sein könnte? Hat sich Ihnen jemand im letzten Jahr auf ungute Art genähert? Hatten Sie irgendwelche ungewöhnlichen Begegnungen? Mit Handwerkern? Barkeepern? Taxifahrern? Irgendwem?« Giulia atmete tief durch. »Verstehen Sie? Wir suchen eine Verbindung zwischen Ihnen allen – zwischen all den betroffenen Frauen.«

Die junge Frau hob entwaffnend die Hände. »Ich hab wirklich über fast nichts anderes nachgedacht in den letzten Wochen, also darüber, wie ich das verdient habe und darüber, wer das war. Aber mir ist echt nichts eingefallen, Commissaria.

Ich habe einen total lieben Freund, ich bin immer treu, ich flirte nicht mal, also kann sich auch niemand falsche Hoffnungen machen. Ich … ich hab mir nichts zuschulden kommen lassen, wenn Sie so wollen.«

»Das meinte ich natürlich auch gar nicht«, sagte Giulia. Das war das größte Problem in diesen Fällen: Die Opfer glaubten stets, sie seien selbst schuld. Sie hätten den Täter auf irgendeine abstruse Weise ermuntert. Was natürlich ein elend großer Unfug war. Schuld war immer nur der, der so verrückt, krank oder finster war, um solche Dinge zu tun.

»Bitte, rufen Sie uns an, wenn Ihnen noch etwas einfällt, ja, Signorina?«

Tiziana Agnelli nickte. »Ich wünsche Ihnen allen viel Glück, Commissaria. Und besonders dieser Frau. Sie muss sich so schrecklich fühlen … Holen Sie sie da raus.«

»Das werden wir«, erwiderte Giulia fest. »Das werden wir.«

Als die junge Frau verschwunden war, dauerte es keine zwei Minuten, bis die nächste vor der Tür stand. Luigi hatte gerade Zeit für einen Schluck Wasser gehabt, Giulia hatte stumm das Foto des Mannes betrachtet, zum hundertsten Mal an diesem Tage.

»Signorina Giulia Ricci?«

Die junge Frau trat näher. »Marati, und Signora, bitte«, sagte sie mit einem schüchternen Lächeln. »Ich bin seit einem Monat verheiratet.«

»Herzlichen Glückwunsch«, sagte Giulia, und die beiden Männer schienen mit ihrem freundlichen Nicken zu gratulieren.

»Danke. Es tat mir gut, mich nach dem hier nur auf die Hochzeitsvorbereitungen zu stürzen. Man ist immer froh, wenn man einen Mann heiratet, der einen nicht nachts durch die Stadt verfolgt.«

»Das glaube ich«, erwiderte die Commissaria. »Darf ich Ihnen ein Foto zeigen, Signora Marati? Der Mann, der Ihnen das angetan hat, hat offenbar gestern Nacht eine andere Frau entführt – und die hat ihn zuvor fotografiert.«

»Natürlich, ich möchte das gerne sehen. Vielleicht kann ich ja helfen.«

Einige Sekunden später sah sie kopfschüttelnd auf den Bildschirm. »Hmm«, murmelte sie, »gibt es nur das eine Foto?«

»Leider ja«, erwiderte Giulia.

»Und – haben Sie einen Treffer in der Datenbank?«, fragte die Frau.

»Wie meinen Sie das?«

»Na, im Krimi oder bei CSI, da sieht man das doch, wie Fotos abgeglichen werden.«

Giulia musste grinsen. »Das gilt leider nicht bei Handyfotos aus irgendeinem schlechten Winkel und bei Dunkelheit – und es gilt auch nicht hier in Europa, wo der Datenschutz mehr zählt als manches Strafgesetz. Leider. Deshalb sind wir darauf angewiesen, dass jemand diesen Mann wiedererkennt.«

Giulia Marati schüttelte traurig den Kopf. »Ich bin dieser *jemand* leider nicht«, sagte sie. »Ich glaube, ich sehe ihn zum ersten Mal. Er ist alt, oder? Ich weiß nicht, ob der Mann, der mir damals gefolgt ist, so alt war.«

»Haben Sie ihn schon einmal irgendwo gesehen? Es kann eine ganz kurze Begegnung gewesen sein.«

»Hören Sie, ich bin Bäckerin. Ich habe zehn Jahre in einem Geschäft Brote verkauft, Ciabatta, Kuchen, Cornetti – da habe ich Hunderttausende Leute kennengelernt. Und nun als Selbstständige ist es nicht besser, ich liefere Torten zu Hochzeiten, wie kann ich da jeden einzelnen Kunden kennen oder wiedererkennen?«

»Ich verstehe, Signora. Und war da jemals ein Kunde dabei, der Ihnen verdächtig vorkam?«

»Wenn es um Hochzeiten geht, sind fast alle Leute verrückt«, sagte Giulia Marati und löste damit allgemeine Heiterkeit aus. Es war ein schöner Moment, dachte Giulia, inmitten ihres Gesprächs zu diesem schrecklichen Thema. »Wollen Sie den Mann nicht zur Fahndung ausschreiben?«

»Sie schauen wirklich viele Krimis, hmm?«

»Ich habe in der Backstube einen Fernseher, ja, tatsächlich.«

»Nein, das tun wir vorerst nicht. Ich möchte das Leben der Entführten nicht gefährden.«

»Das ist wahrscheinlich gut«, sagte die junge Frau. »Aber ich will unbedingt wissen, wer dieser Irre war.«

»Wir werden Sie informieren, Signora. Haben Sie vielen Dank.«

Die Frau verschwand, die nächste kam. Doch Serena Vuglioni sah auf das Bild wie die ersten beiden Frauen, kopfschüttelnd und mit leerem Blick. Sie wirkt gebrochen, dachte Giulia die ganze Zeit über. Am Ende gab sie ihr die Nummer des psychologischen Notdienstes für Verbrechensopfer, diese Frau brauchte dringend Hilfe. Es war so krass, wie unterschiedlich Menschen mit derlei Erlebnissen umgingen, dachte sie – und es war vorher nicht zu sagen, wie jemand etwas verarbeiten würde. Manchmal wurde der lebensfroheste Mensch von einem Verbrechen total aus der Bahn geworfen, während ein depressiver Mensch durch das gleiche Verbrechen zu neuer Stärke erwuchs, so ein bisschen wie eine Trotzreaktion. Manchmal dachte Giulia, dass es gut war, die Opfer nicht noch Jahre nach den Verbrechen begleiten zu müssen, mit all den Traumata und all den Prozessen, die stattfanden. Auch, wenn das ein egoistischer Gedanke war – aber manches war selbst für eine erfahrene Commissaria zu viel.

Aus Serena Vuglioni war jedenfalls nichts herauszukriegen, sie hatte den Mann noch nie gesehen, murmelte sie, konnte aber kaum zwei Sekunden auf das Bild schauen, entweder ängstigte es sie oder sie schaffte es nicht, sich zu konzentrieren.

So ging es die nächsten anderthalb Stunden: Die Tür öffnete sich im Viertelstundentakt, die Frauen saßen vor ihnen auf dem Stuhl, sie stellten viele Fragen zu dem mutmaßlichen Täter, äußerten ihre Enttäuschung darüber, dass es immer noch keine Fortschritte gäbe – doch beim Blick auf das Foto herrschte Stille, Ratlosigkeit, Kopfschütteln. *Nein, den habe ich noch nie gesehen,* das kam bestimmt ein halbes Dutzend Mal. Keine der Frauen erkannte den Mann wieder – und keine der Frauen glaubte, dass er es gewesen war, der sie verfolgt hatte. Mal war er zu klein, dann zu groß, dann zu dünn, sowieso zu alt oder zu ungefährlich, es war einfach so, als hätten sie alle einen anderen Verfolger gehabt.

So waren Zeugenaussagen: Bei drei Zeugen hatte man hinterher vier Verdächtige.

Als die vorletzte Frau gegangen war, schlug Giulia die Hände vors Gesicht.

»Das ist ja ein Albtraum«, sagte sie und stöhnte.

»Aber echt«, erwiderte Enzo.

»Sie hatten erwartet, dass wir entscheidend weiterkommen, oder?«, fragte Luigi.

»Keine Ahnung, was ich erwartet habe, aber so eine völlig nutzlose Vernehmungskette war es jedenfalls nicht.«

Wieder klopfte es an der Tür, Giulia sagte leise: »So, letzter Versuch.« Dann lauter: »Ja, herein.« Sie stand auf und ging auf die junge Frau zu, die mit festem Schritt durch das Büro lief, so fest, dass das alte Fischgrätparkett knarzte.

»Signorina Lello, es tut gut, Sie wiederzusehen.«

»Commissaria … Haben Sie die Frau schon gefunden?«

»Leider nicht. Aber ich hoffe, dass Sie uns helfen können.« Sie wies auf den Stuhl, und Lidia Lello ließ sich darauffallen, Giulia setzte sich ihr wieder gegenüber. »Aber wir können Ihnen zumindest sagen, dass Ihr Date aus Übersee nichts mit dem Fall zu tun hat. Auch wenn Sie gut daran getan haben, ihm eine zu knallen.«

»Wieso das denn?«, fragte Lidia Lello und sah Giulia interessiert an.

»Das darf ich leider nicht sagen, weil ich mich sonst strafbar mache – aber ich kann sagen: Sie haben das absolut Richtige getan.«

Die beiden Frauen grinsten einander an. Es war Komplizenschaft – und die tat gut.

»Sie haben ein Foto, sagten Sie. Richtig?«

»Genau. Die junge Frau von gestern Nacht hat ein Selfie gemacht, auf dem der Mann gut zu sehen war.«

»Klug von ihr. Und mutig.«

»Oder gefährlich, wie man es nimmt«, erwiderte Luigi.

Giulia drückte die Taste, und das Bild erschien. Der Mann hinter Teresa Buonacuore, die gedrungene Gestalt, das Gesicht so unscheinbar wie ungefährlich – wie man sich täuschen konnte. Täuschte es Giulia, oder zuckte Lidia Lello kurz zusammen? In jedem Fall saß sie sogleich wieder aufrecht und betrachtete den Monitor.

»Und?«, fragte Giulia, die es nicht abwarten konnte – oder wollte.

»Nein«, sagte die andere knapp. »Den … den kenne ich nicht.« Sie sah immer noch auf den Monitor.

»Haben Sie ihn schon einmal gesehen?«

»Nein«, erwiderte sie, sah dann erst zu Luigi und anschließend zu Giulia.

»Kennen Sie ihn aus irgendeiner Situation, die Sie in den letzten Monaten erlebt haben? Gar nichts?«

Lidia Lello schüttelte den Kopf.

»Aber ist es der Mann, der Sie verfolgt hat?«

»Hmm«, sie kniff die Augen zusammen und schien noch genauer hinzusehen. »Eher ja als nein, würde ich sagen.«

»Also erkennen Sie seine Statur?«

»Er war … ja, er war genauso, also eher klein und eher kompakt.«

»Ist es der Mann?«

»Ja, das ist gut möglich.«

»Gut, ich danke Ihnen. Melden Sie sich bitte, wenn Ihnen noch etwas einfällt.«

Lidia Lello nickte und stand auf, dann gab sie erst Giulia, dann Enzo und schließlich Luigi die Hand, ihr Blick aber war nun verschlossen.

Als sie draußen war, stand Luigi auf und machte die Tür des Großraumbüros zu. »Ein Satz mit X«, sagte er leise.

»Stimmt nicht«, erwiderte Enzo. Es war einer der wenigen Sätze, die er während der Vernehmungen überhaupt gesprochen hatte.

»Was meinen Sie, Sergente?«

»Sie hat gelogen«, erwiderte Enzo. »Ich bin mir ganz sicher.«

»Wieso das denn?«, sagte Luigi. »Sie hat das Gleiche gesagt wie die anderen Frauen.«

»Nein, das hat sie nicht«, erklärte Enzo mit fester Stimme. Seine Augen waren ganz ruhig auf sein Gegenüber gerichtet. »Oder besser: Sie hat einfach gar nichts mehr gesagt. Bei den anderen Frauen war das Verhalten von Anfang bis Ende identisch: Giulia Marati war stark und selbstsicher, konnte aber zu dem Mann nichts sagen. Serena Vuglioni war schüchtern und still, die ganzen acht Minuten, die sie hier war.«

»Sie haben die Minuten mitgezählt?«, fragte Luigi überrascht.

»Nein, ich habe eine innere Uhr, irgendwie hilft es mir beim Nachdenken, wenn ich weiß, wie lange ein Zeuge bei uns ist. Na ja, jedenfalls waren sie alle gleichbleibend. Doch Lidia Lello war erst total redselig, fast hätte man meinen können, sie wäre gern mit der Commissaria befreundet. Dann aber kam plötzlich gar nichts mehr. Sie hat einfach aufgehört zu reden. Ich habe ihr Gesicht nicht sehen können«, Enzo hob entschuldigend die Hände, »denn Sehen ist leider nicht meine Stärke, das tut mir leid.« Alle grinsten, Enzo inklusive. »Aber ich würde wetten, sie hat das Foto lange angeschaut, weil sie zuerst nicht glauben konnte, dass sie den Mann tatsächlich kannte.«

»Das stimmt. Sie hat lange auf das Bild geschaut«, sagte Luigi.

»Gestarrt«, ergänzte Giulia, »sie hat richtig gestarrt.«

»Wie haben Sie das wissen können, Sergente?«, fragte der Commissario. »Das ist beeindruckend. Und beängstigend ist es auch. Ich hoffe, Sie sind nie dabei, wenn ich mal mit meiner Frau rede – Sie können ja Dinge raushören, da ist man hinterher geliefert.«

»Wie ich Carla und Sie kenne, Commissario, haben Sie nicht viele Leichen im Keller«, erwiderte Enzo lachend.

»Aber warum hat sie gelogen? Warum sollte sie uns etwas verschweigen wollen?«, fragte Giulia und versuchte, sich an Lidia Lellos Reaktion zu erinnern. Ja, sie war tatsächlich einmal zusammengezuckt, sie hatte es auch bemerkt.

»Vielleicht wollte sie niemanden falsch beschuldigen, weil sie nicht gänzlich überzeugt war, dass sie den Mann kannte?«, versuchte es Luigi.

»Oder sie kennt ihn sehr gut«, fuhr Enzo fort, »und … keine Ahnung, will ihn schützen.«

»Oder warnen? So weit würde sie gehen? Das glaube ich nicht«, erwiderte Giulia.

»Sie hat ihn erkannt. Da bin ich ganz sicher.«

»Okay. Aber was machen wir jetzt?«, fragte Luigi. »Wenn sie etwas weiß, müssen wir sie zwingen, es uns zu sagen. Es geht um eine andere junge Frau.«

Giulia sah auf die Uhr.

»Gut, Sie machen Feierabend, Commissario – und wir gehen noch einmal zu Lidia Lello nach Hause. Wenn wir morgen früh nicht mehr wissen, dann müssen wir das Foto des Mannes in die Öffentlichkeitsfahndung geben.«

»Alles klar. Danke – und bis morgen, Commissaria.«

DICIOTTO – 18

»Dieser Mistkerl«, sagte sie immer wieder, einmal sogar so laut, dass sich Passanten nach ihr umdrehten. »Dieser Mistkerl.«

Sie hatte ihn sofort erkannt. Nicht so, wie man einen alten Bekannten erkennt. Aber sie hatte schon damals, als sie ihm gegenüber gesessen hatte, gespürt, dass mit ihm etwas nicht stimmte. Dass er einen finsteren Kern hatte. Etwas, das man lieber nicht aufrütteln sollte. Deshalb hatte sie es schon damals nicht geschafft, ihm in die Augen zu sehen. Sie wollte ihn nicht wecken. Offenbar hatte sie aber genau das getan.

Als sie aus der Questura gestürmt war, hatte sie ihr Handy genommen und nachgesehen. Ja, der Mistkerl müsste noch dort sein. Heute arbeitete man dort lange. Sie war losgelaufen, sie kannte sich in ihrer Stadt gut aus, sie wusste, wo die Mitarbeiter parkten, es war ein kleiner Parkplatz hinter einem alten Palazzo, der Parkplatz war öffentlich, wurde aber fast nur von diesen Mitarbeitern genutzt. Sie verbarg sich hinter einer Mauer und sah auf die Uhr. Es müsste bald so weit sein. Sie wusste natürlich nicht, was für einen Wagen er fuhr. Aber sie war sich sicher, dass sie ihn erkennen würde. Dieses arme Mädchen, das er versteckt hielt – wo war es nur? Hoffentlich ging es ihm gut.

Lidia hatte keine Angst. Oder vielleicht doch, aber ihre Wut war stärker.

Sie war immer der Meinung gewesen, dass Frauen füreinander einstehen mussten, weil die Männer das nicht taten. Und deshalb hatte sie entschieden, dass sie es sein musste, die Teresa Buonacuore befreite.

Sicher, die Commissaria schien tough zu sein und ihr Herz am rechten Fleck zu haben. Aber sie musste Regeln einhalten. Das musste sie, Lidia, nicht.

Und sie hatte Angst, dass man ihr nicht glauben würde. Dass die Polizei zu spät käme. Oder irgendwas anderes schiefginge.

Sie wollte es selbst in die Hand nehmen.

Es war Schicksal oder Fügung, doch es dauerte keine zehn Minuten, da sah sie ihn aus dem Gebäude kommen. Sie hatte sich nicht überlegt, was sie nun tun würde, aber als er den Autoschlüssel aus der Tasche holte und schon von weitem den Wagen öffnete, wusste sie es. Es war ein alter weißer Transporter, ein Fiat Ducato. Sie wetzte los, der Typ war noch hundert Meter entfernt, er konnte die Rückseite des Wagens nicht einsehen. Sie riss die hintere Tür auf, stieg schnell in den dunklen Laderaum und verschloss die Tür wieder. Dann postierte sie sich genau hinter der Tür, die Fäuste erhoben. Wenn er die Ladetür öffnen würde, könnte sie den Überraschungsmoment nutzen und ihn einfach niederschlagen. Doch er tat es nicht. Er öffnete die Fahrertür, sie hörte das Quietschen der metallenen Angeln, dann schloss er die Tür ganz vorsichtig. Von der Fahrerkabine war der Laderaum mit einer dicken Wand getrennt. Er konnte sie nicht sehen, und sie konnte ihn nicht sehen. Aber sie hörte ihn, denn in diesem Moment begann er zu pfeifen. Irgend so ein Lied aus den Charts. Er ließ den Motor an, und der Wagen setzte sich in Bewegung.

Lidia ließ sich an der Wand hinunterrutschen und setzte sich auf den Boden in den Schneidersitz. Sie hatte keine Ahnung, wie lange sie fahren würden und wohin. Sie wusste nur, dass dort Teresa Buonacuore war. Oh Gott, hoffentlich war sie noch am Leben.

Sie stützte sich mit den Händen ab, doch da war etwas, ihre Hand griff danach und hielt ein dünnes Seil, ein Tau. Damit war Teresa gefesselt worden, durchfuhr es sie, sie hatte auch in diesem Transporter gelegen, anders als Lidia aber war es bei ihr unfreiwillig gewesen.

Hier hinten hatte eine gefangene Frau gelegen. Und der Typ dort vorne pfiff Lady Gaga. Ihre Wut war nun so groß, sie hätte schreien können. Aber sie schwieg, und der weiße Transporter rumpelte mal langsam, mal etwas schneller über die Straßen.

DICIANNOVE – 19

Es war kein weiter Weg bis zur Via dei Federighi, in der Lidia Lello wohnte. Aber es war ein schöner Weg, gerade jetzt, zur blauen Stunde, an einem Tag, an dem der Himmel tatsächlich in einem dunkelblauen Glanz erstrahlte. Dazu schienen die Straßenlaternen in ihrem unverwechselbaren Goldton, und es war, als würde die ganze Stadt flirren.

Flirren vor Licht und Glanz und alten Gemäuern, aber auch flirren vor abendlicher Vorfreude. Weil der Sommer mit großen Schritten zurückkam, der Frühling reif und satt war und nun der Abend anbrach: die Stunde der Passegiata, in der sich alle schick gemacht hatten, für einen Aperitivo in der liebsten Bar, für einen Spritz an der Straßenecke, für ein Glas Spumante bei Freunden auf dem Balkon. Weil Alt und Jung im feinen Zwirn durch die Straßen flanierten, bald würde die Oper beginnen oder es wartete ein Tisch im Ristorante. Es war Tradition, ein Ritus, diese Passegiata, und sie gehörte zu Florenz so sehr wie zu keiner anderen italienischen Stadt. Weil hier alles noch ein wenig eleganter war als in Rom, ein wenig mondäner als in Mailand, ein wenig ausgelassener als in Venedig.

»Und wir sind wohl die Einzigen, die noch arbeiten müssen«,

sagte Giulia, nachdem sie Enzo die Menschen beschrieben hatte, die an ihnen vorbeigingen. Ihre Kleider, ihre Anzüge, ihr breites Lächeln, weil nun der schönste Teil des Tages begann.

Enzo hatte ihr gebannt zugehört und bei besonders interessanten oder ironischen Aussagen wahlweise gelächelt oder laut aufgelacht. »Ich liebe es, wie du mir die Dinge beschreibst«, sagte er leise und kam näher an sie heran, dann legte er seinen Arm um ihre Hüfte, und für Giulia fühlte es sich so an, als würde nun er sie beide führen. Es war ein schönes Gefühl, und sie genoss die Nähe dieses attraktiven Mannes, den sie schon so lieb gewonnen hatte.

Sie bogen in die Wohnstraße von Lidia Lello ein, die etwas ruhiger war, hier gab es nur eine kleine Bar, vor der Leute auf dem Gehsteig standen, ansonsten lag die Gasse am Rande der Altstadt ruhig da. Sie gingen zusammen zur Haustür und klingelten, doch niemand öffnete. Noch zweimal klingelte die Commissaria, dann sagte Enzo: »Vielleicht ist sie gleich anschließend ausgegangen, nach unserer Vernehmung.«

»Gut möglich«, erwiderte Giulia, doch sie spürte, wie ihr Bauch grummelte. »Komm, wir holen uns da vorn ein Getränk, vielleicht war sie nur einkaufen und kommt gleich noch, dann sehen wir sie.«

»In Ordnung«, erwiderte Enzo. Sie gingen die paar Meter die Straße hinunter, dann blieb Giulia überrascht stehen.

»Das ist gar keine Bar«, sagte sie. Es gab keinen Laden an dieser Stelle, und doch hatten die Leute Weingläser in den Händen, sie standen an zwei Stehtischen oder saßen auf einer kleinen Treppenstufe, schwatzten, tranken und genossen den Abend.

»*Scusa*«, fragte Giulia einen jungen Mann, »woher habt ihr den Wein?«

»Ihr müsst da klopfen«, erwiderte er freundlich, dabei sah er sie eine Sekunde zu lange lächelnd an.

»Da? An dem Fenster?«

»Genau. Seid ihr nicht von hier? Das sind doch die *Buchette del vino.*«

»Die Weinfenster«, sagte Enzo, »davon habe ich schon mal gehört.« Sie dankten dem Mann, dann klopften sie an das kleine Fenster aus Holz, das auf Bauchhöhe in eine Hauswand eingelassen war. Es war umrandet mit hellem Stein, darüber stand in großen, gemeißelten Lettern das Wort *Vino*. Und tatsächlich, nach ein paar Sekunden wurde das Holzfenster geöffnet, und ein Kopf guckte heraus. Dahinter musste eine ganz normale Wohnung sein.

»Rot oder Weiß?«, war die Frage, die durch das Fenster kam, ein Mann lächelte dazu. Mehr musste er offenbar nicht wissen.

»*Bianco, per favore.*«

Der Kopf verschwand, und nach einer halben Minute wurden zwei eiskalte Gläser mit Weißwein durch das Fenster gereicht. »Sechs Euro«, sagte der Mann, Giulia gab ihm zehn und dankte. Das Fenster wurde geschlossen, und das war es.

»Was ist das denn Cooles?«, fragte sie, bevor sie sich mit Enzo auf die Straße setzte, der Gehsteig bildete ihre Sitzerhöhung, die Füße hingen auf der Via dei Federighi.

»Während der Pest, im 17. Jahrhundert, da wollten die Florentiner nicht auf ihr wichtiges Geschäft mit Wein verzichten«, begann Enzo, »also haben sie diese Fenster erfunden. Sie haben Wein auf die Straße gereicht, um sich nicht anzustecken, dann kriegten sie Münzen zurück, die sie drinnen erst mal säubern konnten, damit die Pest nicht ins Haus kam. Die Fenster wurden dann zweihundert Jahre später zugemauert, weil sie niemand mehr nutzte. Aber in der Pandemie haben die Leute sich daran erinnert und die Fenster wieder geöffnet. Seither gibt es die berühmten Weinfenster von Florenz wieder.

Manche führen in eine Bar, manche gehören auch wirklich nur zu einer privaten Wohnung, in der sich die Besitzer etwas Taschengeld hinzuverdienen.«

»Sehr charmant«, erwiderte Giulia, »und richtig witzig.«

Sie stießen an und tranken von dem Wein, der leicht und frisch und gar nicht schlecht war, für drei Euro pro Glas war er sogar richtig gut, wahrscheinlich war es ein Vernacchia aus San Gimignano, ein Weißwein aus der kleinen Bergstadt südlich von Florenz auf dem Weg nach Siena.

»Es ist schön mit dir«, sagte Enzo leise. Giulia lauschte seinen Worten nach und musste lächeln.

»Du lächelst«, sagte er.

»Das stimmt«, erwiderte sie. »Weil es schön ist, dass du das sagst.«

»Ich hätte es nicht gedacht«, sagte er, nun noch leiser.

»Wie meinst du das?«

»Als du hier ankamst, da warst du ganz kühl und ganz klar. Du wirktest so, als hättest du alles im Leben, was du brauchst. Und zwar dich. Und nur dich. Ich mochte dich von Beginn, aber ich dachte: Sie ist sich selbst genug. Ich habe deine starke Stimme gehört und dein Auftreten gespürt. Ich war ganz sicher, dass du garantiert gar keine Lust auf irgendwas Romantisches hast. Und jetzt sitzen wir hier.«

»Ich bin erleichtert, dass du dich auch einmal täuschen kannst, in menschlichen Regungen und Stimmen – und ich bin richtig glücklich, dass du dich ausgerechnet bei mir getäuscht hast.«

»Ich auch«, erwiderte Enzo und griff nach ihrer Hand. »Und wie, das sage ich dir.«

Er beugte sich zu ihr herüber und küsste sie, sie erwiderte seinen Kuss, und dann saßen sie da, eng umschlungen, doch Giulias Blick war auch immer in Richtung der Haustür von

Lidia Lello gerichtet. Nach zwanzig Minuten sagte sie: »Sie kommt nicht mehr, oder?«

»Vielleicht ist sie wirklich gleich ausgegangen«, erwiderte Enzo.

»Hoffentlich«, sagte Giulia leise. Aus dem leichten Bauchgrummeln war etwas anderes geworden. Sie machte sich inzwischen echte Sorgen um die junge Frau.

TAG 2. 20.30 UHR

La cena à Casa Batista (Das Abendessen im Hause Batista)

Luigi: Wahnsinn, was riecht denn hier so gut, *cara*? Herrgott, ich verhungere – und jetzt duftet es hier, bin ich im Paradies?

Carla stürmt aus der Küche und umarmt ihn, dann gibt sie ihm einen dicken Kuss, bevor sie wieder verschwindet.

Carla: Also, du bist mit mir verheiratet, und ich koche gerade für dich. Ich denke, die Antwort ist *Ja.*

Luigi: Ich bin ein glücklicher Mann. Und so gut wie es riecht, bist du nachher ein glücklicher Hund – wenn ich dir was übrig lasse.

Tulipan kommt schwanzwedelnd auf sein Herrchen zu, der sich herabbeugt und den großen Hund erst einmal wild knuddelt.

Luigi: Tut mir leid, dass ich dich heute nicht mitnehmen konnte. Es war einfach kompliziert und nur Rennerei, durch die ganze Stadt – obwohl dich das sicher nicht gestört hätte. Und ich bin einmal richtig nass geworden – das wäre auch was für dich gewesen.

Carla: Wieso bist du nass geworden?

Luigi: Ich habe einen Verdächtigen verfolgt, mit einem Ruderboot. Wir mussten ihn rammen und dabei bin ich über Bord gegangen.

Carla sieht durch die Tür, ihr Gesicht schwankt zwischen Sorge und Amüsiertheit.

Carla: Meinst du nicht, du bist etwas zu alt für solche Action?

Luigi: Entschuldige bitte, ich bin auf dem Zenit meiner polizeilichen Laufbahn.

Carla: Ich vergaß, verzeih mir, *caro.*

Luigi: Ich lag also am Sonntagmittag im Arno, genau am Ponte Vecchio. Bitte versprich mir: Wenn dir deine Freundinnen Internetvideos davon zuschicken, sieh sie dir nicht an.

Carla: Das kann ich nicht versprechen. Im Gegenteil: Ich werde gleich allen Freundinnen schreiben, dass sie danach suchen sollen. War es denn wenigstens euer Täter?

Luigi: Leider nicht. Nur ein kleiner Drogendealer, der uns gleich zweimal davongelaufen ist. Wir suchen immer noch. Es gibt nach wie vor keine Spur von dem Mann. Wir haben nun aber wenigstens ein Bild.

Carla: Ein richtiges Foto? Oder ein Phantombild?

Luigi: Ein Handyfoto. Die Commissaria überlegt noch, ob sie es veröffentlichen will. Sie möchte nicht, dass der Täter jetzt ausrastet und der entführten Frau etwas antut.

Carla: Wie? Es gibt eine entführte Frau?

Luigi: Oh Mann. *Er schlägt sich mit der Hand an den Kopf.* Ich bin ja heute Morgen einfach davongestürmt, und wir haben den ganzen Tag nicht miteinander gesprochen. Du weißt also noch gar nichts. Ja, er hat es diesmal nicht bei einer Verfolgung belassen, sondern eine junge Frau entführt.

Carla: Wie furchtbar.

Luigi: Wir müssen sie finden.

Carla: Dann tut die Commissaria gut daran, das Foto nur für eure Zwecke zu nutzen. Wenn es im Fernsehen käme und der Mann Panik bekommt – oh Gott, ich mag gar nicht daran denken.

Luigi: Ich muss morgen wieder mitarbeiten – wir müssen diesen Typen finden. Schaffst du die Bar noch einmal ohne mich?

Carla: Morgen ist Montag, mein Herz. Da ist Ruhetag.

Luigi muss lachen, weil er auch das einfach vergessen hat.

Carla: Du kannst morgen so lange arbeiten, wie du willst – und so lange, wie du musst, um diesen Scheißkerl zu fassen. Ich werde mir einen wunderbaren Wellness- und Shoppingtag mit meinen Freundinnen machen, wir werden *Caffè* trinken und Internetvideos schauen.

Luigi: Und ich bin langsam echt urlaubsreif. Da vergesse ich schon die Öffnungszeiten meiner eigenen Bar.

Carla: Du bist nur reif fürs Abendessen. Und das gibt es jetzt. Es ist unser liebstes Sonntagsessen. Ich habe das Huhn gestern auf dem Markt gekauft – es ist kross und saftig, genau so, wie du es liebst.

Sie trägt eine große Platte herein, und Luigi läuft das Wasser im Munde zusammen.

Luigi: Du bist die beste Frau der Welt. Du und das hier – ihr macht mich sehr glücklich.

Carla: So soll es sein. *Buon appetito, caro.*

Recette

Pollo fritto alla Fiorentina
Frittiertes Huhn, Florentiner Art

Für 4 Personen

- *1 Bio-Huhn oder Maispoularde*
- *150 Gramm Mehl*
- *Alternative: Panko-Paniermehl*
- *2 Eier*
- *1 Zitrone*
- *1 Knoblauchzehe*
- *1 Handvoll frische Kräuter, zum Beispiel Rosmarin, Thymian, Oregano*
- *1 Lorbeerblatt*
- *3 Liter Pflanzenöl zum Frittieren*

Hier ist gute Vorbereitung Trumpf fürs Mahl für die ganze Familie: Das Huhn in Portionen teilen, also Keulen, Flügel und Brust in verschieden große Stücke aufschneiden. Die Kräuter mit Lorbeer, feingehacktem Knoblauch, Zitronensaft und reichlich gutem Olivenöl vermischen. Salzen und pfeffern. Dann die Hühnchenteile darin mehrere Stunden marinieren.

Anschließend die marinierten Teile abtropfen lassen, in zwei tiefen Tellern im Ei wälzen und dann entweder mit dem Mehl oder dem knusprigen Panko-Mehl panieren.

Den Backofen auf 160 Grad Umluft vorheizen. Parallel dazu das Pflanzenöl in einem weiten Topf erhitzen, es hat die richtige Temperatur erreicht, wenn sich an einem Holzlöffel im Topf kleine Blasen bilden. Nun die Hühnchenteile frittieren, immer vier bis fünf auf einmal. Das dauert etwa vier bis fünf Minuten, bis sie goldbraun sind, dann kommen sie heraus und auf ein Backblech mit Backpapier. Dort tropfen sie ab und bekommen nun noch von innen etwas Garzeit, ohne ihre Saftigkeit zu verlieren.

Die restlichen Hühnchenteile frittieren und wieder in den Backofen, dort bleibt alles etwa 15 Minuten, dann mit gegrilltem Gemüse servieren oder einfach nur gutem Brot.

Hervorragend passt dazu ein leicht säuerlicher Rosé aus der Toskana, etwa der Aliè von Frescobaldi.

TAG 2

Mein liebes Schwesterherz,

ich habe dir gestern von meinem Fall erzählt. Meine Vorahnung war richtig. Es ist eine düstere Sache. Eine dunkle Seele. Ich muss sie finden, diese Seele.

Nun ist eine junge Frau entführt worden. Sie ist exakt so alt wie du es warst, damals.

Sie wurde einfach gefangen genommen, als sie nach Hause ging. Ich werde nicht eher ruhen, als bis ich sie gefunden habe.

Du weißt, dass ich immer Angst habe bei solchen Dingen. Angst, zu spät zu sein. Vielleicht, weil ich damals zu spät war. Zu spät, um dich noch mal zu sehen. Ich kann es nicht ertragen, dieses Gefühl, bis heute nicht.

Ich verstehe die Verbindungen noch nicht. Was haben diese Frauen gemeinsam, die der Mann verfolgt hat? Und warum ist er jetzt weitergegangen?

Sofia, mein Schatz, du bist ja ohnehin immer in meinen Träumen, dann kannst du mir jetzt ja einfach die Antwort darauf geben. Heute Nacht wäre schön. Oder die Antwort auf die Frage, ob ich dich jemals wiedersehen darf.

Oh … Es gab gerade nebenan einen Knall. Ich muss nachsehen. Ich glaube, mein Freund hat sich den Kopf an der Wand gestoßen. Das ist ihm vorhin schon einmal passiert. Der Arme. Ich muss mich jetzt um ihn kümmern. Mit einem Eisbeutel oder so. Ja, du hast richtig gehört. Mein Freund. Was haben wir damals immer gekichert, wenn du das über einen Jungen gesagt hast. Ich muss lachen, wenn ich nur daran denke.

Jetzt aber los. Mein Freund braucht Hilfe. Da muss ich schon wieder kichern.

Buona notte, mein Schwesterherz.

Deine Giulia

VENTI – 20

Sie wusste nicht, wie lange die Fahrt gedauert hatte, ihr Akku hatte sich nach einer halben Stunde verabschiedet, sie war einfach so nachlässig darin, ihr Handy aufzuladen – aber gut, es konnte ja auch niemand damit rechnen, dass sie sich am Abend im Auto eines Entführers verbergen musste, der sie, wenn er sie entdeckte, sicher umbringen würde. Sie konnte sich also nur ihre eigene Schludrigkeit vorwerfen.

Sie wusste auch nicht, wie lange sie nun schon im Dunkel des Wagens saß, seit sie angekommen waren. Vielleicht war es nur eine halbe Stunde gewesen, oder viel länger. Die Zeit verging im Schneckentempo, wenn man wartete, dachte Lidia.

Der Wagen war bestimmt eine Stunde schnell gefahren, es musste eine Autobahn gewesen sein, es gab keine Ampeln und keine Stopps. Durch das sonore Geräusch wäre sie fast eingeschlafen, die Bewegung, dieses sanfte Schaukeln, sie hatte sich richtig bemühen müssen, die Augen offen zu halten.

Dann waren es Serpentinen gewesen, ständig links und rechts, sie hatte sich festhalten müssen, um nicht umzufallen, sie durfte nicht poltern, sonst hätte er sie womöglich gehört.

Doch dann hatte der Transporter gebremst, die Vordertür

war geöffnet und wieder geschlossen worden. Seitdem herrschte Stille. Nicht gänzliche Stille, sie konnte Zikaden hören, es musste Bäume ringsum geben. Und sie hörte Wind, Böen, die immer wieder aufkamen, beinahe regelmäßig, sie konnte es sich nicht erklären.

Als die Stille blieb und der Typ nicht wiederkam, entschied Lidia, dass sie es nun wagen konnte. Sie öffnete vorsichtig den Riegel der hinteren Tür, dann drückte sie vorsichtig, sie fuhr zusammen, was war, wenn es eine Alarmanlage gab, doch es war zu spät, die Tür war schon einen Spalt offen. Es geschah nichts. Kein schriller Ton durchfuhr die Stille. Keine Alarmanlage. Puuh.

Sie kletterte vorsichtig aus dem Transporter. Und musste sofort lächeln. Nein, es war kein Wind gewesen. Sie war am Meer. Dort unten lag es, der Mond beschien das Mittelmeer, ganz dunkel lag es da, nur die weißen Wellenkämme wurden reflektiert, es war ein schönes Bild. Weiter unten lagen viele Häuser, sie konnte ein Dorf erkennen, die Dächer dicht an dicht, aus manchen Schornsteinen quoll Rauch, sicherlich die letzten Kaminfeuer des Frühjahrs, bevor der Sommer kam.

Hier oben gab es aber nur ein einziges Haus, groß, beinahe ein Hof, es gab ein Haupthaus, grau verputzt und alt, aber an der linken Seite stand ein Gerüst, da waren auch Farbeimer und ein Betonmischer, jemand arbeitete an dem Haus. Es gab zwei Nebengelasse, kleinere Scheunen, das Haus stand auf einer Anhöhe über dem Meer, eine herrliche Lage. Sie musste sich regelrecht zwingen, sich zu erinnern, warum sie hier war. Warum besaß dieser schreckliche Mann ein so schönes Haus?

Und wo war Teresa?

Sie duckte sich, es war nicht leicht, weil es nur zwei Bäume gab, hinter denen sie sich verstecken konnte. Sie suchte die Fenster ab, dort, dort vorne glomm etwas, kein elektrisches

Licht, nein, dafür war es zu dunkel, und es flackerte. Jemand hatte Kerzen entzündet.

Lidia musste ihr Kopfkino mit Macht verdrängen, zu stark war die Frage, was der Typ da drinnen gerade mit Teresa anstellte.

Sie rannte zu dem einen Baum, verbarg sich hinter seinem dicken Stamm, es war eine Platane, sie konnte die hellen Flecken an der Rinde fühlen. Dann sah sie an dem Baum vorbei, im Haus rührte sich nichts.

War Teresa vielleicht in einer der Scheunen? Oder hatte das Haus einen Keller? Sie wollte trotzdem unbedingt als Erstes einen Blick in die Fenster werfen. Vielleicht sah sie ihn – und konnte so in aller Ruhe nach Teresa suchen. Sie rannte wieder los, ging hinter dem nächsten Baum in Deckung. Ein dicker Ast lag daneben, er musste bei einem Wintersturm abgebrochen sein. Sie hob ihn auf, wog ihn in der Hand. Das war eine gute Waffe, er war schwer und hatte spitze kleine Zweige, damit würde sie im Zweifel gut austeilen können.

Nun lagen nur noch zehn Meter zwischen ihr und dem Haus. Sie rannte wieder los, der Ast schwang in ihrem Arm, sie spürte ihren schweren Atem, dann stand sie ganz dicht an der Mauer, drehte sich um und sah durch das Fenster hinein.

Sie hatte Angst, etwas zu sehen, was sie nicht vergessen konnte. Aber da stand nur ein Tisch mit zwei Kerzen, daneben ein Stuhl. Er war leer. Sie sah Landschaftsbilder an der Wand und ein Stillleben, dort hinten stand ein alter Gasherd. Aber sie sah keinen Menschen. Nicht Teresa, nicht ihn.

Sie atmete auf. Obwohl sie so wütend war, fürchtete sie sich doch, ihn zu sehen. Oder festzustellen, dass das Mädchen schon nicht mehr am Leben war.

Sie wog wieder den Ast in der Hand, doch bevor sie geduckt ans nächste Fenster treten konnte, hörte sie die Stimme hinter sich. Ganz nah an ihrem Ohr. Seine hohe Stimme, über die sie sich schon damals gewundert hatte.

»Du hast die Kameras vergessen«, zischte er. Dann spürte sie das elektrische Zucken und brach bewusstlos zusammen.

VENTUNO – 21

Irgendwann in der Nacht musste Enzo im Bad gewesen sein. Giulia schreckte nämlich abrupt hoch, als es einen Knall gab und ihr Freund »Aua« rief, um schließlich leiser zu zischen: »Verdammt ...«

»Alles okay?«, fragte sie in die Dunkelheit hinein.

»Ich bin gegen die verdammte Wand gelaufen«, antwortete Enzo.

»Schon wieder?« Sie konnte sich ein Grinsen nicht verkneifen. Es war merkwürdig, denn eigentlich bewegte er sich trotz seiner Sehbehinderung absolut sicher, selbst in ihrem Haus, in dem er erst seit kurzer Zeit ein- und ausging.

»Ich verstehe es auch nicht. Es ist, als wäre dein Schlafzimmer zu kurz für meinen Kopf.«

Er kletterte wieder ins Bett und zog die Bettdecke hoch, dann kuschelte er sich von hinten an sie, und sie sog seinen Duft ein. Er küsste sie auf die Schulter, und Giulia schloss die Augen. Es gab nichts Schöneres, als ihm so nah zu sein.

Sie spürte seinen Atem und verfiel in denselben Rhythmus, langsame, tiefe Atemzüge. Sie wollte gerade einschlafen, da spürte sie, wie er von ihr wegrückte und sich abrupt aufsetzte.

»Es ist zu kurz«, sagte er leise.

»Was sagst du?« Sie öffnete die Augen wieder. »Komm, es ist noch viel zu früh. Lass uns schlafen. Oder wir legen eine zweite Runde ein …«

»Dein Schlafzimmer, es ist zu kurz.«

»Was?« Nun war sie wach und setzte sich auch auf. Er blickte in die Dunkelheit, während sie die Nachttischlampe anknipste. »Was meinst du?«

»Ich bin seit wie vielen Wochen hier im Haus?«

»Seit sechs Wochen. Im April warst du das erste Mal hier.«

»Richtig. Und ich bewege mich wirklich gut hier, ich bin alle Räume abgegangen. Wie oft habe ich mich im Wohnzimmer an der Wand gestoßen?«

»Noch nie?«

»Genau. Und hier oben im Schlafzimmer?«

»Dreimal …«

»Viermal. Beim dritten Mal wollte ich es nicht zugeben, damit du mich nicht auslachst.«

Sie fühlte sich ertappt.

»Dabei ist der Grundriss von außen exakt gleich. Im Erdgeschoss ist das Wohnzimmer, und direkt daneben die Küche. Hier oben ist das Schlafzimmer, daneben ist das Bad. Aber hier, die Wand, an der ich mich nun schon zweimal gestoßen habe, ist die Außenwand. Unten sind es exakt zwölf Schritte von der Küche zur Wohnzimmerwand und zur Couch. Hier oben stoße ich nach zehn Schritten an die Wand. Dieses Zimmer … es ist zu kurz.«

Sie sah ihn an und schüttelte den Kopf.

»Was meinst du denn damit?«, fragte sie. »Vielleicht hat die Außenwand eine … keine Ahnung, eine Einkerbung?«

»Dein Haus ist doch rechteckig, oder? Ohne Erker und ohne Balkon.«

Giulia nickte. »Ja, das stimmt.«

»Hier oben fehlen anderthalb Meter. Ich bin mir sicher. Und die müssen ja irgendwo sein.«

Er stand auf, und auch Giulia stellte die Füße neben das Bett. Was redete er da? Vielleicht hatte Enzo schlecht geträumt und war nun irgendwie manisch. Andererseits wirkte er ganz ruhig und überzeugt. Er ging zu der Wand und fasste mit den Händen sanft daran, so, wie er sie sonst berührte. Ihre Eltern hatten die Wand mit einer dunkelgrünen Chintz-Tapete beklebt, die sie eigentlich kitschig fand, aber aus einer nostalgischen Idee behalten wollte. Dort fühlte der Sergente nun Zentimeter für Zentimeter ab, dann ging er um das Bett herum. Giulia sah ihm zu. Bis er nach einer weiteren Minute verwundert stehen blieb und sich zu ihr umwandte. Er grub mit den Händen nach etwas, dann murmelte er: »Hier ist ein Spalt.« Sekunden später knarzte es, und dann, Giulia konnte es nicht fassen, öffnete er eine ganz dünne Tür, deren Angeln in der Wand nicht zu sehen waren.

»Verdammt«, murmelte Giulia. »Das ist ja …«

Enzo stand nun in der offenen Tür. »Ein geheimes Zimmer.«

»Mein Vater hatte ein geheimes Zimmer«, wiederholte Giulia, die keinen Zweifel daran hatte, dass dies das Werk des sagenumwobenen Richters war. Sie ging zu Enzo, der noch keinen Schritt hineingemacht hatte, er ließ ihr den Vortritt. Doch sie ging nicht hinein, sondern nahm ihn in die Arme.

»Grazie«, flüsterte sie. »Du bist … du bist unglaublich.«

Erst dann trat sie hinein, sie fand einen Lichtschalter in der rechten Ecke, und die kahle Glühbirne an der Decke flackerte zum ersten Mal seit zwanzig Jahren wieder auf. So lange hatte niemand mehr diesen Raum betreten.

VENTIDUE – 22

»Hey, komm, komm zu dir.«

Sie hörte die sanfte Stimme und schlug mühsam die Augen auf, weil ihre Lider verklebt waren und alle Glieder schmerzten.

»Hey, du …«

Nun schaffte sie es, blickte nach oben und sah zwei dunkelbraune Augen über sich, umrahmt von einem hübschen Gesicht und kurzen blonden Haaren.

»Teresa«, flüsterte sie, weil es das Erste war, was ihr einfiel. Und dann fiel ihr ein, warum sie diesen Namen kannte, dass sie nicht in ihrem Bett lag, sondern in einem alten Haus am Meer, gefangen genommen von einem Irren, und dass sie sich selbst in diese Situation gebracht hatte.

»Woher kennst du meinen Namen?«, fragte die andere.

»Weil ich … weil ich dich gesucht habe«, brachte sie mühsam hervor.

»Aber du kennst mich doch gar nicht.«

»Ich bin auch eine, die er verfolgt hat. Aber mich … hat er nicht entführt. Damals jedenfalls nicht.« Sie lächelte schwach, dann half ihr Teresa, sich aufzusetzen.

»Er hat dich gestern Nacht hier hereingebracht. Er hat kein Wort gesagt. Richtig gruselig.«

»Ja, gruselig beschreibt diesen Typen ganz gut.« Sie spürte in ihren Körper hinein, immer noch schmerzte alles, weil der Elektroschocker ihren ganzen Körper betäubt hatte.

»Ich bin Lidia«, sagte sie. »Wie geht es dir?«

»Wie sagt man so schön? Den Umständen entsprechend.«

Sie mussten beide lachen, und es tat gut, dass sie nicht allein hier war, dachte Lidia. Sie hatte die andere junge Frau nur auf den Fotos in der Questura gesehen, ein Passbild und die verwackelte Aufnahme des Selfies, sie war nur ein Abbild gewesen, farblos, künstlich. Aber hier, selbst in der Nacht, konnte Lidia erkennen, wie energetisch und echt sie war, wie viel Leben in ihr steckte.

Die anderthalbtägige Gefangenschaft hatte das Feuer in ihren Augen nicht gelöscht, im Gegenteil: Sie strahlte auch jetzt, es war, als würde sie die Situation als Witz nehmen, den das Schicksal ihr erzählt hatte. Als eine vorübergehende Zwangslage, aus der sie in Kürze und in Gänze befreit werden würde.

»Und dir? Hat er bei dir auch seinen Elektroschocker benutzt? Tut irrsinnig weh, oder?«

»Ich hab gedacht, er zieht mir die Haut ab«, erinnerte sich Lidia an den Moment, in dem ihr die Stromstöße durch die oberen Hautschichten gejagt waren, bevor sie Herz und Hirn erreicht hatten.

»Ja, das beschreibt es ganz gut. Und der Strom ist echt im Körper gespeichert, manchmal ist es bei mir jetzt noch so, als würde ich einen Schlag kriegen.«

Lidia rieb sich den Kopf. Er schmerzte, genau wie ihre Knochen. Sie musste die Nacht auf dem harten Betonboden verbracht haben. Für Teresa hatte der Typ tatsächlich ein Himmelbett in diesen schmutzigen Raum geschleppt. Lidia konnte es gar nicht richtig ansehen, weil es so furchtbar war. Mit heiserer Stimme fragte sie: »Hat er das für dich hier reingebracht?«

»Es war alles schon so hier bereit – als hätte er auf mich gewartet.«

Ihr Raum war klein und fensterlos, vom Vorraum mit der Eingangstür war er mit einem schweren Holzzaun getrennt, der bis zur Decke reichte.

»War er … war er schon bei dir?« Wie schwierig es war, diese Dinge zu fragen. Sie schämte sich für ihre Frage, aber sie musste es wissen, auch für sich selbst.

Die junge Frau mit den kurzen Haaren lächelte sanft und schüttelte den Kopf.

»Er kam einmal hier runter, gestern früh, bevor er weggefahren ist. Er hat allen Ernstes mit mir plaudern wollen. Weißt du, was er gesagt hat?«

»Was denn?« Lidia konnte nicht glauben, wie leicht ihr Teresa von all dem erzählte. Es klang, als würde sie von einer Begegnung im wahren Leben berichten und nicht von einer in Geiselhaft.

»Er sagte: ›Hallo, Teresa, schön, dass du endlich hier bist. Ich gehe jetzt zur Arbeit, aber ich hoffe, es ist alles zu deiner Zufriedenheit. Ich habe dir dieses Zimmer hier gebaut, aber natürlich ist es nur vorübergehend. Oben im Haus ist dann dein richtiges Zimmer, wenn sich alles normalisiert hat.‹ Ich habe ihn ganz ruhig angesehen, diesen Wicht, und habe ihm ins Gesicht gelacht und gesagt: ›Du hast mich verschleppt – was denkst du denn, was hier passieren wird? Willst du mich heiraten oder was?‹ Und dann hat er allen Ernstes gesagt: ›Mal sehen, vielleicht. Aber erst mal ist es schön, dass meine Freundin jetzt bei mir wohnt.‹ Und obwohl das so gruselig war, war sein Tonfall ganz normal, so, als rede er mit seiner echten Freundin. Es war … Ich kann gar nicht sagen, wie sich das angefühlt hat. Ich hätte ihn gerne ermordet in diesem Moment – aber irgendwie hatte ich auch Respekt. Ja, Respekt vor so viel Irrsinn, das trifft es ganz gut.«

»Hat er echt gesagt, du wärst seine Freundin?«

»Ja, und dass er am Abend wiederkommt und sich darauf schon freut. Er hat mich echt gefragt, ob er uns was kochen soll. Ich hab gesagt: ›Dein Kopf wäre schön. Mit Zucchini und Pasta.‹ Da hat er nur gelacht und gesagt, wir würden uns schon noch aneinander gewöhnen. Das wiederum klang so furchtbar und wie eine Drohung, dass ich erst mal den halben Vormittag geweint habe. Als er weggefahren war, habe ich versucht, hier einen Ausgang zu finden oder die Tür aufzubrechen. Aber es ist tatsächlich alles megasicher. Der hat an alles gedacht.«

»Meinst du, der hatte das schon lange geplant? Also, dich zu entführen?«

»Ich glaube, der wollte eine Freundin haben – und er musste sie entführen, so, wie der aussieht. Aber dass es mich erwischt hat, war, glaube ich, eher Zufall. Keine Ahnung. Ich wusste bisher jedenfalls nicht, dass ich die ganz Irren anziehe.«

»So gruselig«, erwiderte Lidia und schüttelte den Kopf. »Aber du erzählst das so leicht und sogar ein bisschen lustig. Hast du keine Angst? Also, ich habe Scheißangst.«

»Ich auch«, erwiderte Teresa. »Klar hab ich gestern Abend gedacht: Wie soll das enden? Wenn die ihn nicht finden, dann lässt der mich hier drin verrecken, eines schönen Tages. Und wenn sie ihn finden und er sein Versteck nicht preisgibt, dann verrecke ich auch. Das gibt es doch manchmal in so Thrillern, dass dann die Opfer lebendig begraben sind. Aber … wenn ich da lange drüber nachdenke, dann werde ich doch verrückt. Und seit du hier bist, habe ich auch weniger Angst. Er kann uns beide nicht gleichzeitig umbringen.«

»Wir kommen hier raus«, sagte Lidia und klang dabei überzeugter, als sie es tatsächlich war. »Sag mal …«, sie zögerte, »kanntest du ihn?«

Teresa nickte. »Zuerst dachte ich nicht. Also, als er hinter mir her war. Aber dann, gestern, als er hier drinnen stand, da wusste ich es wieder. Und du?«

»Du hast dein Handy verloren, im Hausflur. Die Polizei hat es mir gezeigt. Ich habe ihn gleich erkannt.«

»Ich habe das Handy mit Absicht fallen lassen, als er hinter mir im Flur stand. Ich wollte, dass die Polizei sein Foto findet. Hast du ihnen gesagt, wer der Typ ist?«

Lidia senkte den Kopf. »Ich wusste gleich, wer er war. Ich fand damals schon, dass er irgendwie gruselig wirkte. Aber ich … ich wollte dich auf eigene Faust finden. Ich habe ihm aufgelauert und bin in sein Auto gestiegen, hinten in den Transporter. Und dann, als er mich hierherfuhr, ohne es zu wissen, war mein Akku alle, deshalb konnte ich die Polizei nicht mehr anrufen. Ich wollte es ihnen also zuerst nicht sagen – und dann konnte ich es ihnen nicht mehr sagen.«

»Hmm«, sagte Teresa leise, »das war ja nun nicht ganz so klug.«

»Ich weiß«, erwiderte Lidia voller Scham.

»Schon okay«, sagte die andere, »wer weiß, was ich getan hätte. Auf jeden Fall weiß ich, dass wir hier rauskommen werden. Und zwar zusammen.«

»Zusammen«, wiederholte Lidia. »Wir kommen hier zusammen raus, wir beide.«

VENTITRÉ – 23

Zwei Stunden später, die Sonne ging gerade auf, saß Giulia auf der Terrasse, vor sich einen Stapel alter Akten, die allesamt mit Vertraulich-Vermerken versehen waren. Es gab Briefe und kleine Notizbücher, die vollgeschrieben waren, in der feinen, ziselierten Handschrift, die ihrem Vater eigen war. Geschwungen und selbstbewusst, dabei aber genau und sehr gut leserlich. So hatte er immer geschrieben, ob es in seinen dienstlichen Akten oder auf ihren Geburtstagskarten gewesen war. Mama hatte immer abgelehnt, diese Karten zu schreiben, sie hatte sie stets Papa vorgelegt, mit den Worten: »Meine Sauklaue kann niemand lesen, das musst du machen, Signor Goethe.«

Sie blickte auf, als Enzo aus der Tür trat, in der Hand hielt er zwei Tassen, aus denen es dampfte. Er setzte sich neben sie und schob ihr eine Tasse zu, dann nahm er seine und trank einen Schluck.

»Und?«, fragte er leise. Im Hintergrund zwitscherten die Vögel, ihr Lied war die ruhige Untermalung zu Giulias fieberhafter Suche. Ihre Augen flogen nur so über die Papiere, doch als Enzo ihr die Hand auf die Schulter legte, sah sie endlich auf und atmete einmal tief durch.

»Es ist unglaublich«, sagte sie und legte ihren Kopf kurz auf seine Schulter. »Du hattest recht. Er hat nicht aufgehört. Er war nicht in Rente. Er hat die Bastarde einfach weitergejagt.«

»Was hast du gefunden?«, fragte er leise, doch er ließ sie nicht antworten, sondern fuhr fort: »Weißt du, ich habe mich sehr gut abgefunden mit dem Blindsein, ich komme zurecht, und nun habe ich sogar die schönste Freundin der Welt – aber eben in der Küche habe ich mich so geärgert, dass ich dir hierbei nicht helfen kann. Ich würde die Unterlagen so gern mit dir sichten, um herauszufinden, was für einer Sache genau er auf der Spur war, oder wem …«

Giulia sah ihn überrascht an, dann kniff sie ihn in die Seite. »Du bist so ein Blödmann«, sagte sie, »wenn auch ein süßer Blödmann. Ohne dich wüsste ich gar nichts von den Unterlagen, die hätten einfach noch die nächsten hundert Jahre in diesem Raum geschmort, bis irgendwann unsere Kinder oder Enkel das Haus hätten abreißen lassen, und dann wären die Papiere durch die Gegend geflogen. Also, ich muss dir danken – du bist mir eine so riesige Hilfe – ach, und danke für das Kompliment.« Sie lächelte und küsste ihn sanft. Dann griff sie nach den Akten und sagte: »Er hat täglich Eintragungen gemacht, zu Finanztransaktionen in Rom und in der Toskana. Ich weiß nicht, welche Quellen er angezapft hat, aber es sind minutiöse Eintragungen, mir scheint, er hatte noch sehr gute Kontakte in die Finanzbehörden. Außerdem – und das kann ich kaum glauben – war er mehrfach selbst in den Dörfern in Kalabrien, um mit Hintermännern der Mafia zu sprechen. Er … er hat das gewagt, obwohl er dort auf Dutzenden Todeslisten stand. Hier ist sein Tagebuch, er hat Aussagen gesammelt von Leuten, die einst für die Mafia gearbeitet haben, sich dann aber frustriert abwandten. Weil sie verstanden haben, dass die Organisation eben doch nur für die Reichen und das große Geld arbeitet und dass es mit der Gottgläubigkeit und der Hilfe für die Armen nicht so weit her war. So ist er sogar an Namen gekommen von Leuten, die jahrelang gesucht wurden. Aber nun lese ich gerade etwas … Warte …«

Sie versank wieder in dem Studium einer schwarzen Kladde, in die ihr Vater fein säuberlich Blätter eingeheftet hatte. Auch die waren mit seiner feinen Handschrift beschrieben. Enzo saß neben ihr und verhielt sich ganz ruhig, er hatte seine Nase in die Luft gereckt und atmete die saubere Luft ein, die durch den Garten wehte, er lauschte dem Gesang der Vögel und genoss den würzigen Geschmack des *Caffè*, bis Giulia nach zwanzig Minuten die Papiere weglegte, aufsah und leise *»che cazzo«* murmelte.

»Was ist los?«

»Ohne dich hätte ich das alles nie entdeckt – und gerade weiß ich gar nicht, wie ich das finden soll, das ist … das ist Sprengstoff.« Sie spürte die Wut, die sich in ihr gesammelt hatte, die letzten Minuten hatte sie alles durchlebt, Ärger, Trauer, grenzenlose Überraschung. »Papa hat sich nach den Ermittlungen im Süden wieder der eigenen Heimat zugewandt. Er schreibt, dass er dort unten den Tipp bekommen habe, dass die Mafia eine langfristige Aktion plane: Man wolle junge und erfolgversprechende Menschen anwerben und unterstützen, um sie aufzubauen, damit sie später in hohe Ämter in Staat und Verwaltung kommen – um dann ihrerseits die Verbrechen der Mafia zu fördern und sie vor Verfolgung zu schützen. Mein Vater hat lange recherchiert, aber dann hat er herausgefunden, dass die Mafia in Florenz einen besonders ambitionierten jungen Mann gefördert hat. Die Anbahnung fand wohl schon in der Universität in Neapel statt, wo der Mann zu sehr konservativen Kreisen zählte, nicht so ein Anarcho wie die anderen im Norden, die die Mafia hassten. Er war durchaus bereit, für Geld und die Aussicht auf Macht zu tun, was die Organisation von ihm wollte.«

»Das ist ja unglaublich«, murmelte Enzo.

»Mein Vater schreibt, dass der junge Mann sich bestens geschützt hat. Seine Bedingung war, dass er am Anfang seines Weges nichts Illegales tun müsse – damit er eine saubere Weste hatte. Er schien die Paten wohl ganz gut im Griff zu haben, sie ließen sich auf alles ein. Zahlten die besten Elite-Universitäten und haben auch seinen ersten Wahlkampf finanziert.«

»Aber wenn es nichts über den Mann gab, wie ist dein Vater dann auf ihn gekommen?«

»Es gibt immer jemanden, der redet, auch in einer so verschworenen Organisation wie der Mafia. Jedenfalls war der Mann schon ein gutes Stück des Weges nach ganz oben gegangen, als Papa seine Ermittlungen gegen ihn ausgeweitet hat. Er hat Aussagen gegen den Mann gesammelt, von ausgestiegenen Mafiosi und von Leuten, die wussten, dass er auf der Gehaltsliste der Mafia stand. Papa hat sogar bei der Polizei erwirkt, dass das Telefon des Mannes für eine Woche abgehört wird. Er hat wieder minutiös alles aufgeschrieben, auch wenn dabei nicht viel rauskam. Aber er hatte genug, um ihn unschädlich zu machen. Und hier schreibt er auch, dass es für ihn so schwierig war, das alles zu machen, wohl wissend, dass er damit uns und Mama in große Gefahr bringt. *Aber ich muss das tun, meine Stadt muss wissen, wer hier zu hohen Weihen gelangen will – und das muss ich verhindern*«, las sie aus dem Tagebuch vor. »Er hat alles geheim gehalten, seine Arbeit und seine Ermittlungen. Das muss so ein riesiger Druck gewesen sein.«

»Jetzt sag schon, *cara*, steht da ein Name? Hat er geschrieben, wer der junge Mann war?«

»Das hat er«, sagte Giulia und konnte richtig hören, wie rau sich ihre Stimme anhörte. »Damals war er ein einfacher Beigeordneter im Rathaus, der aber allen in der Stadt als sehr integer und hochtalentiert galt. Was es ja vor zwanzig Jahren in Italiens Politik nicht so häufig gab.«

»Hat sich daran etwas geändert?«

Giulia sah Enzo an. »Stimmt auch wieder. Na ja, in jedem Fall hätten die Ermittlungen meines Vaters diese Karriere beendet. Dazu kam es aber nicht, weil mein Vater in seinem Auto explodiert ist. Und nun ist dieser Mann … der Bürgermeister von Florenz.«

»Ricardo Galli?!«

Giulia flüsterte leise: »So steht es hier. Ich kann es auch nicht glauben.« Beim Klang des Namens tauchten sofort die Porträts des Mannes vor ihrem geistigen Auge auf, die Fotos in der Zeitung und die Fernsehauftritte: die schlanke Gestalt, die dunkelbraunen, dichten Haare, das makellose Gesicht. Die wohlklingende Stimme, die bei Reden auf Parteitagen immer so überzeugend war. Ein zupackender Mann, das war dieser Ricardo Galli, ein Kämpfer für die Wirtschaft und den Tourismus. Immer wieder betonte er, wie wichtig die innere Sicherheit war und dass man die Polizei stärken müsse – wenn Giulia das mit den Zeilen ihres Vaters zusammenbrachte, dann musste sie bitter auflachen. Was für eine Ironie.

»Dein Vater hatte also genug gegen Ricardo Galli zusammengetragen, um ihm den Weg ins Rathaus für immer zu versperren. Und das Rathaus von Florenz ist ja nicht das Endziel. Galli will nächstes Jahr bei den Ministerpräsidentenwahlen kandidieren, so sagt man jedenfalls. Die Mafia hat Großes mit ihm vor.«

»Du sagst es.«

»Hat denn Galli damals davon Wind bekommen, was dein Vater gegen ihn in der Hand hatte?«

»Ich muss weiterlesen«, sagte Giulia. »Es fehlen noch einige Dutzend Seiten.«

»In Ordnung. Ich lasse dich …«

Sie wandte sich wieder den Akten zu, doch dann sah sie noch einmal auf und sagte leise: »Das hier ist der Grund, warum sie alle sterben mussten.«

VENTIQUATTRO – 24

Drinnen im Haus war zum zigsten Male ein leises Klingeln zu hören. Aber dann war es Enzos Telefon, das draußen laut hörbar klingelte.

»*Sì?*«

»Sergente, hier ist Questore Medici.«

»Guten Morgen, Questore.«

»Ich versuche, die Commissaria zu erreichen. Seit Stunden.«

»Ja, sie ist … ähm, sie ist beschäftigt. Darf ich ihr etwas ausrichten?«

Enzo hörte Giulia neben sich rascheln, sie schien gar nicht bemerkt zu haben, wer da am Apparat war.

»Was soll denn das heißen, beschäftigt?« Der Questore schäumte, so schien es, sein Ton war eine Mischung aus Unglauben und Ärger. Wie konnte man sein Anliegen nur so ignorieren? »Hier treibt ein Entführer sein Unwesen, in unserer Stadt. Und die Commissaria beschäftigt sich mit etwas anderem? Mit Ladendiebstählen? Oder womit?«

»Questore, ich denke, sie kann es Ihnen gleich selber …«

»Richten Sie ihr aus, dass ich sie in einer Stunde in der Questura erwarte. Ich will einen ausführlichen Bericht – und ich erwarte Ergebnisse, bis spätestens morgen. Sagen Sie ihr das, Sergente.«

»Wird gema…«, doch bevor Enzo den Satz beenden konnte, hatte der Questore bereits aufgelegt.

»Ähm, Giulia«, murmelte er leise, nachdem er erst einmal durchgeatmet hatte. Sie reagierte nicht. »Giulia?«

»Ja?« Nach Sekunden regte sie sich, es war, als erwache sie aus einem Traum.

»Der Questore hat angerufen.«

»Wann?«

»Eben gerade, alle Telefone haben geklingelt.«

»Oh. Was wollte er?«

»Dass du kommst. Und diesen Fall löst.«

Er hörte wieder das Rascheln von Papier.

»Er hat recht. Wir müssen in die Stadt«, sagte Giulia nach einigen Minuten.

»Was hast du gerade entdeckt?«

»Es gibt Fotos«, sagte sie, und ihre Stimme klang so tonlos, wie er sie noch nie gehört hatte.

»Was für Fotos?«

»Mein Vater hat sie selbst gemacht. Ich erkenne den Kratzer, den seine alte Nikon auf der Linse hatte, er ist auf allen Abzügen. Hier, er hat Beweise gesammelt.«

Sie hielt ihm die Fotos hin, aber er reagierte nicht. Da erst begriff sie. Er konnte die Bilder nicht sehen. Ihre Wangen wurden blutrot, sie räusperte sich und zog die Aufnahmen zurück, dann mahnte sie sich, aus dieser Situation wieder in die Realität zu kommen. Sie hatte Enzo nicht verletzen wollen. Aber der fragte ganz ruhig noch einmal: »Was ist zu sehen?«

»Er muss Galli gefolgt sein. Quer durch Italien. Hier, eines zeigt ihn in Neapel, er schüttelt einem Clanboss die Hand, der Mann ist vor zehn Jahren erschossen worden. Und hier, das muss dieses Bergdorf in Kalabrien sein. Da sieht man die Limousine von Galli vor dem Haus des 'Ndrangheta-Bosses. Sie umarmen sich, das Bild ist verwackelt, aber beide sind deutlich zu erkennen.«

»Fuck«, sagte Enzo stöhnend, »das ist wirklich Sprengstoff.«

»Damit haben wir ihn.«

»Er wird alles abstreiten«, erwiderte Enzo.

»Wie soll er die Fotos denn erklären? Er besucht seine Wähler? Oder seine Geldgeber? Hey, ein Bild davon wäre vielleicht erklärbar. Aber in dieser Masse? Ich weiß, wir hatten Berlusconi und viele andere Schlitzohren in der Politik. Es stimmt, in Italien laufen die Dinge anders, selbst Ministerpräsidenten kommen mit vielen krummen Dingern durch. Aber die Mafia? Sogar hier in Italien ist der gute Ruf eines Menschen sein Kapital – und wenn wir den auch nur ein wenig ankratzen, werden immer Zweifel bleiben, das Wort *Mafia* wird für immer über seinem Kopf schweben wie ein Damoklesschwert. Damit wird es unmöglich sein, ganz nach oben zu kommen, weil er statt eines Hoffnungsträgers dann eine Belastung wird. Und das will ich erreichen.«

»Und das hast du dir in den letzten zwei Stunden genau so überlegt?« Enzo klang überrascht und beeindruckt zugleich. »*Mio dio*, vielleicht solltest du Ministerpräsidentin werden. Dann würde der Haushalt aber künftig stimmen.«

»Du bist ein Quatschkopf«, erwiderte sie, »aber ein lieber Quatschkopf.«

Er senkte die Stimme und fragte nach einem kurzen Moment, in dem er sie schon wieder rascheln hörte: »Und was ist, wenn er das nicht mit sich machen lässt?«

»Was soll er denn tun?«

»Dich umbringen, zum Beispiel.«

»Ja, das käme mir tatsächlich ungelegen.«

»Ist das so?«

»Ja, das ist so. Ich hab mich nämlich verliebt. In einen sehr schönen und sehr freundlichen jungen Mann.«

Sie küssten sich kurz und heftig, doch dann schob Enzo Giulia von sich.

»Ich meine es ernst, was ist dann?«

Sie nahm seine Hand und sagte mit fester Stimme: »Mein Vater hat sich immer Sorgen gemacht, um seine Familie und um sein Leben. Aber er hat dennoch nie aufgegeben. Weil er diesen Sumpf trockenlegen wollte.«

»Hmm, ich weiß jetzt nicht, ob das ein gutes Beispiel ist«, sagte Enzo sanft, »denn dein Vater ist ja nun mal tot.«

»Aber die Zeiten sind andere. Heute ist die Mafia schwächer als damals, im Gegensatz zur inneren Sicherheit hier in Italien. Aber die Mafia will eine Renaissance – und Galli soll ihr dazu verhelfen. Das muss ich verhindern. Aber natürlich hast du recht. Wir müssen vorsichtig sein. Sehr vorsichtig.«

»Vor allen Dingen«, sagte Enzo und drückte ihre Hand fester, »müssen wir jetzt erst mal runter in die Stadt. Wir müssen Teresa Buonacuore finden. Wirklich. Giulia, das ist jetzt wichtig. Ich hatte vorhin einen Anruf, es wird immer merkwürdiger. Die Daten der Kennzeichenüberwachung aus der Nacht sind gelöscht worden.«

»Wie denn das?«, fragte sie, immer noch tonlos.

»Ich habe keine Ahnung. Die Fotos werden im Rathaus gesammelt, aber dort gibt es aus der Nacht keine Aufzeichnungen. Ich kann mir darauf keinen Reim machen.«

»Hmm …«

Er hörte, wie sie die Fotos übereinanderstapelte und alles in einer Kladde verstaute.

»Du hast recht«, sagte sie noch einmal und schob ihren Stuhl zurück. »Los, fahren wir.«

Aber er konnte in ihrer Stimme hören, dass sie mit ihren Gedanken längst schon beim Bürgermeister war. Dass sie überlegte, wie sie weiter vorgehen konnte. Sie klang fiebrig.

Wortlos packten sie ihre Sachen für den Tag, Giulia duschte, und zehn Minuten später saßen sie im Wagen hinunter in die Stadt. Es war schon kurz vor dem Mittag, sie hatten viel zu viel Zeit dort oben verbracht. Aber Enzo verstand, dass es hatte sein müssen. Dafür hatten sie sich den Berufsverkehr gespart, und in weniger als zwanzig Minuten gelangten sie von den grünen Hügeln ihres kleinen Bergstädtchens bis hinunter in die trubelige Altstadt von Florenz. Enzo hatte die Augen geschlossen und genoss den Fahrtwind, während Giulia ganz und gar in Gedanken war. Sie sprach kein Wort, sie dachte nach, ihr Kopf war wie ein Karussell, das sich viel zu schnell drehte – und doch formten die Gedanken nach und nach einen Plan. Von dem sie keine Ahnung hatte, ob er tatsächlich funktionieren konnte.

Kurz vor der Questura war es, als würde sie erwachen. Giulia bremste scharf ab, so scharf, dass Enzo sich am Armaturenbrett festhalten musste.

»Herrjeh«, sagte er stöhnend, »was ist denn los?«

»Entschuldige. Mir ist eben erst wieder eingefallen, warum ich die ganze Nacht schlecht geschlafen habe. Wir müssen uns erst vergewissern, dass es ihr gut geht.«

Enzo wusste offenbar gleich, wen sie meinte, denn er fragte nicht weiter nach, sondern hielt sich nur gut fest, während sie die engen Gassen in viel zu hohem Tempo nahm, zum Glück war an diesem Vormittag nicht viel los.

In der Via dei Federighi bremste sie und hielt mitten in der kleinen Straße, hätte jetzt ein anderes Auto hier durchgemusst, wäre ein Stau plus Hupkonzert unvermeidlich gewesen.

Heute saß niemand mit Gläsern in der Hand auf der Straße,

das Weinfenster war geschlossen und sah so unscheinbar aus, dass niemand glauben würde, hier sei der soziale Treffpunkt der Gasse.

Sie stiegen aus, und Giulia drückte die Klingel, wie sie es vierzehn Stunden zuvor schon einmal getan hatte. Nervös trat sie von einem Fuß auf den anderen, Enzo stand dicht neben ihr, so, als würde er ihre innere Anspannung bemerken. Sicher tat er das, sie wusste, dass er sie spüren und lesen konnte wie niemand vor ihm.

Sie klingelte wieder, doch es rührte sich nichts. Endlich drückte sie die Klingel der Nachbarin. Doch die Tür ging nicht auf, stattdessen waren Schritte zu hören, kleine, forsche Schritte. Das Portal surrte, es war entriegelt worden, doch bevor Giulia drücken konnte, knarzte es in den Angeln, und vor ihnen stand die alte Nachbarin, die vor zwei Tagen so resolut geschaut hatte. Heute aber waren ihre Augen ängstlich geweitet, und sie sah müde aus.

»Oh, Commissaria«, sagte sie, und ihre Stimme war ganz hoch, als habe sie Panik. »Was ist … Ist was mit Lidia?«

»Wir wollten sie noch mal aufsuchen, Signorina Lello war gestern bei uns, und wir haben noch eine Frage.«

»Aber … sie ist weg«, sagte die Nachbarin. »Ich bin zur Tür gerannt, weil ich dachte, sie hätte ihren Schlüssel vergessen. Sie ist gestern zu Ihnen gegangen, das weiß ich, weil sie es mir erzählt hat. Aber dann ist sie nicht wiedergekommen, obwohl wir auf ein Glas verabredet waren. Sie ist einfach nicht nach Hause gekommen – und sie ist die ganze Nacht weggeblieben. Das ist überhaupt nicht ihre Art – sie hätte mir zumindest abgesagt. Commissaria, ich bin mir sicher, dass etwas passiert ist.«

Giulia blickte zu Enzo, der den Kopf gesenkt hielt, als denke er nach.

»Danke Ihnen, Signora. Das ist tatsächlich ernst zu nehmen, weil Signorina Lello offenbar eine Ahnung hat, wer der Täter ist. Das glauben wir zumindest. Haben Sie keine Idee, wo sie stecken könnte? Dass sie vielleicht einfach nur bei einer Freundin schläft?«

Die alte Nachbarin schüttelte traurig den Kopf.

»Ich weiß, sie wirkt wie eine spontane junge Frau, aber sie ist sehr verlässlich. Und sie weiß ja auch, dass ich mir gerade Sorgen um sie mache. Es ist etwas passiert, bitte, Commissaria, Sie müssen Lidia suchen.«

»Das werden wir, Signora, das werden wir. Haben Sie vielen Dank. Wir melden uns.«

Auf dem Weg zum Auto sagte Giulia leise: »Du hattest schon wieder recht, sie wusste, wer er war.«

Enzo ergänzte mit tiefer Stimme: »Und wollte offenbar nicht, dass wir es erfahren.«

VENTICINQUE – 25

»Da seid ihr ja endlich«, sagte Luigi, der sofort aus der kleinen Bar gegenüber der Questura gestürmt kam, als er den VW Käfer auf den Parkplatz bollern sah. »Ich warte schon ewig.«

Giulia stieg aus und ging sofort auf ihn zu. »Ich hab es versaut.«

»Was meinen Sie, Commissaria?«

»Enzo hatte recht, Lidia Lello hat den Mann erkannt. Wir hätten sie gleich stoppen sollen – jetzt ist auch sie verschwunden.«

Luigi wurde blass um die Nase. »Waren Sie bei ihr?«

»Ja, sie ist gestern nach ihrer Aussage nicht nach Hause gekommen.«

»Hat der Mann sie vor der Questura abgefasst? Das ist doch viel zu heikel.«

»Ich weiß es nicht. Wir müssen sie suchen. Und wir müssen sie finden. Der Questore ist auch außer sich. Weil ich …« Sie schüttelte den Kopf und empfand Scham darüber, dass sie sich so lange hatte ablenken lassen. Was, wenn der jungen Frau schon etwas passiert war?

»Hören Sie, Commissaria, Sie trifft keine Schuld. Signorina

Lello hätte uns sagen müssen, dass sie den Mann erkannt hat.« Enzo nickte zur Bekräftigung, während Luigi sprach. »Und nun werden wir die Frau finden.«

»Wir müssen das Foto veröffentlichen«, sagte Giulia und schlug mit der Hand auf die Motorhaube ihres Wagens, weil die Anspannung einfach rausmusste. »Wir haben keine andere Wahl mehr.«

»Gut«, erwiderte Luigi, »ich komme heute ausnahmsweise mit hinein. Und dann bereiten wir das vor.«

Eine Stunde später saßen sie immer noch hoch konzentriert im Großraumbüro, glücklicherweise war der Questore außer Haus, ein wichtiger Termin beim Präfekten. So konnten sie ungestört arbeiten.

Giulia lud ein paar Journalisten für den Nachmittag ein, sie wollte eine spontane Pressekonferenz vor dem Gebäude abhalten. Enzo ging noch einmal die Aussagen der Frauen durch, Luigi prüfte die Außenkameras der Questura.

»Hier hat der Typ jedenfalls nicht auf sie gewartet, um sie abzufangen«, sagte er nach einer Weile. »Lidia Lello ist aus dem Gebäude gekommen und allein nach Osten gegangen. Sie sah aus, als wäre sie in Eile. Hier«, Giulia sah ihm über die Schulter, »sie sieht nicht einmal auf die Uhr, sondern gleich dreimal.«

»Wo will sie hin? Warum hat sie es so eilig?«

»Sie will den Mann abfangen, oder? Sie weiß genau, wer der Entführer ist.«

»Ich fasse es nicht«, sagte Giulia. »Warum hat sie es uns nicht einfach gesagt?«

Sie ging zurück zu ihrem Schreibtisch und betrachtete den Monitor, doch sie las nichts darauf, sie starrte einfach nur auf die Zeilen, die vor ihren Augen verschwammen.

Irgendwann, sie wusste nicht, wie viel Zeit vergangen war,

schreckte sie hoch, weil eine Stimme durch den Nebel zu ihr drang.

»Bist du dir sicher?«, hatte Enzo in die Stille hinein gefragt.

Giulia sah ihn verwundert an.

»Was meinst du?«

»Bist du sicher, dass du das wirklich jetzt machen willst? Mitten in diesen Ermittlungen?«

»Ich hab doch gar nichts gesagt«, erwiderte Giulia, die immer noch nicht wusste, was er meinte.

»Du merkst das gar nicht, oder?« Die Commissaria schüttelte verwundert den Kopf, deshalb fuhr Enzo fort. »Seit wir hier sind, rutschst du nervös auf deinem Stuhl herum, und du murmelst unentwegt etwas, das wie *Bürgermeister* und *Rathaus* klingt. Und nun kramst du in deiner Tasche und hast dir zweimal die Schuhe gebunden, deshalb nehme ich an, du wirst gleich aufstehen und hinübergehen ins Rathaus. Und deshalb möchte ich wissen, ob du das für eine gute Idee hältst.«

Giulia musste lächeln, obwohl ihr gar nicht danach zumute war. »Ich hatte gar keinen Hellseher bestellt«, sagte sie leise. »Aber es ist gut, immer einen an seiner Seite zu wissen.«

»Stets zu Diensten«, erwiderte Enzo. »Du gehst, oder?«

»Ich muss ihn zur Rede stellen«, sagte sie leise und sah dabei aus dem Fenster. »Jeder Tag, an dem er diese Stadt weiterregiert, ist ein Tag zu viel. Jeder Tag ist ein Tag für die Mafia.«

»Können Sie mir mal sagen, was hier los ist und wovon, zur Hölle, Sie reden?«

Luigi sah erst Enzo an, dann die Commissaria. »Was ist mit der Mafia?«

Giulia winkte ihn heran, dann sagte sie: »Enzo hat in meinem Haus einen geheimen Raum gefunden.«

»Er hat *was*?«

»Hinter der Wand im Schlafzimmer. Mein Vater hatte dort

ein geheimes Arbeitszimmer. Ich bin mir sicher, dass er nicht aus Rache gestorben ist, sondern weil er gegen jemanden ermittelt hat – auch nach seiner Pensionierung.«

»Und gegen wen?«

Giulia zog die Fotos aus ihrer Kladde. »Gegen diesen Mann.«

Luigi sah auf das erste Bild und blickte danach Giulia an. »Du kriegst die Tür nicht zu«, murmelte er, »wirklich? Der eitle Gockel arbeitet für die Mafia? Ehrlich gesagt erstaunt mich das gar nicht.«

»Was meinen Sie damit, Commissario?«

»Als ich noch der Leiter dieses Vereins hier war, hat Galli gerade sein Amt angetreten. Als erste Amtshandlung hat er das Budget der Abteilung für organisierte Kriminalität mal eben halbiert. Mit der Begründung, die Mafia sei fast tot und im Norden ohnehin nicht präsent.«

Giulia war erstaunt. »Und das gab keinen Aufschrei?«

»Die Presse liebt Galli. Der umgarnt die Journalisten mit teuren Abendessen und mit einem ungemein spannenden Zugang zur Macht. Das lieben die. So konnte er meistens diktieren, was sie schreiben sollten. Hier hat er das frei gewordene Budget dann auf zehn Kindergärten verteilt, damit die neue Spielplätze bekommen. So hatte er gute Presse, und niemand sprach mehr über die Kürzung.«

»Ein gerissener Mann«, sagte Enzo.

»Ein Grund mehr, warum ich ihn aufhalten muss«, erwiderte Giulia.

»Wir, Commissaria«, sagte Luigi. »Sie sind nicht allein. Aber wir legen uns mit großen Mächten an.«

»Ich weiß. Deshalb werde ich auch nicht sagen, was ich alles über ihn weiß. Ich will nur ein bisschen … auf den Busch klopfen.«

Enzo erwiderte erst mal nichts, nach einer Weile räusperte

er sich und sagte: »Nimm wenigstens den Commissario mit, in Ordnung?«

»In Ordnung«, erwiderte sie, dann stand sie auf, ging um den Schreibtisch herum und legte ihm eine Hand auf die Schulter. »Es wird alles gut«, sagte sie leise.

»Ich weiß«, erwiderte er.

»Ist doch überhaupt keine Frage, dass Sie das Richtige tun, Commissaria«, sagte Luigi, als sie eine halbe Stunde später von der Questura in Richtung Piazza della Signoria aufbrachen. Es war kein weiter Fußweg, doch die Gassen waren überfüllt, es waren Heerscharen von Touristen unterwegs, die allesamt in Richtung Uffizien zu streben schienen. Das großartige Kunstmuseum, das über dem Ruderclub thronte, befand sich auf demselben Platz wie das Rathaus von Florenz, das im hochherrschaftlichen Palazzo Vecchio untergebracht war.

Den Turm sahen die beiden Polizisten schon von weitem, vierundneunzig Meter war er hoch und überragte die Dächer der umliegenden Häuser damit um ein Vielfaches. Der trutzige Palast darunter beherbergte nicht nur den Saal der Fünfhundert, einen riesigen Prunksaal, in dem zu früheren Zeiten die fünfhundert Mitglieder des Stadtrats die Blüte von Florenz mitprägten. Heute hatte hier ein Kindermuseum seinen Sitz, genau wie die Angestellten der Gemeindeverwaltung, die zwischen den ehrwürdigen Mauern einen wirklich repräsentativen Arbeitsplatz ihr Eigen nannten. Der Bürgermeister hatte sein Büro in der vierten Etage, mit einem herrlichen Ausblick auf seine Stadt. Ebendiesen Herrn wollte Giulia nun sprechen.

»Sie können es nicht abwarten, oder?«, fragte Luigi, der ein wenig außer Atem war.

»Was meinen Sie?«

»Sie rennen richtig, ich komme kaum hinterher«, erwiderte der Commissario.

»Oh, tut mir leid«, sagte Giulia, bremste aber dennoch nicht ab.

»Ich weiß, warum Sie es so eilig haben, denke ich.«

Sie bogen an der schwedischen Modeboutique um die Ecke in die Via Por Santa Maria ab, sodass der Turm des Palazzo direkt vor ihnen zu schweben schien. Das lag aber daran, dass sein Unterbau durch die vielen Menschen vor ihnen nicht zu sehen war. Dafür sah Luigi die Turmuhr. Kurz vor halb eins.

Er hatte, wie alle Florentiner, nach Amtsantritt des neuen Bürgermeisters vor einigen Jahren den Artikel in der Tageszeitung *La Nazione* gelesen. Nun ja, ein Artikel war es nicht gewesen, eher etwas zwischen Huldigung und Kniefall. Der Journalist hatte sich zu der These verstiegen, dass Ricardo Galli ein ganz neuer Typus des Politikers sein würde – nah am Volke und nur neuen Ideen zugeneigt, mit dem Muff vergangener Jahrzehnte würde endlich Schluss sein. Als Beleg für seine These führte der Journalist an, dass Galli die teure Bewirtung für hohe Amtsträger abgeschafft hatte und stattdessen mit seinen ganz normalen Angestellten Tag für Tag in die Kantine des Rathauses ging, ein Foto des jungen Anzugträgers mit einem Tablett inmitten seiner Beamten gab es gratis dazu.

Luigi hatte das schon damals als reichlich übertriebene Anbiederung empfunden – er hatte noch keinen Politiker kennengelernt, der nicht zu Anfang ganz anders sein wollte als alle anderen, um dann nach wenigen Monaten den Liebreiz der Macht und der Vergünstigungen schätzen zu lernen und sich sehr schnell von denen zu entfremden, die ihn in Amt und Ehren gebracht hatten.

Luigi war sich sicher, dass Giulia diese Besonderheit in Gallis Amtsführung längst recherchiert hatte – und dass dies der Grund war, warum sie es so eilig hatte.

Tatsächlich gingen sie schnurstracks auf das Rathaus zu,

und Giulia zeigte dem Sicherheitsmann an der Pforte ihren Polizeiausweis.

»Haben Sie einen Termin?«, fragte der Mann gelangweilt.

»Nein, aber es geht um eine wichtige Angelegenheit, wir müssen in die Abteilung für die Kennzeichenüberwachung.«

»Dritter Stock, dort an der Eisentür klingeln. Schönen Tag …«

Und schon waren sie innerhalb der trutzigen Mauern des Palazzo Vecchio angekommen. Luigi musste sich ein Grinsen verkneifen. Obwohl Giulia eine durch und durch ehrliche Haut war, konnte sie doch lügen, wenn es wichtig war.

Andererseits: Ein Besuch in der Kennzeichenüberwachung konnte wirklich nicht schaden. Es war einfach zu merkwürdig, dass die Daten von Samstagnacht gelöscht waren.

Die Kantine war naturgemäß nicht ausgeschildert, der Denkmalschutz sorgte auch in historischen italienischen Amtshäusern dafür, dass hier alles noch aussah wie zu Zeiten der Medici, nur etwas heruntergekommener. Eine Beschilderung war aber auch gar nicht nötig, schließlich war das Tellerklappern den Gang hinunter deutlich zu hören. Giulia und Luigi gingen über den langen Flur darauf zu, links und rechts waren offene Bürotüren, die Schreibtische verlassen, schließlich war Mittagszeit. Es ging noch eine kleine Treppe hinunter, und dann standen sie auf einmal an einer langen Front mit einer Durchreiche, hinter der drei wohlbeleibte Köchinnen standen und Pasta auf Tellern verteilten.

»Sollte ich die Bar vielleicht entsprechend umstellen?«, fragte Luigi grinsend. »Ich könnte viel mehr Umsatz machen …«

»Das Konzept erscheint mir fragwürdig«, erwiderte Giulia mit einem Lachen. Sie gingen an der Schlange vorbei und ließen ihre Blicke durch den Saal schweifen. Es waren Dutzende Tische dicht an dicht, an denen die Angestellten des

Rathauses saßen, in großen Gruppen oder einzeln, der Duft nach Stärke und einer kräftigen Tomatensauce hing in der Luft, hier schienen alle das Gleiche zu essen. Die Geräuschkulisse war eindrucksvoll, Gläserklirren und Gabelklappern vermischten sich mit Gesprächsfetzen und lautem Lachen. Luigi hatte Kantinen immer gehasst – und gemieden. Doch die Commissaria schien Ernst zu machen. Er konnte sie gar nicht aufhalten, und hinterher wünschte sich Luigi manches Mal, er wäre geistesgegenwärtiger gewesen, ihnen wäre einiges erspart geblieben. Aber so stellte sie sich mitten in den Raum und rief: »Entschuldigen Sie, Signori und Signore, wir möchte nicht Ihre Mittagspause stören – aber wir sind hier in einer sehr wichtigen Ermittlung …«

Irgendwo hinter ihnen fiel etwas zu Boden und zerbrach, ein Tablett mit Glas und Teller, so klang es jedenfalls, Luigi fuhr herum, er sah, wie jemand aus der Tür rannte, das Geschirr und die Pasta lagen auf dem Boden, aber Giulia ließ sich nicht beirren, sie fuhr fort: »Es geht um Korruption und Vorteilsnahme – und wir dürfen keine Zeit verlieren. Ich suche Ricardo Galli – Herr Bürgermeister, bitte, geben Sie sich zu erkennen, wir würden gern mit Ihnen sprechen.«

Die Gespräche waren ohnehin schon zu einem Raunen geworden, nun aber war es vollkommen still in dem großen Saal. Ganz am anderen Ende stand jemand auf, ein Mann in einem schwarzen Anzug mit Weste und blütenweißem Hemd. Sein dunkles Haar war zurückgegelt, und er stand ganz aufrecht da, den Blick ruhig auf die Commissaria gerichtet.

»Ich bin hier«, sagte er, und seine Stimme war so klar und deutlich, so sanft und freundlich wie bei jedem seiner Fernsehauftritte. »Kann ich noch aufessen, oder eilt es sehr, Commissaria?« Sofort erklangen Lacher aus dem ganzen Saal, der Bürgermeister hatte die Anspannung mit nur einem Satz gelöst.

Doch Giulia schien das nicht zu beeindrucken. »Es wäre gut, wenn wir sofort reden können«, rief sie in seine Richtung. Der Mann blieb stehen und zuckte mit den Schultern, gedämpft sagte er etwas zu den Leuten an seinem Tisch, allesamt junge Leute, Frauen und Männer, die wie er dunkle Anzüge trugen. Dann kam er langsam auf sie zu. Sein Gesicht änderte sich erst, als er ganz nah vor Giulia stand, aber Luigi sah es. Die Miene des Mannes wurde dunkel, düster gar, und er raunte: »Kommen Sie mit.« Dann verließen sie zu dritt die Kantine. Luigi betrachtete eine der Köchinnen, die gerade dabei war, die Pasta vom Boden aufzusammeln, die Scherben lagen verstreut herum.

Der Bürgermeister schritt wortlos voran, er ging durch den Flur, dann nahm er nicht den Fahrstuhl, sondern die Treppe, immer zwei Stufen auf einmal, so schnell und dynamisch, dass Luigi kaum hinterherkam. Die Decken waren hoch und die Flure von trutzigen Steinen eingefasst, es war kein helles, einladendes Gebäude, ganz und gar nicht. In der vierten Etage stolzierte Ricardo Galli vorneweg, sein Büro lag ganz in der Mitte des Flures, er öffnete die Tür zu seinem Sekretariat, auch das Vorzimmer war offenbar geschlossen in der Kantine, denn auch hier war alles verwaist. Dann öffnete er die Flügeltür, die zu seinem Büro führte. Nun, Büro war nicht der richtige Ausdruck, es war eher ein Tanzsaal, ein kleiner Palast mitten im Palast.

Die Wände waren mit modernen Bildern behangen, die aber allesamt geschmacklos waren, bunte Werke, eine Mischung aus Kandinsky und Warhol. Es gab eine große Sitzecke mit Ledersofa und einen riesigen Schreibtisch aus Edelholz mit einem dieser modernen Designersessel dahinter, auf denen kein Mensch bequem sitzen, geschweige denn arbeiten konnte. Das Tollste aber war der Ausblick: Es gab vier Bogenfenster, die über die gesamte Piazza della Signoria sahen, aber nicht nur das, sie hatten auch den Ponte Vecchio im Blick, den Fluss, die südlichen Stadtviertel und die grünen Hügel, die bis zur Piazza Michelangelo hinaufführten. Es war tatsächlich ein Büro, dem die Stadt zu Füßen lag.

Galli wies nur abschätzig auf das Sofa, ging aber selbst zu seinem Schreibtisch und fläzte sich in seinen Sessel. Giulia blieb stehen, also tat Luigi das auch. Der Bürgermeister räusperte sich, legte die Füße demonstrativ auf den Tisch und sah die Commissaria herausfordernd an.

»So, jetzt haben Sie mir aber meine Pause schön versaut – und das an einem Montag. Was für ein Auftritt, bemerkenswert, wirklich. Ich hoffe, Sie haben einen guten Grund für diesen Quatsch. Erzählen Sie.«

Doch statt etwas zu sagen, trat Giulia auf den Schreibtisch zu und blieb genau davor stehen, sodass der Bürgermeister nunmehr in einer unvorteilhaften Position war. Er musste zu ihr aufsehen und versuchte, irgendwie aus seiner Liegeposition herauszukommen. Sie aber war schneller, griff in ihre Tasche und entnahm drei Fotos, die sie in einer Geste auf den Schreibtisch warf, die fast einstudiert wirkte, weil sie in ihrer Beiläufigkeit einfach perfekt war.

»Wir haben Fotos«, sagte sie leise und drohend, »die Sie, Signore, bei Treffen mit zwei der wichtigsten Mafiosi zeigen, die dieses Land je gesucht hat. Und es sieht nicht so aus, als wären Sie diesen Treffen abgeneigt gewesen. Tatsächlich sieht es eher so aus, als würden Sie einander gut kennen. Sehr gut sogar.«

Galli hatte es endlich geschafft, sich in seinem merkwürdigen Sessel aufzurichten. Er nahm die Fotos in die Hand und hielt sie mit beiden Händen fest. Dann betrachtete er die Aufnahmen, ganz kurz nur, es schien, als könne er nicht so recht hinsehen. Stattdessen hob er den Blick schnell wieder und sah die Commissaria fest an.

»Von wann sollen die denn sein?«, fragte er, aber Luigi hörte, dass die Festigkeit seiner Stimme nur Theaterdonner war. Das Zittern dahinter war unüberhörbar.

»Sie sind ein junger Mann auf diesen Bildern, ich weiß das, und Sie wissen es auch.«

Galli erhob sich plötzlich aus seinem Stuhl, ging um den Schreibtisch herum und trat an das Fenster: »Als Politiker wissen Sie nie, wer Sie um ein Foto bittet – und was derjenige für Ambitionen hegt oder was für ein Mensch er ist. Natürlich kann es sein, dass mir diese Männer im Laufe meiner politischen Karriere begegnet sind. Aber ich bitte Sie – was wollen Sie denn damit sagen? Und überhaupt: Woher haben Sie diese Fotos?«

Er kratzte sich am Kopf, während er auf die Stadt zu seinen Füßen sah. »Sie überfallen mich mit diesen Sachen«, murmelte er, »und ich empfange Sie sogar noch freundlich – also, ich bin wirklich sprachlos.«

Er wandte sich um.

»Woher haben Sie die? Sprechen Sie … Ich bin ja nicht irgendwer. Ich bin der Bürgermeister. Ich genieße Immunität. Ich erwarte, dass Sie mir antworten.«

Sein Ton war jetzt streng, doch Giulia zuckte nun ihrerseits mit den Schultern.

»Ich bin als Ermittlerin nicht dem Bürgermeister von Florenz unterstellt. Diese Fotos werfen einige Fragen auf. Sie werden ja sicher nicht jede Ihrer Begegnungen auf diese Weise umarmen.«

»Ach, kommen Sie, Commissaria«, sagte Galli plötzlich sanft und wandte sich um, auf seinem Gesicht ein Lächeln, das zwischen Schalk und Demut changierte. »Lassen Sie uns die harten Worte einpacken. Ich bin gegen die Mafia, genau wie Sie. Wir ziehen alle an einem Strang. Lassen Sie uns doch zusammenarbeiten.«

»Gerne«, erwiderte Giulia. »Ich würde mich sehr über Ihre Kooperation freuen.«

»Und was wünschen Sie sich?«

»Dass Sie zurücktreten und meiner Einladung folgen, sich dem Staatsanwalt für Mafiaverbrechen zu stellen – Sie gäben sicher einen guten Kronzeugen ab.«

Gallis Miene verhärtete sich. »Commissaria, es ist genug, finde ich.«

»Finden Sie das, Signore?«

»Dottore, Signora, ich bin Dottore. Und ich bin der Bürgermeister der Stadt, in der Sie erst seit kurzer Zeit wohnen, wenn ich da richtig informiert bin. Sie sollten Ihre Anschuldigungen sein lassen, ansonsten …«, er beugte sich über seinen Schreibtisch, »wird Ihre Karriere hier von sehr kurzer Dauer sein. Sie werden mir nicht nachweisen können, dass ich diese Leute auf Ihren Fotos treffen wollte, Commissaria. Und allein die Herkunft der Bilder ist ja mehr als fragwürdig – also, Sie können gar nichts beweisen. Ich bin ein hochangesehenes Mitglied der Politikerkaste Italiens«, er lehnte sich wieder in seinem Stuhl zurück und legte demonstrativ die Beine zurück auf seinen Schreibtisch, »und vor allen Dingen mögen mich die Leute, die einfachen Leute, ich bin glaubwürdig – und so eine simple Behauptung würde Ihnen niemand abnehmen.«

»Es sind schon Leute über weniger gestolpert«, war es nun Luigi, der sprach. Giulia sah den Commissario überrascht an. »Und die Leute wollen gerade die Mächtigen sehr gerne stolpern sehen, das wissen Sie, Signore.«

»Hinaus mit Ihnen, und zwar Ihnen beiden – es ist genug. Ich habe zu arbeiten.« Er stand auf, ging um seinen Schreibtisch herum und stellte sich vor die Commissaria, es wirkte drohend. »Kommen Sie ja nicht auf dumme Gedanken. Das hier ist meine Stadt.«

»Wir werden sehen«, sagte Giulia, ging um den Mann herum und zur Tür. Dann wiederholte sie leise, als würde auch sie drohen: »Wir werden sehen.«

VENTISEI – 26

»Das war beachtlich«, sagte Luigi, als sie das Rathaus verließen und wortlos ein Stück gegangen waren. »Sie waren sehr mutig, Commissaria.«

»Haben Sie es in seinen Augen gesehen?«

»Dass er schuldig ist? Natürlich. Selbst Enzo hätte das in seinen Augen gesehen.«

Giulia blieb stehen und wies auf einen Laden an der Ecke.

»Sonst sind Sie es ja immer, der ständig etwas essen muss – aber heute brauche ich wirklich eine Stärkung. Los, wir setzen uns da jetzt hin.«

Vor der kleinen *Schiacciateria I'Girone De'Ghiotti* war noch genau ein Tisch frei, die Terrasse lag in der prallen Sonne, und schon nach zwei Minuten stand dem Commissario der Schweiß auf der Stirn. Trotzdem hielt er tapfer durch, weil er wollte, dass seine Kollegin zur Ruhe kam.

Er bestellte ein kleines Bier und erwartete, dass Giulia wie stets ein stilles Wasser nahm, doch die Commissaria sagte: »Einen Spritz, *per favore*, den größten, den Sie haben.« Auf den verwunderten Blick des Commissario erwiderte sie: »Nervennahrung.«

»Ihre *Schiacciata* müssen Sie drinnen aussuchen«, sagte der junge Kellner und wies mit dem Kopf hinein. *Schiacciata*, der Name war eine Garantie dafür, dass einem in der Toskana das Wasser im Munde zusammenlief. Es war die toskanische Antwort auf die Focaccia, ein krosses Fladenbrot, das innen ganz weich und fluffig war und vor Olivenöl nur so triefte. Die Schlange am Tresen war lang, aber Gäste mit einem Tisch durften sich vordrängeln. In der Auslage lagen köstliche Schinken, Salami und Käse, dazu die Gemüse, die in das Brot gelegt wurden.

Giulia konnte gar nicht genug kriegen von der farbenfrohen Auswahl und den köstlichen Düften, die über die Theke wehten. Sie wählte eine *Schiacciata* mit *Porcetta*, dem ultimativen Schweinebraten der Toskana, dazu gab der Mann hinterm Tresen getrocknete Tomaten und Rucola-Salat in das luftige Brot. Luigi brummte: »Ich war mal vor zehn Jahren hier, mindestens. Da gab's Wildschwein. Gibt's das immer noch?«

»Das wird es noch geben, wenn wir beide längst unter der Erde liegen, Commissario«, erwiderte der Mann grinsend, der Luigi längst erkannt hatte. »Mit Gorgonzola, Nüssen und Rucola, soll es das sein?« Der Commissario nickte glückstrahlend.

Das war das Gute an der Toskana, Traditionen hielten hier länger als irgendwo sonst auf der Welt – und sie wurden gepflegt, weil das Alte eben nicht als überkommen galt, sondern als wertvoll.

Es war geradezu hinreißend, in welcher Zügigkeit und Perfektion der Mann die *Schiacciate* zubereitete, er schnitt die Brote auf, beträufelte sie mit Öl, dann schnitt er sowohl vom Schweinebraten als auch vom Wildschweinbraten kräftige Scheiben ab und legte sie auf das Brot, gab dann Käse, Tomaten und Rucola hinzu und würzte alles kräftig mit Salz und Pfeffer, bevor er es unter den heißen Grillofen legte. Dort schmorten die Brote für eine knappe Minute vor sich hin, bevor er sie in Fettpapier wickelte und über den Tresen reichte. Giulia konnte es kaum erwarten. Sie trugen ihre Fladenbrote hinaus und nahmen an dem Tisch Platz. Dann stießen sie an.

»Auf Ihre Entdeckung – auf dass Sie diesem Mann den Garaus machen«, sagte Luigi, und Giulia verstand, dass er den Bürgermeister für genauso schuldig hielt wie sie. Sie sah ihm zu, wie er von dem kühlen Bier trank, dann nahm sie einen Schluck von ihrem Spritz, der sowohl fruchtig als auch bitter schmeckte, perfekt an diesem warmen Tag, der schon eine deutliche Vorahnung auf den heißen Sommer bot. Sie biss in ihre *Schiacciata* und schloss die Augen. Das Brot war ganz weich und außen trotzdem knusprig, das Olivenöl war dunkelgrün und eine Melange aus Bitterstoffen und frischen Kräutern. Der Schweinebraten hingegen war kross und saftig, er war mit Rosmarin und Thymian mariniert, dazu kamen die Röstnoten, es schmeckte einfach himmlisch. Die süßen getrockneten Tomaten und der nussige Parmesan passten perfekt dazu. Sie sah an Luigis verzücktem Gesicht, dass sein Wildschwein genauso gut schmeckte. Für mehrere Minuten sprach niemand am Tisch, sie genossen einfach dieses hervorragende Mahl.

Kurz vor ihrem letzten Bissen blickte sie Luigi an, der versonnen auf die Straße sah, er hielt sein Glas in der Hand und schien in Gedanken versunken.

»Alles in Ordnung?«

»Hmm?«, fuhr Luigi auf.

»Worüber denken Sie nach?«

»Ich weiß nicht … irgendwas fühlt sich seltsam an, aber ich kann es nicht richtig benennen. Ich glaube, ich hab etwas übersehen.«

»Haben Sie eine Ahnung, was es gewesen sein könnte?«

»Dann hätte ich es ja nicht übersehen«, erwiderte er und lächelte sie an.

»Ich hätte mich nicht ablenken lassen sollen – nicht heute«, sagte Giulia und senkte den Kopf.

»Hören Sie auf damit«, sagte Luigi. »Sie sind eine so gute Polizistin, Sie können zwei Sachen auf einmal machen.«

»Ich hoffe, Sie haben recht. Schließlich geht es um zwei junge Frauen.«

»Recht so. Und nun werden wir durch den öffentlichen Aufschrei den Täter finden – okay?«

Sie standen auf und zahlten, dann gingen sie den kurzen Fußweg bis zur Questura. Eigentlich hatte Giulia sich noch einmal frisch machen und kurz vorbereiten wollen, aber vor der Tür hatte sich schon eine Menge von Reportern versammelt, Übertragungswagen und laufende Kameras inklusive. Die ersten Journalisten stießen einander an und machten auf Giulia aufmerksam, die die Straße entlangkam. Immer mehr Kameraobjektive wandten sich ihr zu.

»Ich mache es gleich, dann habe ich es hinter mir«, sagte sie, und Luigi nickte. »Viel Glück.«

Sie stellte sich vor die Objektive und die wartenden Reporter, zupfte kurz an ihrem Oberteil und räusperte sich, dann wartete sie einen Moment, damit alle Kameramänner den Aufnahmeknopf drücken konnten. Die Commissaria wusste, dass ihre Worte nun live in ganz Italien gesehen würden. Wichtig war aber, dass sie hier in Florenz die entscheidenden Leute sahen, nämlich jene, die den Mann hoffentlich erkennen würden.

»Meine Damen und Herren, ich danke Ihnen, dass Sie so schnell gekommen sind. Wir haben Sie eingeladen, weil unsere Stadt mit ein paar bedrückenden Vorfällen zu tun hat. In Florenz sind seit einigen Wochen immer wieder junge Frauen verfolgt worden, der Täter ist ihnen bis zu ihren Wohnungen gefolgt. Anschließend hat er Plakate aufgehängt, die wir Ihnen aus Gründen des Datenschutzes nicht zeigen können. Vorgestern aber ist der Mann noch weitergegangen, er hat eine der Frauen entführt, sie ist bis heute verschwunden.« Giulia hatte überlegt, auch Lidia Lello zu erwähnen, aber so war es schon dramatisch genug. »Deshalb haben wir uns entschieden, uns an die Öffentlichkeit zu wenden. Wir suchen diesen Mann hier«, sie griff in ihre Tasche und entfaltete das Foto des Mannes, die arme Teresa Buonacuore hatten sie auf dem Bild geschwärzt. »Dieses Bild wird an Ihre Redaktionen verschickt, damit Sie es in besserer Qualität senden können. Der Mann ist zwischen vierzig und fünfundfünfzig Jahre alt und wohnt offenbar in Florenz. Er ist etwa eins siebzig groß, von durchschnittlicher Gestalt und weißer Hautfarbe. Wir fragen: Wer hat Anhaltspunkte, wer dieser Mann ist und wo er sich aufhält? Jeder Hinweis hilft uns. Bitte wählen Sie die Nummer der Brigade Criminale hier in der Questura, die Telefone sind den ganzen Abend über geschaltet. Es ist dringend, wir glauben, dass die entführte Frau in großer Gefahr schwebt – und dass dieser Mann noch weitermachen wird. Wir müssen ihn finden. Ich danke Ihnen.«

Sie nickte den Journalisten zu, die sofort begannen, Fragen zu schreien, laut und ohne Rücksicht aufeinander. Doch Giulia war schon auf dem Weg nach drinnen, Luigi trat ihr an die Seite, und gemeinsam gingen sie in die Questura.

»Das war klar und deutlich, ohne dramatisierend zu sein, sehr gut gemacht«, sagte Luigi.

»Danke«, erwiderte die Commissaria.

Sie stiegen die Treppen hinauf, und schon auf dem Flur ihrer Etage konnte Giulia die Telefone klingeln hören. Es war ohrenbetäubend, weil alles gleichzeitig klingelte.

»Wahnsinn«, murmelte Luigi.

»Oh ja«, erwiderte Giulia.

»Hoffen wir mal, dass wir reingehen und uns der Sergente gleich den Täternamen mitteilt.«

Sie betraten das Großraumbüro und sahen, wie die Kollegen fieberhaft dabei waren, Anrufe anzunehmen und mitzuschreiben. Giulia sah all die arbeitsamen Mienen, sogar Enzo runzelte die Stirn, weil er so angestrengt zuhörte. Auch Luigi ging gleich zu einem klingelnden Apparat.

Giulia nahm ebenfalls einen Anruf an ihrem Platz entgegen, die Zentrale der Questura stellte die Anrufe immer auf die Telefone, die gerade frei waren.

»*Sì*«, sagte sie freundlich, »Polizia di Stato.«

»Ja, hier ist Franca Giorgoni. Der Mann, den Sie gerade gezeigt haben, der arbeitet bei uns an der Tankstelle. In Lastra.« Das war ein Vorort westlich von Florenz. »Es ist eine Agip-Tankstelle. Ich bin mir ganz sicher.«

»Danke Ihnen, Signora.«

»Das ist so schlimm, er hat ja eine Frau und vier Kinder zu Hause. Wie kann er da noch Zeit haben für solche Sachen?«

»Wie gesagt, danke Ihnen.«

Giulia legte auf und informierte per Funk die Carabinieri in Lastra, der Tankstelle einen Besuch abzustatten. Dann klingelte das Telefon schon wieder. Nach einer Minute legte sie wieder auf, diesmal war ein alter Mann sicher, seinen Studienkollegen aus Prato erkannt zu haben. Sie blickte auf, weil auch Enzo gerade einmal nicht telefonierte.

»Und?«, fragte sie, und der Sergente schüttelte den Kopf. »Ich hatte zehn Anrufe – und zehnmal wurde ein anderer Mann genannt. Ich hab alles weitergegeben, aber die Uniformierten können ja nicht Hunderten Hinweisen in ein paar Stunden nachgehen. Das wird ein totales Chaos.«

Giulia wusste, was er meinte. Aber sie sagte: »Wir müssen

das machen. Weil wir ihn finden müssen, wir haben keine andere Wahl.«

»In Ordnung, Commissaria«, sagte Enzo, und Luigi nickte ihr über den Tisch hinweg zu. Sie hatten wirklich keine Wahl.

Die nächsten zwei Stunden war Giulia damit beschäftigt, Telefonate anzunehmen und Beamte an Orte zu schicken, an denen sich der Verdächtige eventuell aufhielt. Der Abend hatte sich mittlerweile über die Altstadt gesenkt, als sie aus dem Fenster sah und zusammenzuckte. Eine schwarze Limousine hielt vor der Questura, heraus stieg erst ein Leibwächter und dann … Ricardo Galli. Ja, tatsächlich, der Bürgermeister. Im selben schwarzen Anzug wie vorhin, das Haar war frisch nach hinten gegelt. Sie glaubte schon, er würde sie aufsuchen, doch dann trat ausgerechnet der Questore aus dem Haus und ging auf Galli zu. Die Männer umarmten sich, und Giulia spürte, wie sie die Hände zu Fäusten ballte. Der verdammte Medici. Sie hätte sich denken können, dass die beiden befreundet waren.

Die Männer stiegen nicht in den Wagen, stattdessen fuhr die Limousine los, während Galli und der Questore in den Laden gingen, der auf der anderen Straßenseite lag. Sie gingen tatsächlich Abendessen, gemeinsam und vertraut. Ein Polizist und ein Mafioso. Unglaublich, dachte Giulia.

Das Restaurant gegenüber der Questura war ein piekfeiner Schuppen, in das kein echter Florentiner seinen Fuß gesetzt hätte. Es war ein Lokal ausschließlich für Spesenritter und für Touristen, denen die urigen Trattorien ringsum zu profan waren, dabei konnte man dort für viel kleineres Geld deutlich besser essen.

Giulia beobachtete, wie die beiden Männer genau am Fenster Platz nahmen, der Sicherheitsmann des Bürgermeisters, der selber aussah wie ein Mafioso, platzierte sich in der Nähe der

Eingangstür. Sie hätte so gern Mäuschen gespielt bei diesem Gespräch. Andererseits …

Sie blickte sich um. Enzo telefonierte, genau wie Luigi und die anderen Kollegen, immer noch klingelten die Apparate im Minutentakt. Die Pressekonferenz hatte ihr Ergebnis geliefert, allerdings auf andere Weise, als Giulia sich das vorgestellt hatte.

Aber nun, wo alle beschäftigt waren, konnte sie ohne großes Aufsehen den Raum verlassen. Sie wog ab, was es sie kosten könnte – andererseits: für den Mann dort unten war sie eh schon eine Gefahr, viel schlimmer konnte es nicht mehr werden.

Sie stand auf und nahm ihre Tasche, dann ging sie schnell durch den Flur, nahm die Treppe und stand eine Minute später auf der Straße. Sie vermied es, nach drüben zu sehen. Ein Blick des Questore hätte sie vielleicht abgehalten, andererseits: Sie hatte sich längst entschieden.

Sie ging auf das Restaurant zu, aus dem Augenwinkel sah sie, dass die beiden Männer voll und ganz ins Gespräch vertieft waren.

Sie öffnete die Tür und blieb in dem kühlen Raum stehen. Große runde Tische standen weit voneinander entfernt, das Licht der LED-Lampen schimmerte bläulich, das hier war das Gegenteil von Gemütlichkeit. Ein Kellner im weißen Hemd stand gelangweilt in einer Ecke. Sie trat an den Tisch, die Männer sahen erst gar nicht auf, weil sie so vertraut miteinander sprachen. Endlich hob der Questore den Blick und fauchte: »Was ist denn? Wo bleiben denn die Getränke?« Aber dann kniff er die Augen zusammen und murmelte: »Oh … Commissaria.«

Endlich begriff auch der Bürgermeister. »Was zum Teufel …«

Der Leibwächter trat einen Schritt näher, doch Giulia war schneller und zog ihren Ausweis. »Polizia di Stato, ich bin eine

Kollegin«, sagte sie zu dem Gorilla, der nun nicht so genau wusste, was er tun sollte. Hilfesuchend sah er seinen Boss an.

»Schon gut«, fauchte der und dann zu Giulia: »Was wollen Sie?«

»Ich wollte eigentlich zu Ihnen, Questore, ich habe Sie ins Restaurant gehen sehen mit Ihrem berühmten Gast.«

Questore Medici lächelte gequält. »Und was wollen Sie, Commissaria?«

Giulia lächelte ebenfalls, eine Spur Triumph im Blick: »Ich wollte Sie darüber informieren, dass …«

»Was fällt Ihnen ein«, fuhr der Bürgermeister auf, seine Stimme schallte durch den ganzen Raum. Erst als er das bemerkte, mäßigte er seinen Ton und fuhr leiser fort: »Sie belästigen uns jetzt und hier, um dem Questore Ihre hanebüchenen Behauptungen zu meiner Person zu präsentieren? Hören Sie, Commissaria, ich bin hier in meiner Stadt und treffe die Menschen, mit denen ich arbeite. Das will ich ungestört von Ihrer Polizeiwillkür tun. Wenn Sie so weitermachen, dann haben Sie in mir tatsächlich einen Feind. Lassen Sie mich in Ruhe arbeiten, sonst muss ich wirklich dafür sorgen, dass Sie versetzt …«

»Aber Signor Galli«, unterbrach ihn Giulia sanft, »ich wollte dem Questore gar nicht sagen, dass ich Sie für einen Mafioso halte – auch wenn ich das wirklich tue. Aber eigentlich wollte ich Sie …«, sie blickte nun den Questore an, »wegen meines aktuellen Falles kurz informieren: Die Öffentlichkeitsfahndung läuft, und wir kriegen jede Menge Rückmeldungen – ich hoffe sehr, dass wir den Fall spätestens morgen gelöst haben.« Ihr Lächeln war jetzt überaus freundlich und gewinnend, sodass Questore Medici offensichtlich nicht wusste, wie ihm geschah. Als sie geendet hatte, stand Giulia einfach da, hinter ihr wartete der Kellner, ein Tablett mit Gläsern und einen Sektkühler in der Hand. Es war eine bizarre Situation.

»Ich ... ich danke Ihnen, Commissaria«, sagte der Questore, »das sind ja gute Neuigkeiten, die mich sehr freuen – und den Bürgermeister natürlich auch.«

Sie blickte Galli an, der mit hochrotem Kopf dasaß und innerlich zu kochen schien.

»Na, dann haben wir ja alles. Ich wünsche Ihnen beiden ein sehr erquickliches Dinner, meine Herren«, sagte sie, machte auf dem Absatz kehrt und verließ das Restaurant. Als sie sich an der Tür zur Questura noch einmal umdrehte, goss der Kellner gerade den Champagner in die Gläser. Der Bürgermeister aber sah ihr mit düsterem Blick nach. Sie nickte ihm noch einmal kurz zu, dann wandte sie sich um und ging hinein.

VENTISETTE – 27

»Wie lange sitzen wir hier schon?« Teresa musste gähnen, denn obwohl sie immer noch voller innerer Anspannung war, hatte die Trägheit des langen Tages sie erschöpft.

»Es ist echt ätzend, dass er uns nicht mal ein Fenster gönnt. Wir wissen gar nicht, ob es Vormittag ist oder mitten in der Nacht«, erwiderte Lidia.

»Ich denke, es ist Nachmittag oder Abend«, sagte Teresa. »Der Typ ist vor etwa zehn Stunden von hier losgefahren.«

»Das weißt du so genau?«

»Na ja, ich versuche, ungefähr die Stunden zu zählen. Keine Ahnung, ob es stimmt.«

»Meinst du, er kommt bald wieder?«

Es war bizarr, denn gerade, als Lidia die Frage gestellt hatte, hörten sie in weiter Ferne das Knirschen von Kies.

»Ja«, sagte Teresa, »er kommt wieder.« Ihre Stimme war heiser, sie konnte es selbst hören, sie wollte nicht aufgeregt sein, aber sie war es.

Was würde passieren? Würde überhaupt etwas passieren?

»Alles okay?«, fragte Lidia, offenbar hatte sie ihren Blick bemerkt. »Hey, alles wird gut.«

Sie ließ sich neben Teresa auf den Boden sinken. Die legte ihren Kopf auf Lidias Schulter. Es war gut, dass sie hier war. So konnte immer eine abwechselnd stark und schwach sein. Gerade war es Lidia, die eher Wut verspürte als Angst. Der Typ sollte nur kommen.

Der Motor des Wagens erstarb, und es geschah … nichts. Keine Tür ging, kein erneutes Knirschen auf dem Kies wies darauf hin, dass sich jemand dem Haus näherte.

»Hmm, ist er im Auto verreckt?«, fragte Teresa, und in ihrer Stimme lag leise Hoffnung. Fast dachte Lidia schon, es sei nur der Postbote gewesen, aber dann hörten sie doch den dumpfen Knall der Autotür.

Irgendwo über ihnen knarzte eine Tür, dann fiel sie ins Schloss, Lidia konnte das Klimpern des Schlüssels hören. Sie saßen immer noch nah nebeneinander, Lidia spürte Teresas Wärme, sie zitterte leicht. Sie nahmen sich bei den Händen, die Stille senkte sich über das Haus. Wieder geschah eine Weile lang nichts, Lidia begann sogar, die Sekunden zu zählen, doch als sie bei drei Minuten angekommen war, gab sie auf. Und gerade, als sie etwas sagen wollte, hörten sie doch die Schritte auf einer hölzernen Treppe. Von außen dimmte jemand das Licht, der Raum war nun fast gänzlich dunkel. Sie sahen sich an, Lidia konnte das Weiß in Teresas Augen erkennen. Wieder war ein Schlüssel zu hören, viel lauter diesmal, er klimperte und wurde in dem Schloss gedreht, dann ging die schwere Tür quietschend auf, sie war aus Stahl, eine alte, schwere Kellertür, der Mistkerl hatte an alles gedacht. Niemals würden sie mit bloßen Händen diese Tür aufkriegen. Er blieb kurz stehen, offenbar mussten sich seine Augen an die Dunkelheit gewöhnen. Sie sahen ihn auch nicht richtig. Er kam näher und blieb dicht an dem Holzzaun stehen, dessen Pfeiler so breit waren, dass sie nur die Hälfte seines Gesichts sehen konnten.

Teresa sah gar nicht hoch, aber Lidia stand auf und stellte sich ganz nah an den Zaun.

»Oh, du bist wach«, sagte der Mann mit seiner hohen Stimme, die Lidia sofort erkannte. Doch dann wandte er sich dem Boden zu.

»Teresa, wie geht es dir?«

Teresa stand nicht auf, sie blieb am Boden sitzen.

»Hey, was hast du denn?«, beharrte der Mann, und Lidia konnte gar nicht glauben, wie sorgenvoll seine Stimme tatsächlich klang. Es war beinahe so, als sei seine Zuneigung echt. »Fehlt dir etwas?«

Teresa blieb immer noch sitzen, dann sagte sie leise: »Ich bin müde.«

»Oh, das verstehe ich. Dann leg dich doch ins Bett, mein Engel.« Er senkte die Stimme. »Es tut mir leid, dass du dir dein Zimmer mit so einer unangenehmen Person teilen musst, ich hole dich morgen hinauf zu mir. Ich muss nur noch etwas klären. Dein kleiner Ausrutscher gestern«, er schien zu zögern, »dass du dieses Foto gemacht hast … Na ja, ich bin deswegen nicht böse, ich kann dir ja gar nicht böse sein, Teresa, aber die Polizei hätte mich heute fast gefunden. Ich … ich musste mich echt beeilen, damit sie mich nicht kriegen. Na ja, ich muss jetzt nur noch meine Spuren verwischen, und dann kann ich dich endlich zu mir holen.«

»Und was wird aus mir?« Lidia trat nun noch näher an den Zaun, ihre Hände umschlossen zwei der Holzpfähle. »Ich bin auch hier – willst du mich etwa nicht nach oben holen? Hast du Angst vor mir?«

»Ich habe keine Angst«, erwiderte der Mann, ohne ihr in die Augen zu sehen, die Worte kamen gepresst aus seinem Mund, als hätte er Schwierigkeiten, mit dieser jungen Frau zu reden. »Aber du bist nicht hier, weil ich das wollte. Ich habe eine

Freundin, und sie wird bald zu mir nach oben kommen. Ich werde mir überlegen, was ich mit dir mache.«

»Du bist doch verrückt«, rief Lidia und schlug mit der Hand gegen den Zaun. Der Mann wich sofort zurück. »Lass uns hier raus, uns beide.« Sie schrie nun und rüttelte an den Pfählen. »Lass uns raus. Meinst du, Teresa ist freiwillig hier? Sie wird nie deine Freundin sein – sie ist jung und du bist alt. Du hast sie entführt. Uns beide. Du bist verrückt. Du gehörst ins Gefängnis.«

»Wir werden sehen«, war alles, was der Mann sagte, als er sich umwandte und die Tür hinter sich abschloss. »Bis später, Teresa«, rief er durch die geschlossene Tür, dann hörten sie wieder die Schritte auf der knarzenden Treppe, anschließend war Stille.

TAG 3. 20.30 UHR

La cena à Casa Batista (Das Abendessen im Hause Batista)

Luigi: Ciao, *cara.*

Carla: Oh …

Sie kommt aus der Küche ins Wohnzimmer, sie trägt nur einen Jogginganzug, wie immer an Ruhetagen, wenn sie abends einfach mal ganz leger sein will.

Luigi: Was ist *oh?*

Carla küsst Luigi und hält ihn kurz fest, dann lässt sie ihn los und sieht ihn besorgt an.

Carla: Wenn du so kurz angebunden hereinkommst, dann weiß ich, dass du große Sorgen hast.

Luigi: *Mio dio,* du kennst mich zu gut. Aber ich mag gar nicht darüber reden. Sag mir, wie war dein Wellnesstag?

Carla: Der war sehr gut, *Monsignore,* ich fühle mich wie neugeboren, bloß, dass ich diese modernen Saunen gar nicht mehr verstehe. Einmal vierzig, einmal siebzig Grad, einmal Dampfbad, einmal Hammam, gebt mir einfach eine gute Neunzig-Grad-Sauna, und ich bin glücklich.

Luigi küsst sie stürmisch.

Carla: Wofür war das denn jetzt?

Luigi: Deshalb liebe ich dich so sehr. Weil du nicht nachfragst, sondern mir einfach etwas Lustiges *über* deine Sauna-Philosophie erzählst – und schon möchte ich dir doch erzählen, was mich beschäftigt.

Carla: Also, was ist los?

Luigi: Ich glaube, wir sind auf dem Holzweg. Wir doktern nur rum bei diesem Fall, mittlerweile sind schon zwei junge Frauen verschwunden.

Carla: Zwei? Er hat noch eine Frau entführt? Warum das denn?

Luigi: Sie wusste wohl, wer er war.

Carla: Und das hat der Mann rausbekommen?

Luigi schlägt die Hände über dem Kopf zusammen.

Luigi: Wenn ich das wüsste. Wir suchen immer noch nach einem Phantom. Wer ist dieser Mann? Woher kennt er die Frauen? Wir denken falsch, ich bin mir ganz sicher, wir denken einfach nicht richtig nach. Es liegt auf der Hand, ich weiß nur nicht, auf welcher.

Luigi denkt noch mal darüber nach, wann er an diesem Tag ein merkwürdiges Bauchgefühl gehabt hat. Da war etwas gewesen, vorhin, am Mittag, aber er bekommt es nicht mehr richtig zusammen.

Carla: Und was willst du jetzt machen?

Luigi: Wir müssen unser Vorgehen ändern. Bisher sind wir durch die Stadt gelaufen und haben Leute befragt. Und wir haben den Frauen das Foto des Mannes gezeigt – aber niemand hat ihn wiedererkannt. Stell dir vor, wir haben ja die Pressekonferenz gemacht vorhin, wo Giulia das Fahndungsbild präsentiert hat. Manchmal passiert daraufhin gar nichts. Aber heute … Die Telefone haben nicht mehr stillgestanden. Es gab über eintausend Anrufe in zwei Stunden. Alle Welt will den Mann erkannt haben, aber alle haben einen anderen erkannt – es wurde nicht zweimal dieselbe Person genannt. Wie ist das nur möglich? Sogar der Trainer des AC Florenz wurde verdächtigt, der Chefkoch aus dem *Savoy* und fünf Männer, die seit Jahren tot sind.

Carla: Vielleicht ist er so unscheinbar? Hat so ein Allerweltsgesicht?

Sie zögert. Carla gibt nicht gerne ungefragt Tipps, sie bevorzugt es, zuzuhören und sich ganz langsam ihre Meinung zu bilden, die sie dann nur zum Besten gibt, wenn Luigi explizit danach fragt. Diesmal aber macht sie eine Ausnahme.

Carla: Weißt du, manchmal gibt es Leute, die vergessen wir einfach. Du erinnerst dich stets an den Barista, weil du *Caffè* liebst.

Luigi: Na ja, hauptsächlich erinnere ich mich an den Barista, weil ich meistens der Barista bin.

Carla (*lachend*): Stimmt auch wieder. Aber verstehst du, was ich meine?

Luigi: Ich glaube schon. Man wird sich im Restaurant immer an den Sommelier erinnern, aber selten an die Toilettenfrau?

Carla: Genau. Es geht immer darum, was uns wichtig ist – und was eher lästig. Das gute Essen lieben wir, also erinnern wir uns an den Koch. Den Termin bei der Krankengymnastik mögen wir nicht, also haben wir Schwierigkeiten, das Gesicht des Physiotherapeuten im Kopf zu behalten.

Luigi: Das ist ein sehr kluger Gedanke.

Carla setzt sich Luigi gegenüber.

Carla: Es gab doch mal diese Lebensmittelkrankheit, in Deutschland, glaube ich. EHEC hieß der Erreger. Alle Opfer wurden gefragt, was sie gegessen hatten – aber es schien keinerlei Zusammenhang zu geben. Einer sagte Nudeln, ein anderer Steak, die dritte Pizza. Aber niemand erinnerte sich daran, dass es auch einen kleinen Salat gegeben hatte –

und in dem waren Sprossen. Darin saß der Keim. Siehst du? Es sind manchmal die kleinen Dinge. Die kleinen Begegnungen. Die kleinen Termine, an die wir uns nicht mehr erinnern. Weil wir den Menschen, dem wir dabei begegnen, gar nicht richtig wahrnehmen, weil uns der Termin so lästig ist.

Luigi: Du bist echt die Klügste.

Er beugt sich zu ihr und küsst sie.

Carla: So, ich hole jetzt das Essen. Ich habe etwas ganz Leckeres gekocht, total einfach und so gut. Ich war auf dem Markt und habe gesehen, was es schon alles gibt – es ist einfach Hochsaison für all die Gemüse, und da konnte ich nicht widerstehen.

Luigi: Ich bin sehr gespannt.

Carla: Aber versprich mir, dass du für den Rest des Abends nicht mehr so viel nachdenkst, okay? Dann schweigst du die ganze Zeit, und ich sehe nur dein grüblerisches Gesicht. Morgen ist auch noch ein Tag. Okay?

Luigi: Versprochen, *cara*, versprochen.

Recette

Garmugia
Toskanischer Frühlingstopf

Für 4 Personen

- *1 Bund Frühlingszwiebeln*
- *200 Gramm grüner Spargel*
- *150 Gramm Fava-Bohnen*
- *150 Gramm Erbsen*
- *2 Artischocken ohne Stiel, Heu und harte Blätter, in dünne Spalten geschnitten*
- *150 Gramm Guanciale oder Speck, im Zweifel geht auch Salsiccia-Wurst*
- *Eine Handvoll geriebener Parmesan*
- *1 Liter Rinderfonds*
- *Geröstetes Weißbrot*

Gutes Olivenöl erhitzen, darin die Frühlingszwiebeln anschwitzen, aber nicht braun werden lassen. Speck oder Salsiccia zugeben und anbraten. Nun die Gemüse hinzugeben und unter ständigem Rühren mit andünsten. Nun den Rinderfonds hinzugeben, bis alles bedeckt ist, und mindestens dreißig Minuten auf kleiner Flamme köcheln lassen. Salz und reichlich Pfeffer hinzugeben.

Dann kann serviert werden: In der Toskana wird zuerst das Brot in den tiefen Teller gelegt, darauf kommt der Parmesan und dann obenauf die Suppe.

Hervorragend passt dazu ein junger Rotwein aus dem Chianti, etwa der 2022er Pèppoli von Familie Antinori.

TAG 3

Mein liebes Schwesterherz,

dieser Fall bringt mich um den Verstand. Wir wissen immer noch nicht, wer der Kerl ist, den wir suchen. Ich spüre nur, dass wir dem düsteren Geheimnis immer näher kommen.

Ich würde dir auch gern davon erzählen, viel und detailliert, aber damit würde ich von dem ablenken, was mich noch viel mehr beschäftigt.

Ich habe eine Spur wegen der Explosion, meine liebe Sofia. Es gibt einen großen, mächtigen Mann – und der scheint mitschuldig zu sein an diesem schrecklichen Tag.

Sofia, kannst du dir das vorstellen? Nach all der Zeit habe ich nun Anhaltspunkte dafür, dass Papa bis zum Ende ermittelt hat, im Geheimen – und dass er deshalb sterben musste.

Ich verspreche dir, ich werde nicht eher ruhen, bis ich weiß, was geschehen ist. Und bis ich euch alle gerächt habe.

Aber nun muss ich Kraft tanken. Morgen wird ein dunkler Tag.

Buona notte, mein Schwesterherz.

Deine Giulia

VENTOTTO – 28

Der Anruf riss sie aus dem Dämmerschlaf, und als sie den Namen auf dem Display sah, murmelte sie: »Wird er immer noch so früh wach wie damals.« Enzo wurde nur langsam wach, sie aber nahm den Anruf schnell an.

»Il Signor Ministro.«

»La Signora Commissaria«, erwiderte er, und sie spürte diesen wohligen Schauer, den seine tiefe Stimme selbst über diesen unpersönlichen Weg des Telefonats in ihr auslöste. Er besaß schon als Mensch diese natürliche Autorität, die durch sein hohes Amt naturgemäß noch verstärkt wurde, kurz gesagt: Die Macht quoll ihm aus allen Poren. Er hatte sie in jungen Jahren zu seiner persönlichen Ermittlerin gemacht, damals war er noch Staatssekretär gewesen, nun aber war er schon länger Innenminister, als mancher Premierminister in Italien regiert hatte. In Rom hatten sie auf den Fluren oft gelästert, Commissaria Ferrari sei dem Innenminister nicht nur in Sachen Kriminalität zu Diensten gewesen, niemand hatte es ihr jemals ins Gesicht gesagt, aber Giulia kannte die Leute – und ihre Lust am Klatsch. Dabei waren sie über eine kleine Affäre nie hinausgekommen: Der Minister hatte ebenso wenig

Lust auf einen Skandal wie Giulia erpicht darauf war, eine Ehe zu zerstören.

Seit er sie ohne große Widerstände in die Toskana hatte ziehen lassen, war ihr Kontakt weniger geworden, doch heute Morgen hörte sie schon am Klang seiner Stimme, dass etwas nicht stimmte.

»Wie geht es Ihnen?«, fragte er vorsichtig.

»Es wird Frühling, ich hoffe, bei Ihnen in Rom auch, Signore?«

»Wenn es warm wird, werden die Römer doch gleich verrückt«, erwiderte der Mann, der aus dem geordneten Norden Italiens kam und dem die leidenschaftlichen Bewohner des Mezzogiorno immer suspekt bleiben würden.

»Aber ich vermute, Sie rufen mich nicht an, um nach meinem Befinden zu fragen. Was kann ich für Sie tun?«

»Ich denke, in diesem Falle muss ich etwas für Sie tun, Commissaria, auch wenn ich schon ahne, dass Sie meine Hilfe ablehnen werden.«

»Geht es um …«

»Ja, es geht um Bürgermeister Galli. Können Sie mir sagen, was es damit auf sich hat?«

»Ich fürchte, das kann ich nicht, Signor Ministro.«

Ein Schweigen entstand, eine lange Pause, die kaum zu ertragen war. Sie hörte, wie er atmete. Er dachte nach.

»Sie haben den Bürgermeister im Rathaus aufgesucht und ihm offen gedroht, dass Sie gegen ihn ermitteln werden«, sagte er schließlich. »Stimmt das?«

»Ja, das stimmt.«

»Und Sie haben ihn im privaten Rahmen bei einem Dinner gestört? Und wieder Fragen gestellt?«

»Ja, auch das stimmt. Obwohl es kaum ein privater Rahmen war, er hat sich an den Questore rangewanzt, um mich aufzuhalten.«

»Sie müssen damit aufhören, Giulia«, sagte er. Er hatte nie ihren Vornamen benutzt, wenn man die zwei gemeinsamen Nächte außer Acht ließ, danach war er aber sofort wieder dazu übergegangen, sie *Commissaria* zu nennen, wie es alle taten. »Er hat mich angerufen, er ist außer sich. Ich bin Ihr oberster Dienstherr, Commissaria, und auch wenn ich ihm im Rang übergeordnet bin – er ist mein Parteifreund, und er will hoch hinaus, auch hier in Rom. Er ist richtig sauer auf Sie.«

»Ich hatte gehofft, dass er sauer ist. Weil ich will, dass er einen Fehler macht.«

Der Minister atmete schwer. »Können Sie mir sagen, was Sie von ihm wollen? Wenigstens das?«

»Ein kluger Mann hat mir mal gesagt, ich solle ihn nicht behelligen mit Dingen, die gefährlich sein könnten, wenn er davon wüsste – er würde lieber nichts wissen, als lügen zu müssen. Das beherzige ich, Signor Ministro. Im Übrigen: Dieser kluge Mann, das waren Sie.«

Sie spürte, wie er schwankte, sie konnte es hören. Normalerweise schwieg er lange, wenn er nachdachte, aber heute schien er leise abzuwägen, indem er etwas in seinen Bart murmelte. Schließlich, nach sicher mehr als einer Minute, sagte er: »In diesem Fall muss ich Ihnen als oberster Dienstherr raten, aufzuhören, Signora. Wenn Sie weitermachen …«, er machte eine Pause, die dramatischer wurde, je länger sie dauerte, «… dann kann ich Ihnen nicht mehr helfen.«

»Das habe ich verstanden«, erwiderte sie. »Signor Ministro, die Botschaft ist angekommen.«

»Bevor ich auflege, muss ich das fragen«, sagte er leise. »Der Bürgermeister hat mich gestern Abend angerufen, ich melde mich erst heute, weil ich so lange gebraucht habe, um meine Gedanken zu ordnen.« Seine Stimme war nun verändert, weicher, fragender. Was bei einem Mann, der immer alles zu wissen schien, wirklich auffiel. »Jedenfalls war er außer sich, er war persönlich angefasst – Sie als junge Frau würden sagen: angepisst.«

»Das würde ich niemals sagen, Ministro.«

»Ich weiß, Giulia, ich weiß. Also, er war sehr sauer, da war aber noch etwas. Ich kenne Galli schon lange, er ist immer sehr gefasst. Wenn er so laut und ausfallend wird, dann hat er Angst.«

»Er sollte Angst haben, Signore.«

»Worum geht es?«

»Das will ich immer noch nicht sagen.«

»Geht es …«, er zögerte, aber dann überwand er sich, »um Ihren Vater? Geht es um die Mafia?«

Als sie nichts sagte, fuhr er fort, leiser noch als ohnehin schon. »Das habe ich mir gedacht. Er war so drastisch, dass ich spürte, es geht für ihn um alles. Um seine Karriere und … ja, um sein Leben. Er weiß nicht, wer Sie sind, Giulia. Aber er wird es herausfinden. Ich habe viele falsche Fährten gelegt, und ich habe alle Dokumente über diese Zeit verschwinden lassen, das wissen Sie. Dennoch gibt es immer jemanden, der redet.« Er machte wieder eine Pause. »Giulia, geben Sie Acht! Sie haben diesen Mann an den Eiern, wenn Sie mir den Ausdruck erlauben – aber Sie wissen ja, wie Leute reagieren, die mit dem Rücken zur Wand stehen.«

»Ich werde ihn nicht aus den Augen lassen, Signor Ministro.«

»Das hoffe ich, Giulia. Auch wenn ich Ihnen diesen Tipp natürlich niemals gegeben habe. Einen schönen Tag. Ich vermisse Florenz.«

»Für Sie gibt es hier immer ein Schlafsofa, Ministro.«

Sie lachte leise und hörte ihn schmunzeln, dann legten sie auf.

»Alles okay?«, fragte Enzo, der sich verschlafen die Augen rieb.

»Eigentlich schon«, erwiderte Giulia. »Jemand wollte mich warnen, der eigentlich selbst vor nichts Angst hat.«

»Wegen Galli?«

»Offenbar zieht er alle Hebel, um mich aufzuhalten. Aber wenigstens hat er keine Ahnung, warum ich ihm ans Leder will. Er denkt immer noch, es sei etwas Amtliches – dabei ist es etwas zutiefst Persönliches.«

»Du musst vorsichtig sein, *cara*. Ich …«

»Was?«, fragte sie und griff nach seiner Hand, als er nicht weitersprach.

»Ich habe dich gerade erst gefunden. Ich möchte dich nicht wieder verlieren. Wirklich nicht.«

»Das wirst du nicht«, erwiderte sie. Und spürte, wie sich in ihr alles zusammenkrampfte. Ja, sie fürchtete sich. Vor dem, was kommen würde. Davor, dass dieser Mistkerl ihre Identität enthüllte.

Andererseits hatte sie immer wissen wollen, wie ihre Eltern und Sofia umgekommen waren – und wer das veranlasst hatte. Nun wusste sie es. Und die Antwort bestätigte ihre schlimmsten Befürchtungen.

VENTINOVE – 29

»Wollen wir los?«, rief Giulia, die genau vor der *Bar Centrale* gehalten hatte, gerade als Luigi aus dem Haus trat, er hatte anscheinend den Boxermotor schon von weitem gehört.

»Nein«, erwiderte er, das Gesicht in Falten gelegt, und die Commissaria fragte sich, welche Laus ihm wohl über die Leber gelaufen war.

»Wie?«, fragte sie. »Wir müssen runter in die Stadt.«

»Müssen wir nicht. Wir müssen nachdenken.«

»Hmm?« Giulia betrachtete den Barista, als sei er verrückt geworden. Aber der winkte unwirsch und sagte: »Nun kommt schon, steigt aus.« Er trat einen Schritt näher ans Auto heran. »Wir rasen seit zwei Tagen nur durch die Stadt und rennen dem Typen hinterher. Aber genau das will der doch. Sind wir ihm auch nur einen Schritt näher gekommen? Nein. Also müssen wir die Taktik ändern.« Er klang aufgeregt, als er so sprach, aber vielleicht war es ihm auch nur wichtig, sie zu überzeugen. »Wir müssen durchatmen, uns hinsetzen und nachdenken.«

»Und dabei *Caffè* trinken, oder?«, fragte Giulia lächelnd.

»Dagegen ist ja wohl nichts einzuwenden«, erwiderte Luigi.

Die Commissaria bollerte mit dem Käfer auf den Gehsteig

und stieg aus, Enzo tat es ihr nach. Gegen einen *Caffè* mit diesem Ausblick war nun wirklich nichts einzuwenden. Luigi war schon nach drinnen verschwunden, um alles vorzubereiten, und gerade, als sie wieder am äußersten Tisch Platz genommen hatten, kam er mit drei Cappuccini zurück. Auf einem Teller trug er drei Brote, die herrlich dampften, geschmolzener Käse tropfte von den Seiten herab.

»Carla hat Panini gemacht«, sagte er und wirkte dabei stolz und hungrig zugleich. »Mit Rosmarinschinken und Scamorza-Käse gefüllt, dazu frisches Basilikum aus unserem Garten. *Buon appetito.*«

Die drei griffen nach den gefüllten Panini, und Enzo murmelte schon nach dem ersten Bissen: »Also, wenn Nachdenken so lecker ist, dann sollte ich das öfter versuchen.«

Sie mussten alle lachen, und dann kehrte für einen Augenblick Schweigen ein. Sie aßen und tranken den *Caffè* mit der schaumigen Milch. Giulia genoss das Panorama der Stadt zu ihren Füßen. Doch dabei arbeitete ihr Kopf auf Hochtouren: Wo war der Mann? Wo war Teresa? Hinter dem Dom entdeckte sie den Glockenturm des Rathauses. Und schon sah sie Ricardo Gallis Gesicht vor sich. Sie musste ihn überführen. Um jeden Preis. Und zwar tatsächlich um jeden.

Luigi schob nach Minuten seinen Teller von sich weg und sagte: »Es gibt unzählige Möglichkeiten, wo die Verbindung zwischen all den Frauen liegen könnte, richtig?«

Giulia und Enzo nickten, bevor der Sergente noch einmal aufzählte: »Auch wenn sie nicht auf den ersten Blick dieselben Orte besucht haben, es könnte eine bekannte Bar im Stadtzentrum sein, wo der Barista sie alle einmal gesehen hat. Oder eine Eisdiele. Irgendein zufälliger Ort, an dem alle einmal waren, woran sie sich aber vielleicht gar nicht mehr erinnern, weil es so beliebig war. Oder er ist zum Beispiel Busfahrer.«

»Der dann die Adressen der Frauen hat?«

»Wohl wahr. Unwahrscheinlich. Aber ein Taxifahrer hat die Adressen.«

»Das stimmt auch wieder. Es könnte auch ein Handwerker sein.«

»Aber sogar danach haben wir gefragt. Zwei Frauen hatten Handwerker in ihren Wohnungen in den letzten zwei Jahren, aber die anderen nicht, also passt auch das nicht.«

»Wie kommt jemand auf ausgerechnet diese Frauen? Zufall kann es nicht sein, dagegen spricht alles, die Kenntnis des Täters, die Plakate, das geparkte Auto in der Straße von Teresa. Was ist es also?«, fragte Giulia.

»Irgendetwas stört mich von Anfang an«, sagte Luigi und kratzte sich seinen Dreitagebart. »Ich weiß nur immer noch nicht genau, was …«

Er lehnte sich in seinem Stuhl zurück und genoss für einen Augenblick die Terrasse seines Cafés, die Gesprächsfetzen von den anderen Tischen, die zu ihnen herüberwehten. Zwei Angestellte von den Stadtwerken saßen am Nachbartisch, er hatte ihnen vorhin zugenickt, einen Tisch weiter saß der Postbote bei seinem dritten Espresso des Tages und rauchte eine Pfeife. Luigi fand es so schön, dass er hier jeden kannte, sie alle waren Stammgäste. Santa Croce war eben ein kleines Städtchen, ganz anders als das große Florenz. Diese unpersönliche Stadt voller …

Der Commissario stutzte. Giulia wandte ihm den Kopf zu, auch Enzo schien die Veränderung der Stimmung wahrzunehmen.

»Was ist?«, fragten sie beide im Chor.

»Fremde«, sagte Luigi geheimnisvoll.

»Wie bitte?«, fragte Giulia.

»Hier oben, bei uns, sprechen alle Italienisch. Hier verirren sich zwar auch mal Urlauber her, aber nicht für länger. Dort unten aber gibt es Cafés und Bars, in denen nur Englisch gesprochen wird, oder? Wir regen uns ja alle immer darüber auf.«

»Okay …«, sagte Giulia und zog das Wort wie einen Kaugummi, weil sie noch nicht wusste, worauf Luigi hinauswollte.

»Wie hoch ist die Wahrscheinlichkeit, dass unter den dreizehn Frauen, die von unserem Täter verfolgt wurden, ausschließlich Italienerinnen sind? In einer Stadt, in der dreißig Prozent der Bewohner nicht aus Italien stammen.«

»Wow«, entfuhr es Giulia, während ihr Kopf noch ratterte. Luigi hatte recht. Tiziana, Serena, Teresa, Lidia, sie alle waren Italienerinnen. »Warum sind wir da nicht gleich draufgekommen?«

»Und wir nehmen an, wir suchen nach jemandem, der die Frauen irgendwo getroffen hat, wo er ihnen aber nicht im Gedächtnis geblieben ist. Es muss etwas Beiläufiges gewesen sein – eine ganz normale Handlung, die aber den Italienern vorbehalten ist.«

»Ein Gottesdienst?«, fragte Enzo, und Luigi grinste. »Nicht schlecht.«

»Damit können wir alle Dienste ausschließen, die allen Menschen in der Stadt zur Verfügung stehen. Wäre unser Mann Taxifahrer oder Busfahrer und würde sich dort seine Opfer suchen, dann wären auch Ausländerinnen darunter gewesen«, dachte Giulia laut weiter.

»Das Gleiche gilt für Kellner, Baristas, für Verkäufer, hmm, eigentlich für alle«, sagte Enzo und machte ein ratloses Gesicht.

»Was ist nur für Italiener?«, fragte Giulia und fasste damit zusammen, worüber gerade alle nachdachten. Die Stimmung am Tisch war fiebrig geworden in den letzten Minuten. Sie liebte diese Momente, wenn alles auf eine große Antwort hinauslief. Dafür war sie Polizistin geworden. »Was können nur Italiener in Anspruch nehmen?«

Luigi hob die Hand: »Und wobei erfährt der Mann alles von den Frauen, was er wissen muss?« Er senkte den Kopf und blickte auf den Tisch, dann hob er ihn wieder, den Blick in die Ferne gerichtet, konnte er besser nachdenken. Nach einer Minute, vielleicht war es auch mehr, rief er: »Verdammt, Enzo, was haben Sie gesagt, vor drei Tagen, als wir in Santo Spirito in der Bar saßen?«

»Wie soll ich mich denn daran erinnern?«, fragte der Sergente.

»Sie haben gesagt, dass es schwierig wäre, den Amerikaner ausfindig zu machen. Warum? Weil sich Ausländer nie in Florenz anmelden, also beim Amt, meine ich. Sie kriegen ja ohnehin keinen Ausweis, nur eine Meldebescheinigung. Ganz anders als ... die Italiener.«

»Einen Ausweis«, sagte Giulia leise, während es in ihrem Kopf brodelte.

»Die Meldestelle ... im Rathaus«, fuhr Enzo fort, und dann rief Luigi: »Das Rathaus!« Er hieb mit der flachen Hand auf den Tisch, sodass die Tassen und der große Teller hüpften, die Leute am Nebentisch sahen erschrocken herüber. »Erinnern Sie sich? Gestern waren wir in der Kantine, und als Sie sagten: Polizia di Stato – da ist was passiert?«

»Der Bürgermeister ist aufgestanden ...«

»Nein, nein, nein«, unterbrach sie Luigi, »ich habe das Bild nicht vergessen, das Tablett auf dem Boden, die Pasta, das zerbrochene Glas. Gerade als Sie ›Polizia‹ riefen, hat jemand sein Tablett fallen lassen. Und ist abgehauen. Das war kein Zufall, das war kein Versehen. Derjenige hatte Angst, dass wir ihm auf die Schliche gekommen sind. Dass wir da waren, um ihn zu holen. Er wusste nicht, dass wir wegen des Bürgermeisters da waren. Der dachte, wir würden ihn verhaften.«

»Unser Mann arbeitet im Rathaus.«

»In der Meldestelle.«

»Verdammt, Commissario«, sagte Giulia leise, »ist das gut.«

»Auf geht's. Wir fahren nachher ins Rathaus, Commissaria. Sie, Enzo, rufen die Frauen an und fragen nach, wann sie ihren Ausweis haben erneuern lassen. Und wer sie dabei bedient hat. Zeigen Sie allen noch mal das Foto, ja?«

»Jawohl, Commissario.«

Luigi hieb noch einmal auf den Tisch. »*Vaffanculo*, jetzt haben wir ihn.«

Und auch Giulia hatte keinen Zweifel mehr, dass sie dem Mann nun wirklich sehr nah waren.

TRENTA – 30

»Danke, dass Sie so schnell kommen konnten«, sagte Giulia und stand von ihrem Schreibtisch auf, weil sie so aufgeregt war. »Bitte setzen Sie sich doch.«

»Ich war gerade um die Ecke, als Ihr Kollege angerufen hat.«

Serena Vuglioni blickte sich suchend nach Enzo um.

»Er ist draußen«, erklärte Giulia. »Also, wir glauben, dass wir dem Mann auf der Spur sind.«

»Oh, echt?« Die junge Frau schien heute etwas besser drauf zu sein, ihre Augen hatten sogar einen leichten Glanz.

»Sagen Sie, Signorina, haben Sie kürzlich einen neuen Personalausweis machen lassen?«

»Ähm.« Sie überlegte. »Ja, wieso?«

»Wann war das?«

»Hmm, vielleicht im Herbst, also im November oder so. Warten Sie, soll ich nachsehen?« Sie wollte gerade ihre Tasche öffnen, um darin herumzuwühlen, doch Giulia winkte ab. »Das ist nicht nötig. Sagen Sie, können Sie sich erinnern, wer Sie im Rathaus bedient hat? Auf der Meldestelle, meine ich?«

Die junge Frau fasste sich einmal fest in die Haare und warf sie nach hinten, wie Frauen es oft taten, wenn sie nachdachten. »Hmm, ich glaube, irgend so ein Mann …« Ihre Augen wurden ein Stück größer, und Giulia spürte wieder, dass sie der Lösung nah war.

»Darf ich Ihnen noch mal das Foto zeigen, das das andere Opfer gemacht hat?« Sie drückte den Knopf, und auf dem Monitor am Schreibtisch flackerte es kurz, dann war da wieder der Mann zu sehen. Diesmal blieb Serenas Blick nur kurz an dem Bild hängen, darauf sah sie Giulia an und nickte. »Sie haben recht. Er war es. Der Mann ist derselbe wie der im Rathaus.«

»In Ordnung«, sagte Giulia rasch, »danke, dass Sie hier waren. Wir melden uns.«

Sie wartete ungeduldig, bis die junge Frau sich verabschiedet hatte, und kaum war sie aus der Tür, rief Giulia laut: »Wir haben ihn.« Luigi kam angerannt, genau wie Enzo, sie waren im Nachbarraum gewesen. »Der Täter arbeitet im Rathaus. Jetzt müssen wir nur noch wissen, wie er heißt.«

Enzo nahm neben ihr Platz, setzte sich seine Kopfhörer auf und klickte wie wild auf seiner Blindentastatur herum.

»Hier gibt es ein Verzeichnis der Angestellten der Meldestelle – wir suchen ja einen Mann zwischen vierzig und sechzig, laut aller Aussagen und laut des Bildes – und wir haben … meistens Frauen, die in der Meldestelle arbeiten, es gibt drei Männer, einer ist ein Auszubildender von zwanzig Jahren, einer ist bereits Ende fünfzig …«

Giulia sah ihm über die Schulter, wo das Passfoto des Mannes erschien. »Nein, er hat eine Glatze«, sagte sie, und Enzo klickte weiter. »Dann ist das der einzige Mann, der ins Profil passt.« Er hielt kurz inne und wiederholte, was die Stimme in seinem Kopfhörer vorlas: »Dottore Enrico Massi, Leiter der Meldestelle.

Sechsundfünfzig Jahre alt, geboren und wohnhaft in Florenz in der Altstadt.«

»Das ist unser Mann«, erwiderte Giulia. »Und den schnappen wir uns jetzt.«

TRENTUNO – 31

»Es beschäftigt uns derzeit mehr, als uns guttut, dieses Rathaus«, sagte Enzo, als sie mit Blaulicht und Sirene in dem zivilen Einsatzfahrzeug zur Piazza della Signoria fuhren und schon von weitem den Uhrenturm des Campanile sahen.

»Eigentlich dachte ich, dass ich dort nur einen Menschen verhaften würde. Aber dass wir in einer Woche gleich zwei Fälle dort lösen …«, erwiderte Giulia, ohne den Satz zu beenden.

Sie stiegen aus und rannten hinein, Enzo fiel es nicht schwer, sich schnell zu bewegen, wenn sich die Commissaria ganz dicht neben ihm hielt. Nur Luigi fiel etwas zurück. Sein Polizei-Ausdauertraining lag schon einige Jahre zurück.

Die Touristen hatten eine Schneise gebildet, als der Wagen mit dem Blaulicht abrupt gebremst hatte, nun filmten sie mit ihren Handys die drei Polizisten, die ins Rathaus stürmten. Diesmal nahmen sie den Besuchereingang.

»Zur Meldestelle?«, fragte Giulia den Mann am Eingang, doch Luigi war schon bei ihr. »Ich weiß, wo das ist. Kommt mit.« Er setzte sich an die Spitze des Trios, und sie rannten den Flur hinunter, links und rechts waren verschlossene Türen, ganz am Ende aber lag ein offener, großer Raum mit Fenstern,

Sala d'Attesa stand da auf einem Schild. Wartezimmer. Einige Menschen saßen dort, wahrscheinlich wollten auch sie ihre Personalausweise erneuern lassen, ihre Pässe, sich vielleicht in Florenz anmelden. Luigi lief am Wartezimmer vorbei, die Büros der Beamten lagen dicht an dicht, es waren nur kleine Kabinen mit Computern und je zwei Stühlen. Am Ende des Ganges befand sich ein größeres Büro mit einer Glastür. Das Schild trug die Aufschrift:

Dottore Enrico Massi, Leiter der Meldestelle

Luigi riss die Tür auf, doch der Blick durchs Glas hatte nicht getrogen. Das Büro war verlassen. Nebenan wurde eine Tür geöffnet, eine blasse Frau um die fünfzig mit einer roten Dauerwelle sah die drei genervt an und schnalzte einmal mit der Zunge.

»Was ist denn das für ein Lärm hier? Sie müssen dort vorn warten.«

»Müssen wir nicht«, erwiderte Luigi. »Polizia di Stato. Wo ist Signor Massi?«

Nun wechselte der Ausdruck auf dem Gesicht der Frau, aus der genervten Miene wurde eine überaus interessierte. »Oh, Sie wollen zum Dottore.«

»Ja«, erwiderte Giulia. »Wo ist er denn?«

»Er hat sich am Morgen krankgemeldet. Das ist … das kommt ganz selten vor. Warum wollen Sie denn zum Dottore?« So wie sie den akademischen Titel des Mannes aussprach, konnte man meinen, sie rede über einen Heiligen.

»Wir sind hier, um Signor Massi zu verhaften«, sagte Giulia, die diesen Mistkerl um keinen Preis der Welt mehr schützen wollte, sein Ruf war ohnehin ruiniert – und zwar zu Recht, für das, was er diesen Frauen angetan hatte –, und sie hatte keinen

Zweifel, dass er es gewesen war. Zudem galt es nun, wegen Teresa und Lidia, keine Zeit mehr zu verlieren.

»Oh, ähm, Sie wollen ihn verhaften?« Die Frau musste sich am Türrahmen festhalten, Giulia konnte nicht sagen, ob aus Schreck oder vor Aufregung.

»Das wollen und das werden wir. Können Sie uns sagen, wo wir ihn finden?«

Die Frau schien leicht zu schwanken. »Sagen Sie, gestern, bei der Pressekonferenz im Fernsehen, waren Sie das, Commissaria? Ich hatte schon so eine Ahnung, dass der Mann auf dem Foto der Dottore war – aber ich weiß ja, dass er keiner Fliege etwas zuleide tun kann, deshalb habe ich mich auch nicht gemeldet …«

»Wo ist Enrico Massi?«, wiederholte Giulia ihre Frage.

»Er ist zu Hause, obwohl …« Sie schien zu überlegen. »Er ist in seinem Landhaus und hat sich bei Arbeiten dort was gezerrt. Deshalb schafft er es nicht zurück in die Stadt. Er sagte, er wird die ganze Woche nicht hereinkommen.«

Giulia spürte, wie ihre Wangen rot wurden vor Aufregung.

»Wo ist dieses Landhaus?«

»Es ist das Haus seiner Eltern. Der Dottore hat es geerbt. Es muss ganz herrlich sein, genau am Strand. In … ähm.« Sie räusperte sich, und Giulia sendete ein Stoßgebet, dass diese neugierige Frau sich würde erinnern können »Ah, ja, in Calafuria. Es muss sehr einsam sein dort, er hat mir mal Fotos gezeigt. Ich wollte immer mal mit dorthin, aber es hat sich nie ergeben. Na ja, der Dottore ist ein eigenartiger Mann. Was hat er denn angestellt? Also, ich kann mir das ja gar nicht vorstellen, er ist so genau, und er hält sich an Recht und Gesetz, natürlich tut er das …«

»Nicht in unserem Fall«, sagte Giulia eine Spur zu schroff. »Haben Sie vielen Dank, Signora. Wir melden uns.«

Eine Minute später standen die drei wieder auf der Straße.

»Enzo, kriegst du raus, wo das Haus ist?«

Der Sergente hatte bereits sein Handy in der Hand, um die Zentrale zu erreichen. Sie stiegen in den Wagen.

»Dann ab nach Calafuria.« Giulia ließ den Motor an.

TRENTADUE – 32

Die Via Aurelia hieß heute noch so wie die alte Römerstraße, es war die *Strada Statale 1*, die Staatsstraße mit der Ordnungsnummer 1, die südlich des Petersdoms in Rom begann und dann einmal quer durch das Land in Richtung Norden führte, immer an der Küste entlang, bis nach Ventimiglia an der Grenze zu Frankreich. Hier, in der westlichen Toskana, war das eine herrliche Straße, die die Küstenorte miteinander verband und in weiten Kurven durch die felsige Gegend führte.

Wieder sprachen sie nicht, aber diesmal lag es nicht daran, dass Giulia an etwas anderes dachte, an den Bürgermeister oder an die Mafia. Nein, in dem Wagen herrschte einerseits Stille, weil die Commissaria nur geradeaus sah, sie hatte ihr Ziel im Blick, endlich, obwohl auch jetzt noch die Angst spürbar war, zu spät zu sein. Andererseits sprach niemand, weil Giulia so schnell fuhr, dass der Fahrtwind ohnehin jedes Gespräch übertönt hätte.

Immer wieder sahen die Commissaria und Luigi nach links aus dem Wagen. Denn unter den Felsen lag das Mittelmeer, und es glänzte an diesem Mittag so hell, dass es wirkte, als wäre der Sommer bereits voll angekommen. Die Felsen waren hier schroff und hoch, doch ihre Farbe changierte zwischen einem Granitton und Rosé, sodass sie ganz und gar einladend aussahen. Dazu war auch der Meeresboden steinig, sodass das Wasser sehr hell wirkte, es war nicht mal mehr azurblau, sondern schon fast türkis, wie auf den Malediven. Die Commissaria hätte so gerne angehalten, um in dieses klare Wasser zu springen und eine Runde zu schwimmen, ohne Gedanken und ohne Ängste.

Bald, sagte sie sich, bald würde das möglich sein.

Ab und zu sahen sie auf den Felsen einen Angler sitzen, dann fuhren sie an einem alten Restaurant vorbei, das verlassen wirkte, aber Giulia wusste, dass in dieser Gegend im Winter und bis in den Frühling vieles verlassen aussah, im Sommer aber wieder aus allen Nähten platzte. Außerhalb der Strandorte war die Gegend rau und karg, es gab nur die Felsen und kleine Buchten, aber dieses Panorama des ewigen Meeres war überwältigend, seine wechselnden Farben, seine Unendlichkeit bis zum Horizont.

»Es muss dort oben irgendwo sein«, sagte Luigi und wies die Straße hinauf. Tatsächlich war etwa fünfzig Meter oberhalb der Straße ein Gemäuer zu sehen, ein etwas zurückgesetztes Grundstück, das einzige Anwesen weit und breit.

»Lage, Lage, Lage«, sagte der Commissario und klang beeindruckt.

»Er hat das Haus von seinen Eltern geerbt. Sie haben beide schon in der Verwaltung der Stadt gearbeitet, genau wie ihr Sohn. Sechsundfünfzig Jahre, alleinstehend, niemals verheiratet gewesen. Nicht vorbestraft, natürlich nicht. Ein total unbeschriebenes Blatt.«

»Der einsame Wolf, der irgendwann einen Wahn entwickelt.«

»Und junge Frauen so lange verfolgt, bis er sich entscheidet, eine von ihnen zu entführen.«

»Lidia Lello hat sich daran erinnert, wer ihren Ausweis ausgestellt hat – sie ist hellwach, sie merkt sich Menschen, die ihr komisch vorkommen. Jedenfalls deutlich besser als die anderen Frauen, die den Mann hinterm Tresen gar nicht beachtet haben.«

»Clara hatte recht«, erwiderte Luigi. »Die Menschen, die wir mit lästigen Sachen verbinden, vergessen wir. Oder wir sehen sie einfach gar nicht erst. Da sind dann Menschen wie Salatsprossen.«

»Wie was?«, fragte Giulia und sah ihn erstaunt an.

»Vergessen Sie's.«

»Bis hierher reicht«, sagte Giulia und bremste, sie parkte am Rande der Schotterpiste und stellte den Motor ab. »Den Rest machen wir zu Fuß, ich möchte nicht, dass er uns kommen hört.«

Es war warm geworden, die Sonne stand an ihrem höchsten Punkt, es musste etwa halb zwei sein. Sie prüften ihre Waffen, dann hielt sich Giulia nah neben Enzo, und sie liefen geduckt auf das Haus zu. Sie hätte Enzo niemals gebeten, am Auto zu warten. Er war genauso ihr Partner, wie Luigi es war. Er gehörte zu dieser Ermittlung, und deshalb sollte er auch dabei sein.

Sie sah das Anwesen schon von weitem, das Haupthaus und die beiden Nebengelasse. Wo versteckte er die jungen Frauen? Am liebsten hätte sie nach ihnen gerufen, aber das ging natürlich nicht. Giulia und Luigi hielten die Waffen zu Boden gerichtet. Der Commissario pfiff leise und wies mit seinem Kopf nach rechts. Giulia nickte. Sie hatte den Transporter auch entdeckt, der mit einer Plane nur halb bedeckt hinter dem Haus stand. Dahinter begannen die Felsen und dann das Meer, vom oberen Stockwerk des Hauses aus musste das Panorama wirklich betörend sein.

»Enzo«, sagte sie leise, »Du kommst mit mir, wir gehen zum Haus. Commissario, Sie nehmen die Nebengelasse?«

»In Ordnung.« Luigi nickte.

»Die Frauen haben absolute Priorität. Ich will Enrico Massi lebend, falls er die Frauen irgendwie versteckt hat, müssen wir wissen, wo sie sind.«

Sie bewegten sich immer noch geduckt auf das Haus zu, doch gerade, als Luigi zu einem der beiden Bäume rennen wollte, ging die Haustür langsam auf. Beide Polizisten zogen ihre Waffen, Giulia stellte sich schützend vor Enzo.

»Halt«, rief sie und zielte, »Polizia.«

Der Mann, der heraustrat, sah jünger aus, als sie erwartet hatte. Er war klein und trug eine randlose Brille. Wie ein typischer Beamter sah er aus, in seinem Pullunder mit kariertem Hemd und der Bundfaltenhose. Was sie aber am meisten überraschte, war sein freundliches Lächeln.

»Ich habe Sie schon kommen sehen«, rief er und wirkte beinahe fröhlich. »Kommen Sie herein, ich zeige Ihnen alles.«

Luigi, Giulia und Enzo gingen vorsichtig auf die Haustür zu. Beide hielten immer noch ihre Waffen auf den Mann gerichtet. Er war anscheinend unbewaffnet, dennoch konnte man bei so einem Irren nie sicher sein, dass nicht eine Sprengfalle im Haus war, weil er auf diese Weise allem ein Ende setzen wollte.

Giulia war zuerst bei ihm, sie traf ihn genau an der Haustür, mit einem Griff hatte sie sein dünnes Ärmchen gepackt und drehte ihn mit dem Gesicht zur Tür.

»*Scusi*«, sagte sie freundlich, obwohl sie es nicht so meinte, aber nach seiner höflichen Begrüßung wäre es ihr seltsam erschienen, ihn gleich niederzuringen. Sie durchsuchte ihn schnell, dann sagte sie: »Ich bin Commissaria Ferrari. Was wollten Sie uns zeigen, Signore?«

»Kommen Sie«, sagte der Mann, ohne über die Durchsuchung im Mindesten erzürnt oder erstaunt zu wirken. Giulia wandte sich zu Luigi, der zog eine Augenbraue hoch. Auch er verstand die Welt nicht mehr.

Der Mann öffnete eine Holztür und führte sie eine dunkle Treppe hinunter, Enzo blieb oben stehen, damit die Tür nicht zufiel. Unten angekommen schloss Massi eine weitere dickere Tür auf, die offenbar aus Stahl bestand. Dann schaltete er das Licht ein, Giulia hörte, wie eine Frau aufschrie. Sie hob wieder die Waffe. Doch Massi tat nichts, er ließ sie einfach durchtreten, die Commissaria rannte durch den Vorraum, dann drehte sie den Schlüssel in dem Schloss der Holztür, riss sie auf und dann war sie drinnen.

»Endlich«, rief Lidia Lello. Die andere Frau sah Giulia zum ersten Mal im echten Leben, »Teresa« sagte sie, die andere kam gerade auf die Beine, ihr Mund aufgerissen vor Schreck, aber gutem Schreck, sie ging auf sie zu und schloss sie fest in die Arme.

»Sie sind in Sicherheit«, brachte Giulia hervor, »Sie sind beide endlich in Sicherheit.«

TRENTATRÉ – 33

»Signor Enrico Massi, richtig?«

»Ja, Commissaria. Der bin ich. Dottore Massi.«

Giulia ignorierte seinen Einwurf. »Signor Massi, ich nehme Sie hiermit fest im Namen der Republik Italien. Sie werden in Kürze einem Untersuchungsrichter vorgeführt. Die Tatvorwürfe lauten auf Entführung, Freiheitsberaubung und Körperverletzung sowie auf Nachstellung und besonders schwere Nötigung in mehreren Fällen. Ich bin optimistisch, dass Sie dafür sehr viele Jahre im Gefängnis sitzen werden.«

»Sie müssen mich doch fragen, ob ich mich dazu äußern will, oder?« Seine Stimme klang wie eine schlecht gestimmte Geige, viel zu hoch und irgendwie jaulend.

»Das ist ja das Schöne, Signor Massi, ich muss gar nichts. Hier sind nur Sie und ich – und deshalb muss ich gar nichts.«

Der kleine Mann sah sie überrascht an. »Ich will mich aber äußern«, sagte er fast trotzig.

»Eigentlich möchte ich außer Ihrem Geständnis gar nichts hören«, erwiderte Giulia. »Aber bitte, reden Sie.«

»Ich möchte ja gestehen«, sagte der Mann und versuchte sich aufrecht hinzusetzen, dabei verzog er das Gesicht. »Ich habe diese Frauen verfolgt, ja, das habe ich getan. Und ich hatte auch die Idee mit den Plakaten.«

»Eine widerwärtige Idee, Signor Massi.« In diesem Moment betraten zwei Carabinieri den Raum, ein Mann und eine Frau, beide trugen Uniform.

»Wir sind wegen des Festgenommenen hier«, sagte der Mann.

»Ich brauche noch kurz, dann können Sie ihn mitnehmen«, erwiderte Giulia. Die beiden postierten sich an der Tür, sie wandte sich wieder Massi zu. »Fahren Sie fort.«

»Ich habe den Frauen ja nichts getan. Gar nichts. Ich habe sie immer nur nach Hause gebracht. Ich hab aufgepasst, dass ihnen nichts passiert.«

Giulia hätte ihm am liebsten ins Gesicht geschlagen, so sehr kochte sie innerlich.

»Sie haben ihnen Gewalt angetan, Signor Massi. Ihre Verfolgung, dieses Eindringen in die Privatsphäre, dass sie Angst hatten, diese Frauen – das war Gewalt. Und diese schlimmen Plakate …«

Die kleinen Augen des Mannes schienen zu rotieren, dies hier erfüllte ihn augenscheinlich mit Genugtuung. Er wollte seine Geschichte erzählen. »Ich habe mir das ausgedacht. Es … es sollte den Frauen zeigen, dass ich da war. Dass ich ihnen ganz nah war.«

»Aber warum?«

»Sie sollten einfach wissen, dass ich in ihrer Nähe war und alles hätte tun können – aber dass ich ein guter Mensch bin und es eben nicht tue.«

»Sie sind verrückt, Signore.«

»Nein, das bin ich nicht.«

»Warum haben Sie bei der dreizehnten Frau anders entschieden und Teresa Buonacuore entführt? War es die Zahl? Dreizehn? Oder weil sie Sie fotografiert hat?«

»Hmm, ich weiß nicht. Obwohl, doch, ich weiß es. Ich wollte ausprobieren, ob ich es kann. Mich überwinden kann. Teresa war anders, das habe ich sofort gesehen. Anders als die anderen. Nicht so eitel. Nicht so herablassend. Sie ist eine Frau von Welt, sie hat Charme, und sie hat ein Auge für die inneren Werte. Deshalb wollte ich sie bei mir haben.«

»Sie wollten sie *bei sich haben*? Was soll das denn heißen? Wollten Sie sie heiraten oder was?«

»Ich weiß es nicht«, sagte er allen Ernstes. »Ich wollte sie erst mal bei mir haben und schauen, was sich entwickelt. Sicher wären wir uns näher gekommen, und vielleicht hätte sie sich ja auch in mich verliebt.«

»Teresa ist achtundzwanzig – Sie sind sechsundfünfzig. Sie ist eine gesunde Frau – Sie sind geistig krank. Und vor allem: Sie haben sie entführt – das sind sehr viele Dinge, die dagegensprechen, oder?«

»Man weiß nie, wo die Liebe hinfällt, Commissaria. Teresa ist die Eine für mich. Da bin ich ganz sicher. Die anderen waren viel zu hochnäsig.«

»Herrgott, Sie kannten die Frauen doch gar nicht.«

»Doch«, sagte er laut und beinahe aufgebracht, »ich kannte sie. Sie saßen ja bei mir, in der Meldestelle. Da habe ich sie alle kennengelernt.«

»Sie haben alle Frauen bei Ihrer Arbeit kennengelernt? Als Sie ihnen Personalausweise machten, richtig?«

»Ich leite die Abteilung für Meldewesen, aber als guter Beamter mache ich nicht nur Aktenlektüre. Diese Damen habe ich allesamt selbst bedient.«

»So haben Sie sie nur einmal sehen müssen – und wussten direkt alles über die Frauen. Ihren Namen, ihre Adresse, ihr Geburtsdatum, sogar eventuelle Vorstrafen oder Eintragungen, ob sie verheiratet sind oder nicht – einfach alles.«

»Und ich wusste, wie sie aussehen und wie sie sind. Das war es ja, was mich so interessiert hat. Aber die Frauen … sie haben mich nicht einmal angesehen.«

»Wie meinen Sie das?«

»Commissaria, kommen Sie, Sie sehen es doch auch. Ich bin nun wirklich kein Adonis. Ich habe ein Allerweltsgesicht, niemand würde sich nach mir umdrehen, ich löse in keiner Frau leidenschaftliche Gefühle aus, das habe ich noch nie. Aber in mir drin, da ist die Leidenschaft, in mir drin ist das Charisma, alles ist in mir. Das sehen diese Frauen aber nicht – und das hat mich immer verrückter gemacht. Warum sehen sie nicht, was in mir steckt, habe ich gedacht? Die kamen immer rein, haben sich hingesetzt, mir ihren Ausweis hingestreckt und gesagt: ›Einen neuen, bitte.‹ Wenn ich interessiert Fragen gestellt hab, haben sie mich angesehen, als würde ich nerven. Manche Frau hat mich nicht einmal richtig angesehen. Die haben so getan, als sei ich Luft. Ein Insekt. Irgendwas, was sie aufhält, was ihren Tag nur stört und sie ausbremst. Sie haben mich nicht gesehen.«

Er hob eine Hand in die Luft, als käme nun der Höhepunkt seines Referats.

»Aber dann, als ich ihnen gefolgt bin, als die Plakate kamen, da … da haben sie mich gesehen. Jetzt sehen sie mich …«

»Ach wissen Sie«, Giulia unterbrach ihn brüsk, »eigentlich interessiert es mich gar nicht.« Sie stand auf. »Sie interessieren mich nicht. Was Sie getan haben, war weder intelligent noch gerissen, es war einfach nur dreist und das Werk eines kleinen Mannes. Den Rest kann sich Ihr armer Verteidiger anhören – Sie werden doch sicher einen männlichen Anwalt nehmen, oder? Sie schaffen es ja nicht mal, einer Frau in die Augen zu sehen.« Sie wandte sich an die Uniformierten, die hinten im Raum Posten bezogen hatten. »Bringt ihn weg.«

Es war ausgerechnet eine Polizistin, die Enrico Massi Handschellen anlegte und ihn nach draußen führte, er war nur noch ein Häufchen Elend.

Giulia ging hinaus und sah Luigi und Enzo, die neben den beiden Frauen standen. Die Commissaria ging zu dem Grüppchen. Unter ihnen verlief die Strandstraße, dahinter begann der Strand, der an einem Wochentag und so früh im Jahr noch gänzlich verlassen war.

»Ist alles in Ordnung bei Ihnen, Signorina Buonacuore?«

Die junge Frau nickte mit einem sanften Lächeln. »Ja. Keine Ahnung, das Trauma kommt bestimmt noch. Aber gerade bin ich einfach nur froh, das Meer sehen zu können. Ist ja ganz schön hier«, sagte sie und grinste.

Giulia wandte sich an die andere junge Frau. »Signorina Lello, was Sie getan haben, war brandgefährlich.«

»Ich weiß – und es tut mir auch leid.«

»Sie haben Signorina Buonacuore in Gefahr gebracht, und sich selbst auch. Warum haben Sie uns nicht einfach gesagt, dass Sie den Mann erkannt haben?«

»Ich brauchte einen Moment, um sicher zu sein. Und dann … Ich war so wütend. Ich habe mich so benutzt gefühlt. Dieser kleine Typ von der Meldestelle – und der hat so vielen Frauen so einen Scheiß angetan. Ich habe ihn gehasst. Und weil ich mich erinnert habe, wie winzig er war und wie schwach, da dachte ich: Den finde ich – und den schnappe ich mir selbst. Ich wollte Teresa befreien, und ich wollte ihm in die Augen sehen – dann hätte ich Sie natürlich gerufen.«

»Was hätten Sie denn mit ihm gemacht, wenn er Sie nicht vorher eingesperrt hätte?« Doch bevor Lidia Lello antworten konnte, hob Giulia die Hand. »Oh, stopp, bevor Sie jetzt etwas sagen, womit Sie sich strafbar machen, ziehe ich die Frage zurück. Sie sind nun beide in Sicherheit. Also, genießen Sie die neue, alte Freiheit. Und: Danke.« Sie gab Lidia die Hand, danach verabschiedete sie sich von Teresa.

In diesem Moment klingelte ihr Handy, eine unbekannte Nummer. Giulia runzelte die Stirn, sie spürte eine innere Aufregung, von der sie nicht wusste, woher sie kam. Aber das Telefon in ihrer Hand schien so heiß zu sein, dass sie nicht anders konnte, als den Anruf anzunehmen.

»Ja?«

»Signora Commissaria?«

»Wer spricht denn da?« Sie fragte es nur aus einer Übersprungshandlung, sie hatte die Stimme längst erkannt.

»Hier ist Ricardo Galli.«

»Herr Bürgermeister.«

»Glückwunsch zu Ihrem gelösten Fall. Sie haben die Stadt sehr viel sicherer gemacht, ein guter Tag für die Frauen in Florenz.«

»Sie sind gut informiert – und das äußerst schnell.«

»Wir haben unsere Augen überall.«

»Tja, so gab es nicht nur einen Kriminellen im Rathaus.«

»Sehr witzig«, sagte Galli kühl. »Wir werden das natürlich aufarbeiten, aber Signor Massi scheint ja der betrübliche Einzelfall eines krankhaften Mannes zu sein.«

»Und wie ist es dann bei Ihnen gelagert?«

Galli atmete einmal tief, sie hörte, wie er die Luft einsog. »Sie geben nicht auf, ich weiß das. Aber damit es sich lohnt, sollten wir uns treffen.«

»Gerne. Damit Sie mich umbringen können?«

»Niemand will Sie umbringen, Commissaria. Kommen Sie einfach zu mir. Ich bin ganz in ihrer Nähe.«

»Wo?«

»Etwas außerhalb von Calafuria, an der Punta Pacchiano. Ich werde dort auf Sie warten. Wie lange brauchen Sie?«

»Zwanzig Minuten.«

»Gut. Bis gleich.«

Sie legte auf, ließ das Telefon sinken und blieb so stehen, den Kopf voll düsterer Gedanken. Sie war kaum in der Lage, sich zu bewegen. Was wollte er von ihr? Wollte er gestehen? Oder sie aus dem Weg räumen? Wusste er doch mehr über ihre Vergangenheit, als sie ahnte?

Es war Enzo, der leise von hinten zu ihr getreten war, er legte ihr die Hand auf den Rücken.

»*Cara*, alles in Ordnung?«

Sie antwortete nicht, weil sie so tief in ihren Gedanken feststeckte.

»Giulia«, versuchte er es erneut, »was ist los? Wer war das?«

Sie wandte sich zu ihm um und betrachtete seine Augen, die sie so sehr mochte, die für sie trotz seiner Blindheit einer der Gründe waren, warum er sie so faszinierte. Sie ergriff seine Hände und sagte: »Er. Er hat angerufen. Ich fahre jetzt zu ihm.«

»Ich komme mit.«

»Nein«, sagte sie und ließ seine Hände wieder los. »Ich muss das alleine machen.«

TRENTAQUATTRO – 34

Sie erkannte ihn schon von weitem, weil er so aufrecht dastand wie stets. Und weil der Anzug so tadellos saß, die Hose endete exakt dort über den Schuhen, wo sie enden musste, das weiße Hemd schaute genau die anderthalb Zentimeter aus den Ärmeln, die der italienische Designer dafür vorgesehen hatte.

Sein Blick war fest auf das Meer gerichtet, die kleinen Wellen waren für Giulia noch nicht zu sehen, aber bereits zu hören. Sie trennte noch ein gutes Stück, doch der Lärm war schon groß, es musste ein wildes Meer sein, das hier gegen die Felsen prallte.

Er stand genau an der Kante, dort vorn ging es bestimmt fünfzig Meter in die Tiefe.

Sie überlegte, ob sie stark genug wäre. Ganz bestimmt wäre sie es. Und wütend genug war sie auch. Es wäre nur ein Schubs. Niemandem hatte er von diesem Treffen erzählt, da war sie ganz sicher. Das hier war eine Sache zwischen ihm und ihr.

Und ein kurzer Rundumblick ergab: Die Gegend war wie ausgestorben, außer ihnen war niemand hier. Keine Zeugen, eine Felsenküste, das Meer, es wäre der perfekte Mord.

Innerlich krampfte sich alles in ihr zusammen. Worüber

dachte sie hier nach? Sie war wohl verrückt geworden. Oder wurde es langsam.

Sie bemühte sich, möglichst leise zu gehen, die Steine machten nur wenige Geräusche. So konnte sie beinahe lautlos neben ihn treten. Dort blieb sie stehen und sah ihn nicht an, sie blickte stattdessen aufs Meer, genau wie er. Ja, die Wellen waren groß, und sie schlugen mit aller Kraft, die das Mittelmeer aufbringen konnte, gegen die drei großen Felsen, die dort unten lagen, als hätte sie ein Riese wahllos ins Wasser geworfen. Wasser auf Stein, Zeugen der Ewigkeit.

»Sie haben überlegt, mich hinunterzustoßen, oder?« Das waren seine ersten Worte. Nun zuckte sie tatsächlich zusammen. Sie schaffte es, den Blick weiterhin nach vorne zu richten.

»Ich bin Polizistin«, sagte sie und fand ihre eigene Stimme heiser. »Ich glaube an das Gesetz.«

»Ich weiß es.« Er hatte ein Lächeln in seiner Stimme. Ganz anders wirkte er nun, total verändert seit dem Tag zuvor, die Wut war verschwunden, dafür hatte sich die alte Selbstsicherheit aus dem Fernsehen auf sein ganzes Wesen gelegt wie ein Glanzspray.

»Sie haben mich herbestellt, Signor Galli.«

»*Esato,* Commissaria.«

»Und was wollen Sie?«

»Sie wissen, dass ich weiß, dass Sie ganz schön viel wissen. Über mich – und über das alles. Ist es nicht so?«

Giulia atmete tief durch, sie sog das Salz und das Jod und die Frische des Meeres ein, die Luft tat ihr gut, und trotzdem brannte ihre Lunge, sodass ihr jedes Wort schwerfiel. Sie hätte diesen Bastard so gerne von dem Felsen gestoßen. Ihre Eltern, ihre Schwester, er war es, der ihr Leben beendet hatte – und er stand hier und konnte aufs Meer schauen. Genau das tun, was Papa immer so gerne gemacht hatte.

»Ich weiß offensichtlich genug, damit Sie mich hierherbestellen. Sie haben Angst, dass Ihre Karriere vorbei ist. Und dass die Organisation, für die Sie arbeiten, Sie fallen lässt – was schließlich und endlich Ihr Todesurteil wäre.«

Ricardo Galli wandte sich nun ihr zu, das Lächeln auf seinem Gesicht wirkte weder gespielt noch gequält. Es war echt und fröhlich.

»Nennen wir die Dinge doch beim Namen, Signora Commissaria. Sagen Sie das Wort doch auch mal, es ist wohltuend: Mafia. Ja, ich arbeite für die Mafia – und die Mafia arbeitet für mich.« Er grinste. »Ich nehme an, dass Sie nicht verkabelt sind – und wenn doch, dann gibt es keine Funkverbindung, weil hier nirgendwo ein funktionierendes Netz ist. Hoch lebe die italienische Infrastruktur. Und eine Aufnahme, die nur lokal bei Ihnen am Körper gespeichert ist, werden Sie nachher löschen.«

»Wieso sollte ich das tun?«, fragte Giulia. »Weil Sie mich zwingen werden? Weil Sie mir etwas antun werden? Werde ich gleich im Meer liegen? Weil ich Ihnen auf die Schliche gekommen bin? Und Ihre Arbeit von zwanzig Jahren zerstören werde? Alles, was Sie geleistet und vertuscht haben, seit Sie ein junger Mann waren?«

»Sie lieben Pathos, oder, Commissaria? Ich mag Pathos auch, aber nur für die Wähler – weil denen alles gefällt, woran sie sich erinnern können. Alles, woran sie glauben können. Hier und

heute brauche ich aber kein Pathos, weil ich die Geschichte auf meiner Seite habe. Sie werden die Aufnahme nachher löschen, und zwar aus freien Stücken. Sie werden alles tun, was ich will.«

Nun wandte sich Giulia doch um, weil sie nicht anders konnte. Woher nahm dieser Mann die Selbstsicherheit, das zu sagen? Was zum Teufel war hier los?

»Ich bin nicht verkabelt, Signor Galli. Das ist auch gar nicht nötig. Ich bin ja nicht in erster Linie die Leiterin der Polizia Criminale in Florenz, sondern die persönliche Ermittlerin des Innenministers. Er glaubt mir, und er vertraut mir – und wenn ich ihm sage, wer Sie sind und was Sie tun, dann ist Ihr Leben eher vorbei, als Sie Mafia sagen können.«

»Das ist es nicht«, erwiderte Galli. »Weil Sie es ihm nicht sagen werden.«

»Vielleicht weiß er es schon.«

»Darauf werde ich es ankommen lassen.«

Sie schaffte es nicht, ihn länger anzusehen. Es machte sie einfach zu wütend. Sie wandte sich wieder dem Meer zu. Ganz hinten, in weiter Ferne, kreuzte ein kleines Boot von Nord nach Süd. Die Segel waren gerefft, es kam gut voran. Dort hinten sah das Meer ganz weich und sanft aus, aber hier vorne waren die Gewalten sehr deutlich zu spüren. Sie liebte diesen Anblick, und sie wäre jetzt gerne nicht mit diesem Mann hier gewesen, sondern mit einem anderen. Aber sie musste diese Sache zu Ende bringen. Was wollte er von ihr? Welchen Deal wollte er ihr vorschlagen? Sie hätte so gern Enzo dabeigehabt. Der hätte schon am Klang von Gallis Stimme erkannt, wohin die Reise ging.

»Was wollen Sie?«, fragte sie laut, sie brüllte förmlich gegen den starken Wind an.

»Sie werden mich ab sofort wieder in Ruhe lassen. Sie werden einfach aufhören, über mich nachzudenken. Es wird so sein, als wäre ich Ihnen nie in den Sinn gekommen. Also, ich werde gleich schnipsen, und dann vergessen Sie mich. Sie werden mich ab und zu im Fernsehen sehen, als Bürgermeister, vielleicht bald als Minister und dann auch als Ministerpräsident. Und Sie werden sich fortan nur denken: Oh, der Ricardo Galli, der sieht aber gut aus. Das war es. Mehr nicht. Sie werden das Wort Mafia einfach wieder vergessen.«

»Ich bin sehr schlecht im Vergessen«, erwiderte Giulia.

»Nicht in diesem Fall.«

»Und wieso? Ich kann jetzt meine Kollegen rufen – und dann den Staatsanwalt –, und schon heute Abend ist Ihre Immunität aufgehoben und Sie sitzen im Untersuchungsgefängnis.«

»Heute Abend sitze ich bei einem Glas Barolo in meiner Villa.«

»Ich habe Beweise. Viele, und sehr deutliche.«

»Aber Sie werden sie nicht nutzen.«

Sie konnte nicht mehr anders. Sie drehte sich zu ihm um und schlug ihn, sie boxte ihn gegen die Brust, aber er fiel nicht, er ließ sie einfach weiterboxen, als wäre er ein Sandsack, sie boxte ihn immer wieder, dabei schrie sie, sie hatte noch nie die Fassung verloren, ihr ganzes Leben lang nicht, aber jetzt und heute, hier an diesem Strand, machte sich etwas in ihr selbstständig. Sie boxte und schrie und dann, irgendwann, nahm er ihre Hände, und beinahe glaubte sie, er wolle sie umarmen. Aber dann schob er sie doch nur von sich weg und sagte leise und doch so deutlich, dass es die Wellen und die Gischt übertönte: »Sie werden all das nicht tun. Sie werden sich an alles halten, was ich will, weil ich Ihnen nur dann sage, wo Ihre Schwester ist, Signora *Simonetti*.«

Giulia sah ihn an, wie vom Donner gerührt, blitzartig traten ihr Tränen in die Augen, jetzt hätte sie ihn gerne ins Wasser geworfen, denn er verhöhnte sie, so schien es, aber nein, seine Augen waren ganz klar, und er nickte.

»Ich weiß alles. Ich weiß, wer Sie sind, Giulia, und wer Ihr Vater war. Und dass er gegen mich ermittelt hat – und ich deshalb nicht anders konnte, als zu tun, was getan werden musste. Aber Ihre Schwester …«

Er griff in die Innentasche seines Sakkos und holte ein Foto heraus. Er reichte es ihr.

Sie betrachtete es nur eine Sekunde, dann schlug sie die Hände vors Gesicht.

»Sofia«, flüsterte sie, und wieder: »Sofia.«

Sie war es. Kein Zweifel. Die blonden Locken, die Sommersprossen, das fein geschnittene Gesicht, das leichte Lächeln auf ihren Zügen, der Leberfleck oben auf der Schulter, sie trug nur ein Tanktop. Sie stand in einem Garten, hinter ihr waren ein Teich und ein paar Zypressen zu sehen.

»Sie lebt, aber …«, stotterte Giulia, »aber das ist nicht möglich. Sie ist aus dem Wagen geschleudert worden, ins Meer, und dann …«

»Sie ist aus dem Wagen geschleudert worden, aber sie ist nicht im Meer gelandet. Meine Leute waren an dem Wrack, um sicherzugehen, dass der Herr Richter auch wirklich tot ist. Da haben sie Ihre Schwester gefunden, Signora – und ihr das Leben gerettet. Sie wurde zu einem unserer besten Ärzte gebracht. Sie war schwer verwundet, ihr Kopf hatte böse gelitten, durch die Explosion und den anschließenden Aufprall. Der Arzt hat sie gerettet, aber ihr Kopf war nie wieder wie vorher.«

»Deshalb wurde ihre Leiche nie gefunden. Es gab keine Leiche«, sagte Giulia tonlos.

»Ganz recht«, erwiderte Galli.

»Hat sie … Kann sie sich an den Unfall erinnern?«

»Sie ist erst nach drei Monaten aufgewacht und hatte keine einzige Erinnerung mehr. Nicht an Ihre Eltern, nicht an den Unfall, nicht an die Arbeit Ihres Vaters.«

»Und an mich?«

»Darüber werde ich nicht sprechen, Signora. Weil ich ja weiß, dass Sie sie bald wiedersehen werden.«

»Wenn ich Sie in Ruhe lasse.«

Er schwieg und lächelte sanft.

»Und wer sagt Ihnen, dass ich nicht meine Schwester in Sicherheit bringe und Sie dann ans Messer liefere?«

»Wir sind immer noch die Mafia«, sagte Galli, immer noch lächelnd, aber seine Stimme war wie das Meer unter ihnen, sie brodelte. »Wir sind der große Krake mit so vielen Armen – wir finden Sie überall. Und dann bringen wir es zu Ende mit Ihrer Familie. Also: Sie haben die Wahl.«

»Ich …« Giulia sah wieder auf das Foto, sie musste beim Anblick ihrer erwachsenen Schwester lächeln, sie sah so lebensfroh aus, wie damals, sie vergaß alles um sich herum, das Meer, die Wellen, diesen Bastard neben sich, der ihre Mama und ihren Papa ermordet hatte, und sie hörte sich leise sagen: »Ich will sie wiedersehen.«